50
GREAT
CHINESE PROSES
伟大的中国散文

果麦——编

云南人民出版社

果麦文化 出品

目　录

落花生

许地山

1922

　　我们屋后有半亩隙地，母亲说："让它荒芜怪可惜，既然你们那么爱吃花生，就辟来做花生园吧。"我们几姊弟和几个小丫头都很喜欢——买种的买种，动土的动土，灌园的灌园；过不了几个月，居然收获了！

　　母亲说："今晚我们可以做一个收获节，也请你们爹爹来尝尝我们的新花生，如何？"我们都答应了。母亲把花生做成好几样的食品，还吩咐这节期要在园里的茅亭举行。

　　那晚上的天色不大好，可是爹爹也到来，实在很难得。爹爹说："你们爱吃花生么？"

　　我们都争着答应："爱！"

　　"谁能把花生的好处说出来？"

　　姊姊说："花生的味儿很美。"

　　哥哥说："花生可以榨油。"

　　我说："无论何等人都可以用贱价买它来吃；都喜欢吃它。这就是它的好处。"

　　父亲说："花生的用处固然很多；但有一样是很可贵的。这小小的豆不像那好看的苹果、桃子、石榴那样，把它们的果实悬在枝上，令人一望就发生羡慕的心。它只把果子埋在地底，等到成熟，才容人把它挖出来。你们偶然看见一棵花生瑟缩地长在地上，不能立刻分辨出它有没有果实，非得等到你接触它才能知道。"

我们都说："是的。"母亲也点点头。爹爹接下去说："所以你们要像花生，因为他是有用的，不是伟大、好看的东西。"我说："那么，人要做有用的人，不要做伟大、体面的人了。"爹爹说："这是我对于你们的希望。"

我们谈到夜阑才散，所有花生食品虽然没有了，然而父亲的话现在还印在我心版上。

乡愁

罗黑芷

1923

　　写了《死草的光辉》已经回到十四年前去的这个主人，固然走入了淡淡的哀愁，但是想再回去到一个什么样的时候，终寻不出一个落脚的地方。这并非是十四年以前的时间的海洋里，竟看不见一点飘荡的青藻足以系住他的萦思，其实望见的只是茫茫的白水，须得像海鸟般在波间低回，待到落下倦飞的双翼，如浮鸥似的贴身在一个清波上面，然后那仿佛正歌咏着什么在这暂时有了着落的心中的叹息，才知道这个小小的周围是很值得眷恋的。谁说，你但向前途寻喜悦，莫在回忆里动哀愁呢？

　　呵！哀愁也好，且回转去吧，去到那不必计算的一个时候。那时候是傍晚的光景，我不知被谁，大约是一个嬷嬷吧，抱在臂里，从后厅正屋走到前厅回廊，给放下在右手栏杆边一个茶几上站住。方从母亲床上欢喜地睁开来的一双迷蒙蒙的小眼睛，在那儿看见一个穿蓝色竹布衣衫的女人，是在我小小的心中觉得一见面便张手要伊拥抱的女人。我从旁边不知又是谁的手里喝了一口苦味的浓茶，舌头上新得了一种苏生的刺激，我立刻在这小小的模糊的心中感觉了：这是我家的七月的黄昏。

回转去吧，房屋依然是那所古旧的房屋，在那条有一个木匠人家管守入口的短巷左边；落雨的时节，那木匠饲养的三只斑鸠便在檐下笼中咕咕地叫唤，时候却仿佛是五月。祖母在伊静悄悄的房中午睡；父亲的窗子里似乎有说话的声音；我的一个伴侣—— 一个比我大两岁的哥哥，叔母生的——不知到哪里去了；母亲也不见；我独自在后院天井里蹲着。那从墙边和砖缝里挺生出来的野草，有圆叶的，有方叶的，密密的，疏疏的，不知叫作什么，衬着满阶遍地的青苔，似乎满院里都是绿色的光的世界。

回转去吧，回转去吧，这回仿佛在一个暮春的夜里。母亲坐在有灯光的桌前和邻家的姆姆安闲地谈着话。一个姑娘背靠着那窗下坐着。伊是我的姐姐，这是母亲教我这样称呼的。当伊站立起来的时候，伊仿佛比我高半个身躯，听说是要说人家了，因为是十五岁的女孩儿呢！姐姐抱我坐在伊的膝上，伊用面庞亲热地偎傍我，偏起头看我，摇我的肩膊，抚我的头发，喊我作"赫弟！赫弟"！我痴痴地瞧着伊的那笑眯眯但是而今我记不清楚了的尖尖的脸。虽然伊的身影很模糊，我细细吟味，如掣电般我便又站在伊的面前了。

隔着彭蠡的水，隔着匡庐的云，自五岁别后，这一生认为是亲爱的人所曾聚集过的故乡的家，便在梦里也在那儿唤我回转去。回转去罢，我而今真的回来了：你无恙么？我家的门首的石狮，我记得我曾在你身上骑过；你还被人家唤作秃头么？可怜的癞子徒弟，那些斑鸠又在叫唤你喂食给它们呢！这真是了不得，我还握着四文小钱在手中，听见门外叫卖糯米团子的熟悉声音来了，我便奔向大门去：

"糯米团子，一个混糖的，一个有白糖馅的！"

很甜，很甜，妈妈，您吃不吃呢？

寄小读者——通讯七

冰心

1923

亲爱的小朋友：

八月十七的下午，约克逊号邮船无数的窗眼里，飞出五色飘扬的纸带，远远地抛到岸上，任凭送别的人牵住的时候，我的心是如何的飞扬而凄恻！

痴绝的无数的送别者，在最远的江岸，仅仅牵着这终于断绝的纸条儿，放这庞然大物，载着最重的离愁，飘然西去！

船上生活，是如何的清新而活泼。除了三餐外，只是随意游戏散步。海上的头三日，我竟完全回到小孩子的境地中去了，套圈子，抛沙袋，乐此不疲，过后又绝然不玩了。后来自己回想很奇怪，无他，海唤起了我童年的回忆，海波声中，童心和游伴都跳跃到我脑中来。我十分地恨这次舟中没有几个小孩子，使我童心来复的三天中，有无猜畅好的游戏！

我自少住在海滨，却没有看见过海平如镜。这次出了吴淞口，一天的航程，一望无际尽是粼粼的微波。凉风习习，舟如在冰上行。到过了高丽界，海水竟似湖光，蓝极绿极，凝成一片。斜阳的金光，长蛇般自天边直接到栏旁人立处。上自穹苍，下至船前的水，自浅红至于深翠，幻成几十色，一层层，一片片地漾开了来。……小朋友，恨我不能画，文字竟是世界上最无用的东西，写不出这空灵的妙景！

八月十八夜，正是双星渡河之夕。晚餐后独倚栏旁，凉风吹衣。银河一片星光，照到深黑的海上。远远听得楼栏下人声笑语，忽然感到家乡渐远。繁星闪烁着，海波吟啸着，凝立悄然，只有惆怅。

十九日黄昏，已近神户，两岸青山，不时地有渔舟往来。日本的小山多半是圆扁的，大家说笑，便道是"馒头山"。这馒头山沿途点缀，直到夜里，远望灯光灿然，已抵神户。船徐徐停住，便有许多人上岸去。我因太晚，只自己又到最高层上，初次看见这般璀璨的世界，天上微月的光，和星光，岸上的灯光，无声相映。不时的还有一串光明从山上横飞过，想是火车周行。……舟中寂然，今夜没有海潮音，静极心绪忽起："倘若此时母亲也在这里……"我极清晰地忆起北京来，小朋友，恕我，不能往下再写了。

冰心

一九二三年八月二十日，神户

朝阳下转过一碧无际的草坡，穿过深林，已觉得湖上风来，湖波不是昨夜欲睡如醉的样子了。——悄然地坐在湖岸上，伸开纸，拿起笔，抬起头来，四围红叶中，四面水声里，我要开始写信给我久违的小朋友。小朋友猜我的心情是怎样的呢？

水面闪烁着点点的银光，对岸意大利花园里亭亭层列的松树，都证明我已在万里外。小朋友，到此已逾一月了，便是在日本也未曾寄过一字，说是对不起呢，我又不愿！

我平时写作，喜在人静的时候。船上却处处是公共的地方，舱面栏边，人人可以来到。海景极好，心胸却难得清平。我只能在晨间绝早，船面无人时，随意写几个字，堆积至今，总不能整理，也不愿草草整理，便迟延到了今日。我是尊重小朋友的，想小朋友也能尊重原谅我！

许多话不知从哪里说起，而一声声打击湖岸的微波，一层层地没上杂立的潮石，直到我蔽膝的毡边来，似乎要求我将她介绍给我的小朋友。小朋友，我真不知如何地形容介绍她！她现在横在我的眼前。湖上的月明和落日，湖上的浓阴和微雨，我都见过了，真是仪态万千。小朋友，我的亲爱的人都不在这里，便只有她——海的女儿，能慰安我了。Lake Waban，谐音会意，我便唤她作"慰冰"。每日黄昏的游泛，舟轻如羽，水柔如不胜桨。岸上四围的树叶，绿的，红的，黄的，白的，一丛一丛的倒影到水中来，覆盖了半湖秋水。夕阳下极其艳冶，极其柔媚。将落的金光，到了树梢，散在湖面。我在湖上光雾中，低低地嘱咐它，带我的爱和慰安，一同和它到远东去。

小朋友！海上半月，湖上也过半月了，若问我爱哪一个更甚，这却难说。——海好像我的母亲，湖是我的朋友。我和海亲近在童年，和湖亲近是现在。海是深阔无际，不着一字，她的爱是神秘而伟大的，我对她的爱是归心低首的。湖是红叶绿枝，有许多衬托，她的爱是温和妩媚的，我对她的爱是清淡相照的。这也许太抽象，然而我没有别的话来形容了！

小朋友，两月之别，你们自己写了多少，母亲怀中的乐趣，可以说来让我听听么？——这便算是沿途书信的小序，此后仍将那写好的信，按序寄上，日月和地方，都因其旧，"弱游"的我，如何自太平洋东岸的上海绕到大西洋东岸的波士顿来，这些信中说得很清楚，请在那里看罢！

不知这几百个字，何时方达到你们那里，世界真是太大了！

冰心

一九二三年十月十四日，慰冰湖畔，威尔斯利

桨声灯影里的秦淮河

1923

俞平伯

我们消受得秦淮河上的灯影，当圆月犹皎的仲夏之夜。

在茶店里吃了一盘豆腐干丝，两个烧饼之后，以歪歪的脚步踅上夫子庙前停泊着的画舫，就懒洋洋躺到藤椅上去了。好郁蒸的江南，傍晚也还是热的。"快开船吧！"桨声响了。

小的灯舫初次在河中荡漾；于我，情景是颇朦胧，滋味是怪羞涩的。我要错认它作七里的山塘；可是，河房里明窗洞启，映着玲珑入画的曲栏杆，顿然省得身在何处了。佩弦呢，他已是重来，很应当消释一些迷惘的。但看他太频繁地摇着我的黑纸扇。胖子是这个样怯热的吗？

又早是夕阳西下，河上妆成一抹胭脂的薄媚。是被青溪的姊妹们所熏染的吗？还是匀得她们脸上的残脂呢？寂寂的河水，随双桨打它，终是没言语。密匝匝的绮恨逐老去的年华，已都如蜜饧似的融在流波的心窝里，连呜咽也将嫌它多事，更哪里论到哀嘶。心头，宛转的凄怀；口内，徘徊的低唱，留在夜夜的秦淮河上。

在利涉桥边买了一匣烟，荡过东关头，渐荡出大中桥了。船儿悄悄地穿出连环着的三个壮阔的涵洞，青溪夏夜的韶华已如巨幅的画豁然而抖落。哦！凄厉而繁的弦索，颤岔而涩的歌喉，杂着吓哈的笑语声，劈啪的竹牌响，更能把诸楼船上的华灯彩绘，显出火样的鲜明，火样的温煦了。小船儿载着我们，在大船缝里挤着，挨着，抹着走。它忘了自己也是今宵河上的一星灯火。

既踏进所谓"六朝金粉气"的销金锅，谁不笑笑呢！今天的一晚，且默了滔滔的言说，且舒了恻恻的情怀，暂且学着，姑且学着我们平时认为在醉里梦里的他们的憨痴笑语。看！初上的灯儿们一点点掠剪柔腻的波心，梭织地往来，把河水都皱得微明了。纸薄的心旌，我的，尽无休息地跟着它们飘荡，以至于怦怦而内热。这还好说什么的！如此说，诱惑是诚然有的，且于我已留下不易磨灭的印记。至于对榻的那一位先生，自认曾经一度摆脱了纠缠的他，其辩解又在何处？这实在非我所知。

我们，醉不以涩味的酒，以微漾着，轻晕着的夜的风华。不是什么欣悦，不是什么慰藉，只感到一种怪陌生，怪异样的朦胧。朦胧之中似乎胎孕着一个如花的笑——这么淡，那么淡的倩笑。淡到已不可说，已不可拟，且已不可想；但我们终久是眩晕在它离合的神光之下的。我们没法使人信它是有，我们不信它是没有。勉强哲学地说，这或近于佛家的所谓"空"，既不当鲁莽说它是"无"，也不能径直说它是"有"。或者说"有"是有的，只因无可比拟形容那"有"的光景；故从表面看，与"没有"似不生分别。若定要我再说得具体些：譬如东风初劲时，直上高翔的纸鸢，牵线的那人儿自然远得很了，知她是哪一家呢？但凭那鸢尾一缕飘绵的彩线，便容易揣知下面的人寰中，必有微红的一双素手，卷起轻绡的广袖，牢担荷小纸鸢儿的命根的。飘翔岂不是东风的力，又岂不是纸鸢的含德；但其根株却将另有所寄。请问，这和纸鸢的省悟与否有何关系？故我们不能认笑是非有，也不能认朦胧即是笑。我们定应当如此说，朦胧里胎孕着一个如花的幻笑，和朦胧又互相混融着的；因它本来是淡极了，淡极了这么一个。

漫题那些纷烦的话，船儿已将泊在灯火的丛中去了。对岸有盏跳动的汽油灯，佩弦便硬说它远不如微黄的灯火。我简直没法和他分证那是非。

时有小小的艇子急忙忙打桨，向灯影的密流里横冲直撞。冷静孤独的油灯映见黯淡久的画船头上，秦淮河姑娘们的靓妆。茉莉的香，白兰花的香，脂粉的香，纱衣裳的香……微波泛滥出甜的暗香，随着她们那些船儿荡，随着我们这船儿荡，随着大大小小一切的船儿荡。有的互相笑语，有的默然不响，有的衬着胡琴亮着嗓子唱。一个，三两个，五六七个，比肩坐在船头的两旁，也无非多添些淡薄的影儿葬在我们的心上——太过火了，不至于罢，早消失在我们的眼皮上。谁都是这样急忙忙地打着桨，谁都是这样向灯影的密流里冲着撞；又何况久沉沦的她们，又何况飘泊惯了的我们俩。当时浅浅的醉，今朝空空的惆怅；老实说，咱们萍泛的绮思不过如此而已，至多也不过如此而已。你且别讲，你且别想！这无非是梦中的电光，这无非是无明的幻相，这无非是以零星的火种微炎在大欲的根苗上。扮戏的咱们，散了场一个样，然而，上场锣，下场锣，天天忙，人人忙。看！吓！载送女郎的艇子才过去，货郎担的小船不是又来了？一盏小煤油灯，一舱的什物，他也忙得来像手里的摇铃，这样叮冬而郎当。

杨枝绿影下有条华灯璀璨的彩舫在那边停泊。我们那船不禁也依傍短柳的腰肢，欹侧地歇了。游客们的大船，歌女们的艇子，靠着。唱的拉着嗓子；听的歪着头，斜着眼，有的甚至于跳过她们的船头。如那时有严重些的声音，必然说："这哪里是什么旖旎风光！"咱们真是不知道，只模糊地觉着在秦淮河船上板起方正的脸是怪不好意思的。咱们本是在旅馆里，为什么不早早入睡，掭着牙儿，领略那"卧后清宵细细长"；而偏这样急急忙忙跑到河上来无聊浪荡？

还说那时的话，从杨柳枝的乱鬓里所得的境界，照规矩，外带三分风华的。况且今宵此地，动荡着有灯火的明姿。况且今宵此地，又是圆月欲缺未缺，欲上未上的黄昏时候。叮当的小锣，伊轧的胡琴，沉填的大鼓……弦吹声腾沸遍了三里的秦淮河。喳喳嚷嚷的一片，分不出谁是谁，分不出哪儿是哪儿，只有整个的繁喧来把我们包填。仿佛都抢着说笑，这儿夜夜尽是如此的，不过初上城的乡下老是第一次呢。真是乡下人，真是第一次。

穿花蝴蝶样的小艇子多到不和我们相干。货郎担式的船，曾以一瓶汽水之故而拢近来，这是真的。至于她们呢，即使偶然灯影相偎而切掠过去，也无非瞧见我们微红的脸罢了，不见得有什么别的。可是，夸口早哩！——来了，竟向我们来了！不但是近，且拢着了。船头傍着，船尾也傍着；这不但是拢着，且并着了。厮并着倒还不很要紧，且有人扑冬地跨上我们的船头了。这岂不大吃一惊！幸而来的不是姑娘们，还好。（她们正冷冰冰地在那船头上。）来人年纪并不大，神气倒怪狡猾，把一扣破烂的手折，摊在我们眼前，让细瞧那些戏目，好好儿点个唱。他说："先生，这是小意思。"诸君，读者，怎么办？

好，自命为超然派的来看榜样！两船挨着，灯光愈皎，见佩弦的脸又红起来了。那时的我是否也这样？这当转问他。（我希望我的镜子不要过于给我下去。）老是红着脸终究不能打发人家走路的，所以想个法子在当时是很必要。说来也好笑，我的老调是一味的默，或干脆说个"不"，或者摇摇头，摆摆手表示

"决不"。如今都已使尽了。佩弦便进了一步，他嫌我的方术太冷漠了，又未必中用，摆脱纠缠的正当道路惟有辩解。好吗！听他说："你不知道？这事我们是不能做的。"这是诸辩解中最简洁，最漂亮的一个。可惜他所说的"不知道？"来人倒真有些"不知道！"辜负了这二十分聪明的反语。他想得有理由，你们为什么不能做这事呢？因这"为什么？"佩弦又有进一层的曲解。那知道更坏事，竟只博得那些船上人的一哂而去。他们平常虽不以聪明名家，但今晚却又怪聪明，如洞彻我们的肺肝一样的。这故事即我情愿讲给诸君听，怕有人未必愿意哩。"算了罢，就是这样算了罢"；恕我不再写下了，以外的让他自己说。

叙述只是如此，其实那时连翩而来的，我记得至少也有三五次。我们把它们一个一个的打发走路。但走的是走了，来的还正来。我们可以使它们走，我们不能禁止它们来。我们虽不轻被摇撼，但已有一点扤陧 ① 了。况且小艇上总载去一半的失望和一半的轻蔑，在桨声里仿佛狠狠地说，"都是呆子，都是吝啬鬼！"还有我们的船家（姑娘们卖个唱，他可以赚几个子的佣金。）眼看她们一个一个地去远了，呆呆地蹲踞着，怪无聊赖似的。碰着了这种外缘，无怒亦无哀，惟有一种情意的紧张，使我们从颓弛中体会出挣扎来。这味道倒许很真切，只恐怕不易为倦鸦似的人们所喜。

曾游过秦淮河的到底乖些。佩弦告船家："我们多给你酒钱，把船摇开，别让他们来啰唆。"自此以后，桨声复响，还我以平静了，我们俩又渐渐无拘无束舒服起来，又滔滔不断地来谈谈方才的经过。今儿是算怎么一回事？我们齐声说，欲的胎动无可疑

---

① 扤陧（wù niè）：不安的样子。

的。正如水见波痕轻婉已极，与未波时究不相类。微醉的我们，洪醉的他们，深浅虽不同，却同为一醉。接着来了第二问，既自认有欲的微炎，为什么艇子来时又羞涩地躲了呢？在这儿，答语参差着。佩弦说他的是一种暗昧的道德意味，我说是一种似较深沉的眷爱。我只背诵岂君的几句诗给佩弦听，望他曲喻我的心胸。可恨他今天似乎有些发钝，反而追着问我。

前面已是复成桥。青溪之东，暗碧的树梢上面微耀着一桁的清光。我们的船就缚在枯柳桩边待月。其时河心里晃荡着的，河岸头歇泊着的各式灯船，望去，少说点也有十廿来只。惟不觉繁喧，只添我们以幽甜。虽同是灯船，虽同是秦淮，虽同是我们；却是灯影淡了，河水静了，我们倦了，——况且月儿将上了。灯影里的昏黄，和月下灯影里的昏黄原是不相似的，又何况入倦的眼中所见的昏黄呢？灯光所以映她的，月华所以洗她的秀骨，以腾的心焰跳舞她的盛年以饧涩的眼波供养她的迟暮。必如此，才会有圆足的醉，圆足的恋，圆足的颓弛，成熟了我们的心田。

犹未下弦，一丸鹅蛋似的月，被纤柔的云丝们簇拥上了一碧的遥天。冉冉地行来，冷冷地照着秦淮。我们已打桨而徐归了。归途的感念，这一个黄昏里，心和境的交萦互染，其繁密殊超我们的言说。主心主物的哲思，依我外行人看，实在把事情说得太嫌简单，太嫌容易，太嫌分明了。实有的只是浑然之感。就论这一次秦淮夜泛罢，从来处来，从去处去，分析其间的成因自然亦是可能；不过求得圆满足尽的解析，使片段的因子们合拢来代替刹那间所体验的实有，这个我觉得有点不可能，至少于现在的我们是如此的。凡上所叙，请读者们只看作我归来后，回忆中所偶然留下的千百分之一二，微薄的残影。若所谓"当时之感"，我决不敢望诸君能在此中窥得。即我自己虽正在这儿执笔构思，实在也无从重新体验出那时的情景。说老实话，我所有的只是忆。我告诸君的只是忆中的秦淮夜泛。至于说到那"当时之感"，这应当去请教当时的我。而他久飞升了，无所存在。

……

凉月凉风之下，我们背着秦淮河走去，悄默是当然的事了。如回头，河中的繁灯想定是依然。我们却早已走得远，"灯火未阑人散"；佩弦，诸君，我记得这就是在南京四日的酣嬉，将分手时的前夜。

绿

朱自清

1924

　　我第二次到仙岩的时候，我惊诧于梅雨潭的绿了。

　　梅雨潭是一个瀑布潭。仙岩有三个瀑布，梅雨瀑最低。走到山边，便听见哗哗哗哗的声音；抬起头，镶在两条湿湿的黑边儿里的，一带白而发亮的水便呈现于眼前了。我们先到梅雨亭。梅雨亭正对着那条瀑布；坐在亭边，不必仰头，便可见它的全体了。亭下深深的便是梅雨潭。这个亭踞在突出的一角的岩石上，上下都空空儿的；仿佛一只苍鹰展着翼翅浮在天宇中一般。三面都是山，像半个环儿拥着；人如在井底了。这是一个秋季的薄阴的天气。微微的云在我们顶上流着；岩面与草丛都从润湿中透出几分油油的绿意。而瀑布也似乎分外地响了。那瀑布从上面冲下，仿佛已被扯成大小的几绺；不复是一幅整齐而平滑的布。岩上有许多棱角；瀑流经过时，作急剧的撞击，便飞花碎玉般乱溅着了。那溅着的水花，晶莹而多芒；远望去，像一朵朵小小的白梅，微雨似的纷纷落着。据说，这就是梅雨潭之所以得名了。但我觉得像杨花，格外确切些。轻风起来时，点点随风飘散，那更是杨花了。这时偶然有几点送入我们温暖的怀里，便倏地钻了进去，再也寻它不着。

梅雨潭闪闪的绿色招引着我们；我们开始追捉她那离合的神光了。揪着草，攀着乱石，小心探身下去，又鞠躬过了一个石穹门，便到了汪汪一碧的潭边了。瀑布在襟袖之间；但我的心中已没有瀑布了。我的心随潭水的绿而摇荡。那醉人的绿呀，仿佛一张极大极大的荷叶铺着，满是奇异的绿呀。我想张开两臂抱住她；但这是怎样一个妄想呀。站在水边，望到那面，居然觉着有些远呢！这平铺着，厚积着的绿，着实可爱。她松松地皱缬着，像少妇拖着的裙幅，她轻轻地摆弄着；像跳动的初恋的处女的心，她滑滑地明亮着，像涂了"明油"一般，有鸡蛋清那样软，那样嫩，她又不杂些儿尘滓，宛然一块温润的碧玉，只清清的一色，但你却看不透她！我曾见过北京什刹海拂地的绿杨，脱不了鹅黄的底子，似乎太淡了。我又曾见过杭州虎跑寺旁高峻而深密的"绿壁"，丛叠着无穷的碧草与绿叶的，那又似乎太浓了。其余呢，西湖的波太明了，秦淮河的水又太暗了。可爱的，我将什么来比拟你呢？我怎么比拟得出呢？大约潭是很深的，故能蕴蓄着这样奇异的绿；仿佛蔚蓝的天融了一块在里面似的，这才这般的鲜润呀。那醉人的绿呀！我若能裁你以为带，我将赠给那轻盈的舞女；她必能临风飘举了。我若能挹你以为眼，我将赠给那善歌的盲妹；她必明眸善睐了。我舍不得你；我怎舍得你呢？我用手拍着你，抚摩着你，如同一个十二三岁的小姑娘。我又掬你入口，便是吻着她了。我送你一个名字，我从此叫你"女儿绿"，好么？

我第二次到仙岩的时候，我不禁惊诧于梅雨潭的绿了。

秋夜

鲁迅

1924

在我的后园，可以看见墙外有两株树，一株是枣树，还有一株也是枣树。

这上面的夜的天空，奇怪而高，我生平没有见过这样奇怪而高的天空。他仿佛要离开人间而去，使人们仰面不再看见。然而现在却非常之蓝，闪闪地眣①着几十个星星的眼，冷眼。他的口角上现出微笑，似乎自以为大有深意，而将繁霜洒在我的园里的野花上。

我不知道那些花草真叫什么名字，人们叫他们什么名字。我记得有一种开过极细小的粉红花，现在还开着，但是更极细小了，她在冷的夜气中，瑟缩地做梦，梦见春的到来，梦见秋的到来，梦见瘦的诗人将眼泪擦在她最末的花瓣上，告诉她秋虽然来，冬虽然来，而此后接着还是春，蝴蝶乱飞，蜜蜂都唱起春词来了。她于是一笑，虽然颜色冻得红惨惨地，仍然瑟缩着。

---

① 眣（shǎn）：同"眨"，指眼睛很快地开闭。

枣树，他们简直落尽了叶子。先前，还有一两个孩子来打他们别人打剩的枣子，现在是一个也不剩了，连叶子也落尽了。他知道小粉红花的梦，秋后要有春；他也知道落叶的梦，春后还是秋。他简直落尽叶子，单剩干子，然而脱了当初满树是果实和叶子时候的弧形，欠伸得很舒服。但是，有几枝还低亚着，护定他从打枣的竿梢所得的皮伤，而最直最长的几枝，却已默默地铁似地直刺着奇怪而高的天空，使天空闪闪地鬼𥇦眼；直刺着天空中圆满的月亮，使月亮窘得发白。

鬼𥇦眼的天空越加非常之蓝，不安了，仿佛想离去人间，避开枣树，只将月亮剩下。然而月亮也暗暗地躲到东边去了。而一无所有的干子，却仍然默默地铁似地直刺着奇怪而高的天空，一意要制他的死命，不管他各式各样地𥇦着许多蛊惑的眼睛。

哇的一声，夜游的恶鸟飞过了。

我忽而听到夜半的笑声，吃吃地，似乎不愿意惊动睡着的人，然而四围的空气都应和着笑。夜半，没有别的人，我即刻听出这声音就在我嘴里，我也即刻被这笑声所驱逐，回进自己的房。灯火的带子也即刻被我旋高了。

后窗的玻璃上丁丁地响，还有许多小飞虫乱撞。不多久，几个进来了，许是从窗纸的破孔进来的。他们一进来，又在玻璃的灯罩上撞得丁丁地响。一个从上面撞进去了，他于是遇到火，而且我以为这火是真的。两三个却休息在灯的纸罩上喘气。那罩是昨晚新换的罩，雪白的纸，折出波浪纹的叠痕，一角还画出一枝猩红色的栀子。

猩红的栀子开花时，枣树又要做小粉红花的梦，青葱地弯成弧形了……我又听到夜半的笑声；我赶紧砍断我的心绪，看那老在白纸罩上的小青虫，头大尾小，向日葵子似的，只有半粒小麦那么大，遍身的颜色苍翠得可爱，可怜。

我打一个呵欠，点起一支纸烟，喷出烟来，对着灯默默地敬奠这些苍翠精致的英雄们。

灯下漫笔

鲁迅

一

有一时，就是民国二三年时候，北京的几个国家银行的钞票，信用日见其好了，真所谓蒸蒸日上。听说连一向执迷于现银的乡下人，也知道这既便当，又可靠，很乐意收受，行使了。至于稍明事理的人，则不必是"特殊知识阶级"，也早不将沉重累赘的银元装在怀中，来自讨无谓的苦吃。想来，除了多少对于银子有特别嗜好和爱情的人物之外，所有的怕大都是钞票了罢，而且多是本国的。但可惜后来忽然受了一个不小的打击。

就是袁世凯想做皇帝的那一年，蔡松坡先生溜出北京，到云南去起义。这边所受的影响之一，是中国和交通银行的停止兑现。虽然停止兑现，政府勒令商民照旧行用的威力却还有的；商民也自有商民的老本领，不说不要，却道找不出零钱。假如拿几十几百的钞票去买东西，我不知道怎样，但倘使只要买一支笔，一盒烟卷呢，难道就付给一元钞票么？不但不甘心，也没有这许多票。那么，换铜元，少换几个罢，又都说没有铜元。那么，到亲戚朋友那里借现钱去罢,怎么会有?于是降格以求,不讲爱国了,要外国银行的钞票。但外国银行的钞票这时就等于现银,他如果借给你这钞票,也就借给你真的银元了。

我还记得那时我怀中还有三四十元的中交票①,可是忽而变了一个穷人,几乎要绝食,很有些恐慌。俄国革命以后的藏着纸卢布的富翁的心情,恐怕也就这样的罢;至多,不过更深更大罢了。我只得探听,钞票可能折价换到现银呢?说是没有行市。幸而终于,暗暗地有了行市了:六折几。我非常高兴,赶紧去卖了一半。后来又涨到七折了,我更非常高兴,全去换了现银,沉甸甸地坠在怀中,似乎这就是我的性命的斤两。倘在平时,钱铺子如果少给我一个铜元,我是决不答应的。

但我当一包现银塞在怀中,沉垫垫地觉得安心,喜欢的时候,却突然起了另一思想,就是:我们极容易变成奴隶,而且变了之后,还万分喜欢。

假如有一种暴力,"将人不当人",不但不当人,还不及牛马,不算什么东西;待到人们羡慕牛马,发生"乱离人,不及太平犬"的叹息的时候,然后给与他略等于牛马的价格,有如元朝定律,打死别人的奴隶,赔一头牛,则人们便要心悦诚服,恭颂太平的盛世。为什么呢?因为他虽不算人,究竟已等于牛马了。

我们不必恭读《钦定二十四史》,或者入研究室,审察精神文明的高超。只要一翻孩子所读的《鉴略》,——还嫌烦重,则看《历代纪元编》,就知道"三千余年古国古"的中华,历来所闹的就不过是这一个小玩意。但在新近编纂的所谓"历史教科书"一流东西里,却不大看得明白了,只仿佛说:咱们向来就很好的。

---

① 中交票:指旧时中国银行与交通银行发行的钞票。

但实际上，中国人向来就没有争到过"人"的价格，至多不过是奴隶，到现在还如此，然而下于奴隶的时候，却是数见不鲜的。中国的百姓是中立的，战时连自己也不知道属于那一面，但又属于无论那一面。强盗来了，就属于官，当然该被杀掠；官兵既到，该是自家人了罢，但仍然要被杀掠，仿佛又属于强盗似的。这时候，百姓就希望有一个一定的主子，拿他们去做百姓，——不敢，是拿他们去做牛马，情愿自己寻草吃，只求他决定他们怎样跑。

　　假使真有谁能够替他们决定，定下什么奴隶规则来，自然就"皇恩浩荡"了。可惜的是往往暂时没有谁能定。举其大者，则如五胡十六国的时候，黄巢的时候，五代时候，宋末元末时候，除了老例的服役纳粮以外，都还要受意外的灾殃。张献忠的脾气更古怪了，不服役纳粮的要杀，服役纳粮的也要杀，敌他的要杀，降他的也要杀：将奴隶规则毁得粉碎。这时候，百姓就希望来一个另外的主子，较为顾及他们的奴隶规则的，无论仍旧，或者新颁，总之是有一种规则，使他们可上奴隶的轨道。

　　"时日曷丧，予及汝偕亡！"愤言而已，决心实行的不多见。实际上大概是群盗如麻，纷乱至极之后，就有一个较强，或较聪明，或较狡猾，或是外族的人物出来，较有秩序地收拾了天下。厘定规则：怎样服役，怎样纳粮，怎样磕头，怎样颂圣。而且这规则是不像现在那样朝三暮四的。于是便"万姓胪欢"了；用成语来说，就叫作"天下太平"。

　　任凭你爱排场的学者们怎样铺张，修史时候设些什么"汉族发祥时代""汉族发达时代""汉族中兴时代"的好题目，好意诚然是可感的，但措辞太绕弯子了。有更其直截了当的说法在这里——

一，想做奴隶而不得的时代；

二，暂时做稳了奴隶的时代。

这一种循环，也就是"先儒"之所谓"一治一乱"；那些作乱人物，从后日的"臣民"看来，是给"主子"清道辟路的，所以说："为圣天子驱除云尔。"现在入了那一时代，我也不了然。但看国学家的崇奉国粹，文学家的赞叹固有文明，道学家的热心复古，可见于现状都已不满了。然而我们究竟正向着那一条路走呢？百姓是一遇到莫名其妙的战争，稍富的迁进租界，妇孺则避入教堂里去了，因为那些地方都比较的"稳"，暂不至于想做奴隶而不得。总而言之，复古的，避难的，无智愚贤不肖，似乎都已神往于三百年前的太平盛世，就是"暂时做稳了奴隶的时代"了。

但我们也就都像古人一样，永久满足于"古已有之"的时代么？都像复古家一样，不满于现在，就神往于三百年前的太平盛世么？

自然，也不满于现在的，但是，无须反顾，因为前面还有道路在。而创造这中国历史上未曾有过的第三样时代，则是现在的青年的使命！

二

但是赞颂中国固有文明的人们多起来了，加之以外国人。我常常想，凡有来到中国的，倘能疾首蹙额而憎恶中国，我敢诚意地捧献我的感谢，因为他一定是不愿意吃中国人的肉的！

鹤见祐辅氏在《北京的魅力》中，记一个白人将到中国，预定的暂住时候是一年，但五年之后，还在北京，而且不想回去了。有一天，他们两人一同吃晚饭——

"在圆的桃花心木的食桌前坐定，川流不息地献着出海的珍味，谈话就从古董，画，政治这些开头。电灯上罩着支那式的灯罩，淡淡的光洋溢于古物罗列的屋子中。什么无产阶级呀，Proletariat [1] 呀那些事，就像不过在什么地方刮风。

　　"我一面陶醉在支那生活的空气中，一面深思着对于外人有着'魅力'的这东西。元人也曾征服支那，而被征服于汉人种的生活美了；满人也征服支那，而被征服于汉人种的生活美了。现在西洋人也一样，嘴里虽然说着Democracy [2] 呀，什么什么呀，而却被魅于支那人费六千年而建筑起来的生活的美。一经住过北京，就忘不掉那生活的味道。大风时候的万丈的沙尘，每三月一回的督军们的开战游戏，都不能抹去这支那生活的魅力。"

　　这些话我现在还无力否认他。我们的古圣先贤既给与我们保古守旧的格言，但同时也排好了用子女玉帛所做的奉献于征服者的大宴。中国人的耐劳，中国人的多子，都就是办酒的材料，到现在还为我们的爱国者所自诩的。西洋人初入中国时，被称为蛮夷，自不免个个蹙额，但是，现在则时机已至，到了我们将曾经献于北魏，献于金，献于元，献于清的盛宴，来献给他们的时候了。出则汽车，行则保护：虽遇清道，然而通行自由的；虽或被劫，然而必得赔偿的；孙美瑶掳去他们站在军前，还使官兵不敢开火。何况在华屋中享用盛宴呢？待到享受盛宴的时候，自然也就是赞颂中国固有文明的时候；但是我们的有些乐观的爱国者，也许反而欣然色喜，以为他们将要开始被中国同化了罢。古人曾以女人作苟安的城堡，美其名以自欺曰"和亲"，今人还用子女玉帛为作奴的赞敬，又美其名曰"同化"。所以倘有外国的谁，

---

① 　Proletariat: 意为无产阶级，工人阶级。

② 　Democracy: 意为民主政体，民主国家；民主精神。

到了已有赴宴的资格的现在，而还替我们诅咒中国的现状者，这才是真有良心的真可佩服的人！

但我们自己是早已布置妥帖了，有贵贱，有大小，有上下。自己被人凌虐，但也可以凌虐别人；自己被人吃，但也可以吃别人。一级一级地制驭着，不能动弹，也不想动弹了。因为倘一动弹，虽或有利，然而也有弊。我们且看古人的良法美意罢——

"天有十日，人有十等。下所以事上，上所以共神也。故王臣公，公臣大夫，大夫臣士，士臣皂，皂臣舆，舆臣隶，隶臣僚，僚臣仆，仆臣台。"（《左传·昭公七年》）

但是"台"没有臣，不是太苦了么？无须担心的，有比他更卑的妻，更弱的子在。而且其子也很有希望，他日长大，升而为"台"，便又有更卑更弱的妻子，供他驱使了。如此连环，各得其所，有敢非议者，其罪名曰不安分！

虽然那是古事，昭公七年离现在也太辽远了，但"复古家"尽可不必悲观的。太平的景象还在：常有兵燹，常有水旱，可有谁听到大叫唤么？打的打，革的革，可有处士来横议么？对国民如何专横，向外人如何柔媚，不犹是差等的遗风么？中国固有的精神文明，其实并未为共和二字所埋没，只有满人已经退席，和先前稍不同。

因此我们在目前，还可以亲见各式各样的筵宴，有烧烤，有翅席，有便饭，有西餐。但茅檐下也有淡饭，路傍也有残羹，野上也有饿莩；有吃烧烤的身价不资的阔人，也有饿得垂死的每斤八文的孩子（见《现代评论》二十一期）。所谓中国的文明者，其实不过是安排给阔人享用的人肉的筵宴。所谓中国者，其实不过是安排这人肉的筵宴的厨房。不知道而赞颂者是可恕的，否则，此辈当得永远的诅咒！

外国人中，不知道而赞颂者，是可恕的；占了高位，养尊处优，因此受了蛊惑，昧却灵性而赞叹者，也还可恕的。可是还有两种，其一是以中国人为劣种，只配悉照原来模样，因而故意称赞中国的旧物。其一是愿世间人各不相同以增自己旅行的兴趣，到中国看辫子，到日本看木屐，到高丽看笠子，倘若服饰一样，便索然无味了，因而来反对亚洲的欧化。这些都可憎恶。至于罗素在西湖见轿夫含笑，便赞美中国人，则也许别有意思罢。但是，轿夫如果能对坐轿的人不含笑，中国也早不是现在似的中国了。

这文明，不但使外国人陶醉，也早使中国一切人们无不陶醉而且至于含笑。因为古代传来而至今还在的许多差别，使人们各各分离，遂不能再感到别人的痛苦；并且因为自己各有奴使别人，吃掉别人的希望，便也就忘却自己同有被奴使被吃掉的将来。于是大小无数的人肉的筵宴，即从有文明以来一直排到现在，人们就在这会场中吃人，被吃，以凶人的愚妄的欢呼，将悲惨的弱者的呼号遮掩，更不消说女人和小儿。

这人肉的筵宴现在还排着，有许多人还想一直排下去。扫荡这些食人者，掀掉这筵席，毁坏这厨房，则是现在的青年的使命！

翡冷翠山居闲话

徐志摩

1925

　　在这里出门散步去，上山或是下山，在一个晴好的五月的向晚，正像是去赴一个美的宴会，比如去一果子园，那边每株树上都是满挂着诗情最秀逸的果实，假如你单是站着看还不满意时，只要你一伸手就可以采取，可以恣尝鲜味，足够你性灵的迷醉。阳光正好暖和，决不过暖；风息是温驯的，而且往往因为他是从繁花的山林里吹度过来。他带来一股幽远的淡香，连着一息滋润的水气，摩挲着你的颜面，轻绕着你的肩腰，就这单纯的呼吸已是无穷的愉快；空气总是明净的，近谷内不生烟，远山上不起霭，那美秀风景的全部正像画片似的展露在你的眼前，供你闲暇的鉴赏。

　　作客山中的妙处，尤在你永不须踌躇你的服色与体态；你不妨摇曳着一头的蓬草，不妨纵容你满腮的苔藓；你爱穿什么就穿什么；扮一个牧童，扮一个渔翁，装一个农夫，装一个走江湖的桀卜闪 ①，装一个猎户；你再不必提心整理你的领结，你尽可以不用领结，给你的颈根与胸膛一半日的自由，你可以拿一条这

_____

① 桀卜闪：现在通常译作"吉卜赛人"，也就是"罗姆人"。

028

边颜色的长巾包在你的头上，学一个太平军的头目，或是拜伦那埃及装的姿态；但最要紧的是穿上你最旧的旧鞋，别管他模样不佳，他们是顶可爱的好友，他们承着你的体重却不叫你记起你还有一双脚在你的底下。

这样的玩顶好是不要约伴，我竟想严格地取缔，只许你独身；因为有了伴多少总得叫你分心，尤其是年轻的女伴，那是最危险最专制不过的旅伴，你应得躲避她像你躲避青草里一条美丽的花蛇！平常我们从自己家里走到朋友的家里，或是我们执事的地方，那无非是在同一个大牢里从一间狱室移到另一间狱室去，拘束永远跟着我们，自由永远寻不到我们；但在这春夏间美秀的山中或乡间你要是有机会独身闲逛时，那才是你福星高照的时候，那才是你实际领受，亲口尝味，自由与自在的时候，那才是你肉体与灵魂行动一致的时候；朋友们，我们多长一岁年纪往往只是加重我们头上的枷，加紧我们脚胫上的链，我们见小孩子在草里在沙堆里在浅水里打滚作乐，或是看见小猫追他自己的尾巴，何尝没有羡慕的时候，但我们的枷，我们的链永远是制定我们行动的上司！所以只有你单身奔赴大自然的怀抱时，像一个裸体的小孩扑入他母亲的怀抱时，你才知道灵魂的愉快是怎样的，单是活着的快乐是怎样的，单就呼吸单就走道单就张眼看耸耳听的幸福是怎样的。因此你得严格的为己，极端的自私，只许你，体魄与性灵，与自然同在一个脉搏里跳动，同在一个音波里起伏，同在一个神奇的宇宙里自得。我们浑朴的天真是像含羞草似的娇柔，一经同伴的抵触，他就卷了起来，但在澄静的日光下，和风中，他的姿态是自然的，他的生活是无阻碍的。

你一个人漫游的时候，你就会在青草里坐地仰卧，甚至有时打滚，因为草的和暖的颜色自然地唤起你童稚的活泼；在静僻的道上你就会不自主地狂舞，看着你自己的身影幻出种种诡异的变相，因为道旁树木的阴影在他们纡徐的婆娑里暗示你舞蹈的快乐；你也会得信口的歌唱，偶尔记起断片的音调，与你自己随口的小曲，因为树林中的莺燕告诉你春光是应得赞美的；更不必说你的胸襟自然会跟着漫长的山径开拓，你的心地会看着澄蓝的天空静定，你的思想和着山壑间的水声，山罅里的泉响，有时一澄到底的清澈，有时激起成章的波动，流，流，流入凉爽的橄榄林中，流入妩媚的阿诺河去……

并且你不但不须应伴，每逢这样的游行，你也不必带书。书是理想的伴侣，但你应得带书，是在火车上，在你住处的客室里，不是在你独身漫步的时候。什么伟大的深沉的鼓舞的清明的优美的思想的根源不是可以在风籁中，云彩里，山势与地形的起伏里，花草的颜色与香息里寻得？自然是最伟大的一部书，歌德说，在他每一页的字句里我们读得最深奥的消息。并且这书上的文字是人人懂得的；阿尔卑斯与五老峰，雪西里与普陀山，莱茵河与扬子江，梨梦湖与西子湖，建兰与琼花，杭州西溪的芦雪与威尼市夕照的红潮，百灵与夜莺，更不提一般黄的黄麦，一般紫的紫藤，一般青的青草同在大地上生长，同在和风中波动——他们应用的符号是永远一致的，他们的意义是永远明显的，只要你自己心灵上不长疮瘢，眼不盲，耳不塞，这无形迹的最高等教育便永远是你的名分，这不取费的最珍贵的补剂便永远供你的受用；只要你认识了这一部书，你在这世界上寂寞时便不寂寞，穷困时不穷困，苦恼时有安慰，挫折时有鼓励，软弱时有督责，迷失时有南针。

乌篷船

周作人

1926

子荣君：

接到手书，知道你要到我的故乡去，叫我给你一点什么指导。老实说，我的故乡，真正觉得可怀恋的地方，并不是那里，但是因为在那里生长，住过十多年，究竟知道一点情形，所以写这一封信告诉你。

我所要告诉你的，并不是那里的风土人情，那是写不尽的，但是你到那里一看也就会明白的，不必啰唆地多讲。我要说的是一种很有趣的东西，这便是船。你在家乡平常总坐人力车，电车，或是汽车，但在我的故乡那里这些都没有，除了在城内或山上是用轿子以外，普通代步都是用船，船有两种，普通坐的都是"乌篷船"，白篷的大抵作航船用，坐夜航船到西陵去也有特别的风趣，但是你总不便坐，所以我也就可以不说了。乌篷船大的为"四明瓦"（Sy-menngoa），小的为脚划船（划读如uoa）亦称小船。但是最适用的还是在这中间的"三道"，亦即三明瓦。篷是半圆形的，用竹片编成，中央竹箬，上涂黑油；在两扇"定篷"之间放着一扇遮阳，也是半圆的，木作格子，嵌着一片片的小鱼鳞，径约一寸，颇有点透明，略似玻璃而坚韧耐用，这就称为明瓦。三明瓦者，谓其中舱有两道，后舱有一道明瓦也。船尾用橹，大抵两支，船首有竹篙，用以定船。船头着眉目，状如老虎，但似在微笑，颇滑稽而不可怕，唯白篷船则无之。三道船篷之高大约可以使你直立，舱宽可放下一顶方桌，四个人坐着打马将——这个恐怕你也已学会了吧？小船则真是一叶扁舟，你坐在船底席上，篷顶离你的头有两三寸，你的两手可以搁在左右的舷上，还把手都露出在外边。在这种船里仿佛是在水面上坐，靠近田岸去时泥土便和你的眼鼻接近，而且遇着风浪，或是坐得少不小心，就会船底朝天，发生危险，但是也颇有趣味，是水乡的一种特色。不过你总可以不必去坐，最好还是坐那三道船罢。

你如坐船出去，可是不能像坐电车的那样性急，立刻盼望走到。倘若出城，走三四十里路（我们那里的里程是很短，一里才及英里三分之一），来日总要预备一天。你坐在船上，应该是游山的态度，看看四周物色，随处可见的山，岸旁的乌桕，河边的红蓼和白苹，渔舍，各式各样的桥，困倦的时候睡在舱中拿出随笔来看，或者冲一碗清茶喝喝。偏门外的鉴湖一带，贺家池，壶觞左近，我都是喜欢的，或者往娄公埠骑驴去游兰亭（但我劝你还是步行，骑驴或者于你我不很相宜），到得暮色苍然的时候进城上都挂着薜荔的东门来，倒是颇有趣味的事。倘若路上不平静，你往杭州去时可下午开船，黄昏时候的景色正最好看，只可惜这一带地方的名字我都忘记了。夜间睡在舱中，听水声橹声，来往船只的招呼声，以及乡间的犬吠鸡鸣，也都很有意思。雇一只船到乡下去看庙戏，可以了解中国旧戏的真趣味，而且在船上行动自如，要看就看，要睡就睡，要喝酒就喝酒，我觉得也可以算是理想的行乐法。只可惜讲维新以来这些演剧与迎会都已禁止，中产阶级的低能人别在"布业会馆"等处建起"海式"的戏场来，请大家买票看上海的猫儿戏。这些地方你千万不要去。——你到我那故乡，恐怕没有一个人认得，我又因为在教书不能陪你去玩，坐夜船，谈闲天，实在抱歉而且惆怅。川岛君夫妇现在偶山下，本来可以给你介绍，但是你到那里的时候他们恐怕已经离开故乡了。初寒，善自珍重，不尽。

十五年一月十八日夜
于北京

海燕

郑振铎

1927

　　乌黑的一身羽毛，光滑漂亮，积伶积俐，加上一双剪刀似的尾巴，一对劲俊轻快的翅膀，凑成了那样可爱的活泼的一只小燕子。当春间二三月，轻飔微微地吹拂着，如毛的细雨无因地由天上洒落着，千条万条的柔柳，齐舒了它们的黄绿的眼，红的白的黄的花，绿的草，绿的树叶，皆如赶赴市集者似的奔聚而来，形成了烂漫无比的春天时，那些小燕子，那么伶俐可爱的小燕子，便也由南方飞来，加入了这个隽妙无比的春景的图画中，为春光平添了许多的生趣。小燕子带了它的双剪似的尾，在微风细雨中，或在阳光满地时，斜飞于旷亮无比的天空之上，唧的一声，已由这里稻田上，飞到了那边的高柳之下了。再几只却隽逸的在郯郯如縠纹的湖面横掠着，小燕子的剪尾或翼尖，偶沾了水面一下，那小圆晕便一圈一圈地荡漾开去。那边还有飞倦了的几对，闲散地憩息于纤细的电线上——嫩蓝的春天，几支木杆，几痕细线连于杆与杆间，线上停着几个粗而有致的小黑点，那便是燕子。那是多么有趣的一幅图画呀！还有一个个的快乐家庭，他们还特地为我们的小燕子备了一个两个小巢，放在厅梁的最高处，假如这家有了一个匾额，那匾后便是小燕子最好的安巢之所。第一年，小燕子来住了，第二年，我们的小燕子，就是去年的一对，它们还要来住。

"燕子归来寻旧垒。"

还是去年的主，还是去年的宾，他们宾主间是如何的融融泄泄呀！偶然的有几家，小燕子却不来光顾，那便很使主人忧戚，他们邀召不到那么隽逸的嘉宾，每以为自己运命的蹇劣呢。

这便是我们故乡的小燕子，可爱的活泼的小燕子，曾使几多的孩子们欢呼着，注意着，沉醉着，曾使几多的农人、市民们忧戚着，或舒怀地指点着，且曾平添了几多的春色，几多的生趣于我们的春天的小燕子！

如今，离家是几千里！离国是几千里！托身于浮宅之上，奔驰于万顷海涛之间，不料却见着我们的小燕子。

这小燕子，便是我们故乡的那一对，两对么？便是我们今春在故乡所见的那一对，两对么？

见了它们，游子们能不引起了，至少是轻烟似的，一缕两缕的乡愁么？

海水是皎洁无比的蔚蓝色，海波平稳得如春晨的西湖一样，偶有微风，只吹起了绝细绝细的千万个粼粼的小皱纹，这更使照晒于初夏之太阳光之下的、金光灿烂的水面显得温秀可喜。我没有见过那么美的海！天上也是皎洁无比的蔚蓝色，只有几片薄纱似的轻云，平贴于空中，就如一个女郎，穿了绝美的蓝色夏衣，而颈间却围绕了一段绝细绝轻的白纱巾。我没见过那么美的天空！我们倚在青色的船栏上，默默地望着这绝美的海天；我们一点杂念也没有，我们是被沉醉了，我们是被带入晶莹的天空中了。

就在这时，我们的小燕子，二只，三只，四只，在海上出现了。它们仍是隽逸地从容地在海面上斜掠着，如在小湖面上一样；海水被它的似剪的尾与翼尖一打，也仍是连漾了好几圈圆晕。小小的燕子，浩莽的大海，飞着飞着，不会觉得倦么？不会遇着暴风疾雨么？我们真替它们担心呢！

小燕子却从容地憩着了。它们展开了双翼，身子一落，落在海面上了，双翼如浮圈似的支持着体重，活是一只乌黑的小水禽，在随波上下地浮着，又安闲，又舒适。海是它们那么安好的家，我们真是想不到。

在故乡，我们还会想象得到我们的小燕子是这样的一个海上英雄么？

海水仍是平贴无波，许多绝小绝小的海鱼，为我们的船所惊动，群向远处窜去；随了它们飞窜着，水面起了一条条的长痕，正如我们当孩子时之用瓦片打水漂在水面所划起的长痕。这小鱼是我们小燕子的粮食么？

小燕子在海面上斜掠着，浮憩着。它们果是我们故乡的小燕子么？

啊，乡愁呀，如轻烟似的乡愁呀！

闭户读书论

周作人

自唯物论兴而人心大变。昔者世有所谓灵魂等物，大智固亦以轮回为苦，然在凡夫则未始不是一种慰安，风流士女可以续未了之缘，壮烈英雄则曰，"二十年后又是一条好汉。"但是现在知道人的性命只有一条，一失足成千古恨，再回头已百年身，只有上联而无下联，岂不悲哉！固然，知道人生之不再，宗教的希求可以转变为社会运动，不求未来的永生，但求现世的善生，勇猛地冲上前去，造成恶活不如好死之精神，那也是可能的。然而在大多数凡夫却有点不同，他的结果不但不能砭顽起懦，恐怕反要使得懦夫有卧志了吧。

"此刻现在"，无论在相信唯物或是有鬼论者都是一个危险时期。除非你是在做官，你对于现时的中国一定会有好些不满或是不平。这些不满和不平积在你的心里，正如噎隔患者肚里的"痞块"一样，你如没有法子把它除掉，总有一天会断送你的性命。那么，有什么法子可以除掉这个痞块呢？我可以答说，没有好法子。假如激烈一点的人，且不要说动，单是乱叫乱嚷起来，想出出一口鸟气，那就容易有共党朋友的嫌疑，说不定会同逃兵之流一起去正了法。有鬼论者还不过白折了二十年光阴，只有一副性命的就大上其当了。忍耐着不说呢，恐怕也要变成忧郁病，倘若生在上海，迟早总跳进黄浦江里去，也不管公安局钉立的木牌说什么死得死不得。结局是一样，医好了烦闷就丢掉了性命，正如门板夹直了驼背。那么怎么办好呢？我看，苟全性命于乱世是第一要紧，所以最好是从头就不烦闷。不过这如不是圣贤，只有做官的才能够，如上文所述，所以平常下级人民是不能仿效的。其次是有了烦闷去用方法消遣。抽大烟，讨姨太太，赌钱，住温泉场等，都是一种消遣法，但是有些很要用钱，有些很要用力，寒士没有力量去做。我想了一天才算想到了一个方法，这就是"闭户读书"。

记得在没有多少年前曾经有过一句很行时的口号，叫作"读书不忘救国"。其实这是很不容易的。西儒有言，二鸟在林不如一鸟在手，追两兔者并失之。幸而近来"青运"已经停止，救国事业有人担当，昔日辘轳体的口号今成截上的小题，专门读书，此其时矣，闭户云者，聊以形容，言其专一耳，非真辟孔则不把卷，二者有必然之因果也。

但是，敢问读什么呢？《经》，自然，这是圣人之典，非读不可的，而且听说三民主义之源盖出于《四书》，不特维礼教即为应考试计，亦在所必读之列，这是无可疑的了。但我所觉得重要的还是在于乙部，即是四库之史部。老实说，我虽不大有什么历史癖，却是很有点历史迷的。我始终相信《二十四史》是一部好书，它很诚恳地告诉我们过去曾如此，现在是如此，将来要如此。历史所告诉我们的在表面的确只是过去，但现在与将来也就在这里面了：正史好似人家祖先的神像，画得特别庄严点，从这上面却总还看得出子孙的面影，至于野史等更有意思，那是行乐图小照之流，更充足地保存真相，往往令观者拍案叫绝，叹遗传之神妙。正如獐头鼠目再生于十世之后一样，历史的人物亦常重现于当世的舞台，恍如夺舍重来，慑人心目，此可怖的悦乐为不知历史者所不能得者也。通历史的人如太乙真人目能见鬼，无论自称为什么，他都能知道这是谁的化身，在古卷上找得他的原形，自盘庚时代以降一一具在，其一再降凡之迹若示诸掌焉。浅学者流妄生分别，或以二十世纪，或以北伐成功，或以农军起事划分时期，以为从此是另一世界，将大有改变，与以前绝对不同，仿佛是旧人霎时死绝，新人自天落下，自地涌出，或从空桑中跳出来，完全是两种生物的样子：此正是不学之过也。宜趁现在不甚适宜于说话做事的时候，关起门来努力读书，翻开故纸，与活人对照，死书就变成活书，可以得道，可以养生，岂不懿欤？——喔，我这些话真说得太抽象而不得要领了。但是，具体的又如何说呢？我又还缺少学问，论理还应少说闲话，多读经史才对，现在赶紧打住罢。

雷峰塔下——寄到碧落

庐隐

　　涵！记得吧！我们徘徊在雷峰塔下，地上芊芊碧草，间杂着几朵黄花，我们并肩坐在那软绵的草上。那时正是四月间的天气，我穿的一件浅紫麻沙的夹衣，你采了一朵黄花插在我的衣襟上，你仿佛怕我拒绝，你羞涩而微怯地望着我。那时我真不敢对你逼视，也许我的脸色变了，我只觉心脏急速地跳动，额际仿佛有些汗湿。

　　黄昏的落照，正射在塔尖，红霞漾射于湖心，轻舟兰桨，又有一双双情侣，在我们面前泛过。涵！你放大胆子，悄悄地握住我的手，——这是我们头一次的接触，可是我心里仿佛被利剑所穿，不知不觉落下泪来，你也似乎有些抖颤，涵！那时节我似乎已料到我们命运的多磨多难！

　　山脚上忽涌起一朵黑云，远远地送过雷声，——湖上的天气，晴雨最是无凭，但我们凄恋着，忘记风雨无情的吹淋，顷刻间豆子般大的雨点，淋到我们的头上身上，我们来时原带着伞，但是后来看见天色晴朗，就放在船上了。

　　雨点夹着风沙，一直吹淋。我们拼命地跑到船上，彼此的衣裳都湿透了，我顿感到冷意，伏作一堆，还不禁抖颤，你将那垫的毡子，替我盖上，又紧紧地靠着我，涵！那时你还不敢对我表示什么！

晚上依然是好天气，我们在湖边的椅子上坐着，看月。你悄悄对我说："雷峰塔下，是我们生命史上一个大痕迹！"我低头不能说什么，涵！真的！我永远觉得我们没有幸福的可能！

唉！涵！就在那夜，你对我表明白你的心曲，我本是怯弱的人，我虽然恐惧着可怕的命运，但我无力拒绝你的爱意！

从雷峰塔下归来，一直四年间，我们是度着悲惨的恋念的生活。四年后，我们胜利了！一切的障碍，都在我们手里粉碎了。我们又在四月间来到这里，而且我们还是住在那所旅馆，还是在黄昏的时候，到雷峰塔下，涵！我们那时是毫无所拘束了。我们任情地拥抱，任意地握手，我们多么骄傲……

但是涵！又过了一年，雷峰塔倒了，我们不是很凄然地惋惜吗？不过我绝不曾想到，就在这一年十月里你抛下一切走了，永远地走了！再不想回来了！呵！涵！我从前惋惜雷峰塔的倒塌，现在，呵！现在，我感谢雷峰塔的倒塌，因为它的倒塌，可以扑灭我们的残痕！

涵！今年十月就到了。你离开人间已经三年了！人间渐渐使你淡忘了吗？唉！父亲年纪老了！每次来信都提起你，你们到底是什么因果？而我和你确是前生的冤孽呢！

涵！去年你的二周年纪念时，我本想为你设祭，但是我住在学校里，什么都不完全，我记得我只作了一篇祭文，向空焚化了。你到底有灵感没有？我总痴望你，给我托一个清清楚楚的梦，但是那有?！

只有一次，我是梦见你来了，但是你为甚那么冷淡？果然是缘尽了吗？涵！你抛得下走了，大约也再不恋着什么！不过你总忘不了雷峰塔下的痕迹吧！

涵！人间是更悲惨了！你走后一切都变更了。家里呢：也是树倒猢狲散，父亲的生意失败了！两个兄弟都在外洋飘荡，家里只剩母亲和小弟弟，也都搬到乡下去住，父亲忍着伤悲，仍在洋口奔忙，筹还拖欠的债，涵！这都是你临死而不放心的事情，但是现在我都告诉了你，你也有点眷恋吗？

我！大约你是放心的，一直扎挣着呢，涵！雷峰塔已经倒塌了，我们的离合也都应验了。——今年是你死后的三周年——我就把这断藕的残丝，敬献你在天之灵吧！

谈 "流浪汉"

梁遇春

当人生观论战已经闹个满城风雨，大家都谈厌烦了不想再去提起的时候，我一天忽然写一篇短文，叫作《人死观》。这件事实在有些反动嫌疑，而且该挨思想落后的罪名，后来仔细一想，的确很追悔。前几年北平有许多人讨论Gentleman，这字应该要怎么样子翻译才好，现在是几乎谁也不说这件事了，我却又来喋喋，谈那和"君子"Gentleman正相反的"流浪汉"Vagabond，将来恐怕免不了自悔。但是想写文章，哪能够顾到那么多呢？

Gentleman这字虽然难翻，可是还不及Vagabond这字那样古怪，简直找不出适当的中国字眼来。普通的英汉字典都把它翻作"走江湖者""流氓""无赖之徒""游手好闲者"……但是我觉得都失丢这个字的原意。Vagabond既不像走江湖的卖艺为生，也不是流氓那种一味敲诈。"无赖之徒""游手好闲者"都带有贬骂的意思，Vagabond却是种可爱的人儿。在此无可奈何的时候，我只好暂用"流浪汉"三字来翻，自然也不是十分合式的。我以为Gentleman，Vagabond这些字所以这么刁钻古怪，是因为它们被人们活用得太久，原来的意义已消失。于是每个人用这个字的时候都添些自己的意思，这字的涵义越大，更加好活用了。因此在中国寻不出一个能够引起那么多的联想的字来。本来Gentleman，Vagabond 这二个字和财产都有关系的，一个是拥有财产，丰衣足食的公子，一个是毫无恒产，四处飘零的穷光蛋。因为有钱，自然能够受良好的教育，行动举止也温文尔雅，谈吐也就蕴藉不俗，更不至于跟人铢锱必较，言语冲撞了。Gentleman这字的意义就由世家子弟一变变做斯文君子。所以现在我们不管一个人出身的贵贱，财产的有无，只要他的态度是温和，做人很正直，我们都把他当作Gentleman。一班穷酸的人们被人冤枉时节，也可以答辩道："我虽然穷，却是个Gentleman。"Vagabond这个字意义的演化也经过了同样的历程。本来只指那班什么财产也没有，天天随便混过去的人们。他们既没有一定的职业，有时或者也干些流氓的勾当。但是他们整天随遇而安，倒也无忧无虑，他们过惯了放松的生活，所以就是手边有些钱，也是糊里糊涂地用光，对人们当然是很慷慨的。他们没有身家之虑，做事也就痛痛快快，并不像富人那种畏首畏尾，瞻前顾后。酒是大杯地喝下去，话是随便地顺口开河，有时也胡诌些有趣味的谎语。他们万事不关怀，天天笑呵呵，规矩的人们背后说他们没有责任心。他们与世无忤，既不会桌上排着一斗黄豆，一斗黑豆，打算盘似的整天数自己的好心思和坏心思，也不会皱着眉头，弄出连环巧计来陷害人们。他们的行为是糊涂的，他们的心肠是好的。他们是大个顽皮小孩，可是也带了小孩的天真。他们脑里存了不少奇奇怪怪的幻想，满脸春风，老是笑迷迷的，一些机心也没有。……我们现在把凡是带有这种心情的人们都叫作Vagabond，就是他们是王侯将相的子孙，生平没有离开家乡过也不碍事。他们和中国古代的侠客有些相像，可是他们又不像侠客那样朴刀横腰，给夸大狂迷住，一脸凶气，走遍天下专为打不平。他们对于伦理观念，没有那么死板地痴痴着。我不得已只好翻作"流浪汉"，流浪是指流浪的心情，所以我所赞美的流浪汉或者同守深闺的小姐一样，终身未出乡里一步。

英国十九世纪末叶诗人和小品文作家斯密士Alexander Smith对于流浪汉是无限地颂扬。他有一段描写流浪汉的文章，说得很妙。他说："流浪汉对于多事情的确有他的特别意见。比如他从小是同密尼表妹一起养大，心里很爱她，而她小孩时候对于他的感情也是跟着年龄热烈起来，他俩结合后大概也可以好好地过活，他一定把她娶来，并没有考虑到他们收入将来能够不能够允许他请人们来家里吃饭或者时髦地招待朋友。这自然是太鲁莽了。可是对于流浪汉你是没法子说服他。他自己有他一套再古怪不过的逻辑（他自己却以为是很自然的推论），他以为他是为自己娶亲的，并不是为招待他的朋友的缘故；他把得到一个女人的真心同纯洁的胸怀比袋里多一两镑钱看得重得多。规矩的人们不爱流浪汉。那班膝下有还未出嫁姑娘的母亲特别怕他——并不是因他为子不孝，或者将来不能够做个善良的丈夫，或者对朋友不忠，但是他的手不像别人的手，总不会把钱牢牢地握着。他对于外表丝毫也不讲究。他结交朋友，不因为他们有华屋美酒，却是爱他们的性情，他们的好心肠，他们讲笑话听笑话的本领，以及许多别人看不出的好处。因此他的朋友是不拘一类的，在富人的宴会里却反不常见到他的踪迹。我相信他这种流浪态度使他得到许多好处。他对稀奇古怪的地方都有接触过。他对于人性晓得便透彻，好像一个人走到乡下，有时舍开大路，去凭吊荒墟古冢，有时在小村逆旅休息，路上碰到人们也攀谈起来，这种人对于乡下自然比那坐在四轮马车里骄傲地跑过大道的知道得多，我们因为这无理的骄傲，失丢了不少见识。一点流浪汉的习气都没有的人是没有什么价值的。"斯密士说到流浪汉的成家立业的法子，可见现在所谓的流浪汉并不限于那无家可归，脚跟如蓬转的人们。斯密士所说的只是一面，让我再由另一个观察点——流浪汉和Gentleman的比较——来论流浪汉，这样子一些一些凑起来或者能够将流浪汉的性格描摹得很完全，而且流浪汉的性格复杂万分，（汉既以流浪名，自不是安分守己，方正简单的人们）绝不能一气说清。

英国文学里分析Gentleman的性格最明晰深入的文章，公推是那位叛教分子纽门G.H.Newman的《大学教育的范围同性质》。纽门说："说一个人他从来没有给别人以苦痛，这句话几乎可以做'君子'的定义……'君子'总是从事于除去许多障碍，使同他接近的人们能够自然地随意行动；'君子'对于他人行动是取赞同合作态度，自己却不愿开首主动……真正的'君子'极力避免使同他在一块的人们心里感到不快或者颤震，以及一切意见的冲突或者感情的碰撞，一切拘束、猜疑、沉闷、怨恨；他最关心的是使每个人都很随便安逸像在自己家里一样。"这样小心翼翼的君子，我们当然很愿意和他们结交，但是若使天下人都是这么我让你，你体贴我，扭扭捏捏地，谁也都是捧着同情等着去附和别人的举动，可是谁也不好意思打头阵；你将就我，我将就你，大家天天只有个互相将就的目的，此外是毫无成见的，这种的世界和平固然很和平，可惜是死国的和平。迫得我们不得不去欢迎那豪爽英迈，勇往直前的流浪汉。他对于自己一时兴到想干的事趣味太浓厚了，只知道口里吹着调子，放手做去，既不去打算这事对人是有益是无益，会成功还是容易失败，自然也没有虑及别人的心灵会不会被他搅乱，而且"君子"们袖手旁观，本是无可无不可的，大概总会穿着白手套轻轻地鼓掌。流浪汉干的事情不一定对社会有益，造福于人群，可是他那股天不怕，地不怕，不计得失，不论是非的英气总可以使这麻木的世界呈现些须生气，给"君子"们以赞助的材料，免得"君子"们整天掩着手打呵欠（流浪汉才会痛快地打呵欠，"君子"们总是像林黛玉那样子抿着嘴儿）找不出话讲，我承认偷情的少女，再嫁的寡妇都是造福于社会的，因为没有她们，那班贞洁的小姐，守节的嫠妇就失丢了谈天的材料，也无从来赞美自己了。并且流浪汉整天瞎闹过去，不仅目中无人，简直把自己都忘却了。真正的流浪汉所以不会引起人们的厌恶，因为他已经做到无人无我的境地，那一刹那间的冲动是他惟一的指导，他自己爱笑，也喜欢看别人的笑容，别的他什么也不管了。

"君子"们处处为他人着想，弄得不好，反使别人怪难受，倒不如流浪汉的有饭大家吃，有酒大家喝，有话大家说，先无彼此之分，人家自然会觉得很舒服，就是有冲撞地方，也可以原谅，而且由这种天真的冲撞更可以见流浪汉的毫无机心。真是像中国旧文人所爱说文章本天成，妙手偶得之，流浪汉任性顺情，万事随缘，丝毫没有想到他人，人们却反觉得他是最好的伴侣，在他面前最能够失去世俗的拘束，自由地行动。许多人爱留连在乌烟瘴气的酒肆小茶店里，不愿意去高攀坐在王公大人们客厅的沙发上，一班公子哥儿喜欢跟马夫下流人整天打伙，不肯到他那客气温和的亲戚家里走走，都是这种道理。纽门又说："君子知道得很清楚，人类理智的强处同弱处，范围同限制。若使他是个不信宗教的人，他是太精明太雅量了，绝不会去嘲笑或者反宗教；他太智慧了，不会武断地或者热狂地反教。他对于虔敬同信仰有相当的尊敬；有些制度他虽然不肯赞同，可是他还以为这些制度是可敬的良好的或者有用的；他礼遇牧师，自己仅仅是不谈宗教的神秘，没有去攻击否认。他是信教自由的赞助者，这并不只是因为他的哲学教他对于各种宗教一视同仁，一半也是由于他的性情温和近于女性，凡是有文化的人们都是这样。"这种人修养功夫的确很到家，可谓火候已到，丝毫没有火气，但是同时也失去活气，因为他所磨炼去的火是Prometheus① 由上天偷来做人们灵魂用的火。十八世纪第一画家Reynolds是位脾气顶好的人，他的密友约翰生（就是那位麻脸的胖子）一天对他说："Reynolds你对于谁也不恨，我却爱那善于恨人的人。"约翰生伟大的脑袋蕴蓄有许多对于人生微妙的观察，他通常冲口而出的牢骚都是入木三分的慧话。恨人恨得好（A good hater）真是一种艺术，而且是人人不可不讲究的。我相信不会热烈地恨人的人也是不知道怎地热烈地爱人。流浪汉是知道如何恨人，如何爱人。他对于宗教不是拼命地相信，就是尽力地嘲笑。Donne，Herrick，Celleni都是流浪汉气味十足的人们，他们对于宗教都有狂热；Voltaire，Nietzsche这班流浪汉就用尽俏皮的辞句，热嘲冷讽，掉尽枪花，来讥骂宗教。在人生这幕悲剧的喜剧或者喜剧的悲剧里，我们实在应该旗帜分明地对于一切不是打倒，就是拥护，否则到处妥协，灰色地独自踯躅于战场之上，未免太单调了，太寂寞了。我们既然知道人类理智的能力是有限的，那么又何必自作聪明，僭居上帝的地位，盲目地对于一切主张都持个大人听小孩说梦话态度，保存一种白痴的无情脸孔，暗地里自夸自己的眼力不差，晓得可怜同原谅人们低弱的理智。真真对于人类理智力的薄弱有同情的人是自己也加入跟着人们胡闹，大家一起乱来，对人们自然会有无限同情。和人们结伙走上错路，大家当然能够不言而喻地互相了解。当浊酒三杯过后，大家拍桌高歌，莫名其妙地相视而笑，莫逆于心，那时

---

① Prometheus：普罗米修斯，古希腊神话中的形象。

人们才有真正同情，对于人们的弱点有愿意的谅解，并不像"君子"们的同情后面常带有我佛如来怜悯众生的冷笑。我最怕那人生的旁观者，所以我对于厚厚的《约翰生传》会不倦地温读，听人提到 Addison 的《旁观报》就会皱眉，虽然我也承认他的文章是珠圆玉润，修短适中，但是我怕他那像死尸一般的冰冷。纽门自己说"君子"的性情温和近于女性（The gentleness and effeminacy of feeling），流浪汉虽然没有这类在台上走S式步伐的旖旎风光，他却具有男性的健全。他敢赤身露体地和生命肉搏，打个你死我活。不管流浪汉的结果如何，他的生活是有力的，充满趣味的，他没有白过一生，他尝尽人生的各种味道然后再高兴地去死的国土里邀游。这样在人生中的趣味无穷翻身打滚的态度，已经值得我们羡慕，绝不是女性的"君子"所能晓得的。

耶稣说过："凡想要保全生命的，必丧掉生命。凡丧掉生命的，必救活生命。"流浪汉无时不是只顾目前的痛快，早把生命的安全置之度外。可是他却无时不尽量地享受生之乐。守己安分的人们天天守着生命，战战兢兢，只怕失丢了生命，反把生命真正的快乐完全忽略，到了盖棺论定，自己才知道白宝贵了一生的生命，却毫无受到生命的好处，可惜太迟了，连追悔的时候都没有。他们对于生命好似守财虏的念念不忘于金钱，不过守财虏还有夜夜关起门来，低着头数血汗换来的钱财的快乐，爱惜生命的人们对于自己的生命，只有刻刻不忘的担心，连这种沾沾自喜的心情也没有，守财虏为了金钱缘故还肯牺牲了生命，比那什么想头也消失了，光会顾惜自己皮肤的人们到底是高一等，所以上帝也给他那份应得的快乐。用句罗素的老话，流浪汉对于自己生命不取占有冲动，是被创造冲动的势力鼓舞着。实在说起来，宇宙间万事万物流动不息，那里真有常住的东西。只有灭亡才是永存不变的，凡是存在的天天总脱不了变更，这真是"法轮常转"。Walter Pater 在他的《文艺复兴研究》的结论曾将这个意思说得非常美妙，可惜写得太好了，不敢翻译。尤其生命是瞬刻之间，变幻万千的，不跳动的心是属于死人的。所以除非顺着生命的趋势，高兴地什么也不去管望前奔，人们绝不能够享受人生。近代小品文家Jackson 在他那篇论"流浪汉"文里说："流浪汉如人生命的波涛汹涌的狂潮里生活。"他不把生命紧紧地拿着，（普通人将生命握得太紧，反把生命弄僵化死了）却做生命海中的弄潮儿，伸开他的柔软身体，跟着波儿上下，他感觉到处处触着生命，他身内的热血也起共鸣。最能够表现流浪汉这种精神的是美国放口高歌、不拘韵脚的惠提曼（Walt Whitman）。他那本诗集《草之叶》（*Leaves of Grass*）里句句诗都露出流浪汉的本色，真可说是流浪汉的《圣经》。流浪汉生活所以那么有味一半也由于他们的生活是很危险的。踢足球，当兵，爬悬崖峭壁……所以会那么饶有趣味，危险性也是一个主因。在这个单调寡趣，平淡无奇的人生里凡有血性的人们常常觉到不耐烦，听到旷野的呼声，原人时代啸游山林，到处狩猎的自由化作我们的本能，潜伏在黑礼服的里面，因此我们时时想出外涉险，得个更充满的不羁生活。万顷波涛的大海谁也知道覆灭过无千无数的大船，可是年年都有许多盎格罗萨格逊的小孩恋着海上危险的生涯，宁愿抛弃家庭的安逸，违背父母的劝谕，跑去过碧海苍天中辛苦的水手生涯。海所以会有那么大的魔力就是因为它是世上最险的地方，而身心健全的好汉哪个不爱冒险，爱慕海洋的生活，不仅是一"海上夫人"而已也。所以海洋能够有小说家们像 Marryat，Cooper，Loti，Conrad，等等去描写它，而他们的名著又能够博多数人的同情。蔼理斯曾把人生比作跳舞，若使世界真可说是个跳舞场，那么流浪汉是醉眼蒙眬，狂欢地跳二人旋转舞的人们。规矩的先生们却坐在小桌边无精打采地喝无聊的咖啡，空对着似水的流年惘怅。

　　流浪汉在无限量地享受当前生活之外，他还有丰富的幻想做他的伴侣。Dickens的《块肉余生述》①里面的Micawber在极穷困的环境中不断地说"我们快交好运了"，这确是流浪汉的本色。他总是乐观的，走的老是蔷薇的路。他相信前途一定会光明，他的将来果然会应了他的预测，因为他一生中是没有一天不是欣欣向荣的；就是悲哀时节，他还是肯定人生，痛痛快快地哭一阵后，他的泪珠已滋养大了希望的根苗。他信得过自己，所以他在事情还没有做出之前，就先口说莲花，说完了，另一个新的冲动又来了，他也忘却自己讲的话，那事情就始终没有干好。这种言行不能一致，孔夫子早已反对在前，可是这类英气勃勃的矛盾是多么可爱！蔼理斯在他的名著《生命的跳舞》里说："我们天天变更，世界也是天天变更，这是顺着自然的路，所以我们表面的矛盾有时就全体来看却是个深一层的一致。"（他的话大概是这样，一时记不清楚。）流浪汉跟着自然一团豪兴。想到哪里就说到哪里，他的生活是多么有力。行为不一定是天下一切主意的唯一归宿，有些微妙的主张只待说出已是值得赞美了，做出来或者反见累赘。神话同童话里的世界哪个不爱，虽然谁也知道这是不能实现的。流浪汉的快语在惨淡的人生上布一层彩色的虹。这就很值得我们谢谢了，并且有许多事情起先自己以为不能胜任，若使说出话来，因此不得不努力去干，倒会出乎意料地成功；倘然开头先怕将来不好，连半句话也不敢露，一碰到障碍，就随它去，那么我们的做事能力不是一天天退化了。一定要言先乎事，

---

① 《块肉余生述》：今译《大卫·科波菲尔》。

做我们努力的刺激，生活才有兴味，才有发展。就是有时失败，富有同情的人们定会原谅，尖酸刻薄人们的同情是得不到的，并且是不值一文的。我们的行为全借幻想来提高，所以 Masefield 说："缺乏幻想能力的人民是会灭亡的。"幻想同矛盾是良好生活的经纬。流浪汉心里想出七古八怪的主意，干出离奇矛盾的事情。什么传统正道也束缚他不住，他真可说是自由的骄子，在他的眼睛里，世界变作天国，因为他过的是天国里的生活。

若使我们翻开文学史来细看，许多大文学家全带有流浪汉气味。Shakespeare偷过人家的鹿，Ben Jonson，Marlowe等都是Mermaid Tavern这家酒店的老主顾，Goldsmith吴市吹箫，靠着他的口笛遍游大陆，Steele整天忙着躲债，Charles Lamb，Leigh Hunt颠头颠脑，吃大烟的Coleridge，De Quincey更不用讲了，拜伦，雪莱，济茨那是谁也晓得的。就是Wordsworth那么道学先生神气，他在法国时候，也有过一个私生女，他有一首有名的十四行诗就是说这个女孩。目光如炬专说精神生活的塔果尔，小孩时候最爱的是逃学。Browning带着人家的闺秀偷跑，Mrs. Browning 违着父亲淫奔，前数年不是有位好事先生考究出 Dickens 年青时许多不轨的举动，其他如 Swinburen，Stevenson以及《黄书》杂志那班唯美派作家那是更不用说了。为什么偏是流浪汉才会写出许多不朽的书，让后"君子"式的大学生整天整夜按部就班地念呢？头一下因为流浪汉敢做敢说，不晓得掩饰求媚，委曲求全，所以他的话真挚动人。有时加上些瞒天大谎，那谎却是那样子大胆子地杜撰的，一般拘谨人和假君子所绝对不敢说的。谎言因此有谎言的真实在，这真实是扯谎者的气魄所逼成的。而且文学是个性的结晶，个性越显明，越能够坦白地表现出来，那作品就更有价值。流浪汉是具有出类拔萃的个性的人物，他们的思想同行事全有他们的特别性格的色彩，他们豪爽直截的性情使他们能够把这种怪异的性格跃跃地呈现于纸上。斯密士说得不错："天才是个流浪汉"，希腊哲学家讲过知道自己最难，所以在世界文学里写得好的自传很少，可是世界中所流传几本不朽的自传全是流浪汉写的。Cellini 杀人不眨眼，并且敢明明白白地记下，他那回忆录（Memoirs）过了几千年还没有失去光辉。Augustine 少年时放荡异常，他的忏悔录却同托尔斯泰（他在莫斯科纵欲的事迹也是不可告人的）的忏悔录，卢梭的忏悔录同垂不朽。富兰克林也是有名的流浪汉，不管他怎样假装做正人君子，他那浪子的骨头总常常露出，只要一念 Cobbett 攻击他的文章就知道他是多么古怪的一个人。De Quincey 的《英国一个吃鸦片人的忏悔录》，这个名字已经可以告诉我们那内容了。做《罗马衰亡史》的 Gibbon，他年青时候爱同教授捣乱，他那本薄薄的自传也是个愉快的读物。Jeffries 一心全在自然的美上面，除开游荡山林外，什么也不注意，他那《心史》是本冰雪聪明，微妙无比的自白。记得从前美国一位有钱老太太希望她的儿子成个文学家，写信去请教一位文豪，这位文豪回信说："每年给他几千镑，让他自己鬼混去罢。"这实在是培养创造精神的无上办法。我希望想写些有生气的文章的大学生不死滞在文科讲堂里，走出来当一当流浪汉罢。最近半年北大的停课对于中国将来文坛大有裨益，因为整天没有事只好逛市场跑前门的文科学生免不了染些流浪汉气息。这种千载一时的机会，希望我那些未毕业的同学们好好地利用，免贻后悔。

　　前几年才死去的一位英国小说家 Conrad 在他的散文集《人生与文学》内，谈到一位有流浪汉气的作家 Luffmann，说起有许多小女读他的书以后，写信去向他问好，不禁醋海生波，顾影自怜地（虽然他是老舟子出身）叹道："我平生也写过几本故事（我不愿意无聊地假装自谦）既属纪实，又很有趣。可是没有女人用温柔的话写信给我。为什么？只是因为我没有他那种流浪汉气。家庭中可爱的专制魔王对于这班无法无天的人物偏动起怜惜的心肠。"流浪汉确是个可爱的人儿，他具有完全男性，情怀潇洒，磊落大方，哪个怀春的女儿见他不会倾心。俗语说："痴心女子负心汉。"就是因为负心汉全是处处花草颠连的浪子，什么事情都不放在心头，他那痛快淋漓的气概自然会叫那老被人拘在深闺里的女孩儿一见心倾，后来无论他怎地负心总是痴心地等待着。中古的贵女爱骑士，中国从前的美人爱英雄总是如花少女对于风尘中飘荡人的一往情深的表现。红拂的夜奔李靖，乌江军帐里的虞姬，随着范蠡飘荡五湖的西施……这些例子也不知道有多少。清朝上海窑子爱姘马夫，现在电影明星姘汽车夫，姨太太跟马弁偷情也是同样的道理。总之流浪汉天生一种叫人看着不得不爱的情调，他那种古怪莫测的行径刚中女人爱慕热情的易感心灵。岂女人的心见着流浪汉会熔，我们不是有许多瞎闹胡乱用钱行事乖张的朋友，常常向我们借钱捣乱，可是我们始终恋着他们率直的态度，对他们总是怜爱帮忙。天下最大的流浪汉是基督教里的魔鬼。可是那个人心里不喜欢魔鬼。在莎士比亚以前英国神话剧盛行时候，丑角式的魔鬼一上场，大家都忙着拍手欢迎，魔鬼的一举一动看客必定跟着捧腹大笑。Robert Lynd在他的小品文集《橘树》里《论魔鬼》那篇中说"《失乐园》诗所说的撒旦在我们想象中简直等于儿童故事里面伟大英猛的海盗。"凡是儿童都爱海盗，许多人念了密尔敦史诗觉得诡谲的撒旦比板板的上帝来得有趣得多。魔鬼的堪爱地方大多了，不是随便说得完，留得将来为文细论。

清末有几位王公贝勒常在夏天下午换上叫花子的打扮，偷跑到什刹海路旁口唱莲花向路人求乞，黄昏时候才解下百衲衣回王府去。我在北京住了几年，心中很羡慕旗人知道享乐人生，这事也是一个证明。大热天气里躺在柳荫底下，顺口唱些歌儿，自在地饱看来往的男男女女；放下朝服，着半件轻轻的破衫，尝一尝暂时流浪生活的滋味，这是多么知道享受人生。戏子的生活也是很有流浪汉的色彩，粉墨登场，去博人们的笑和泪，自己仿佛也变作戏中人物，清末宗室有几位很常上台串演，这也是他们会寻乐地方。白浪滔天半生奔走天下，最后人艺者之家，做一个门弟子，他自己不胜感慨，我却以为这真是浪人应得的涅槃。不管中外，戏子女优必定是人们所喜欢的人物，全靠着他们是社会中最明显的流浪汉。Dickens 的小说所以会那么出名，每回出版新书时候，要先通知警察到书店门口守卫，免得购书的人争先恐后打起架来，也是因为他书内大角色全是流浪汉，Pickwick 俱乐部那四位会员和他们周游中所遇的人们，《双城记》中的 Carton 等等全是第一等的流浪汉。《儒林外史》的杜少卿，《水浒》的鲁智深，《红楼梦》的柳二郎，《老残游记》的补残老是深深地刻在读者的心上，变成模范的流浪汉。

流浪汉自己一生快活，并且凭空地布下快乐的空气，叫人们看到他们会高兴起来，说不出地喜欢他们，难怪有人说："自然创造我们时候，我们个个都是流浪汉，是这俗世把我弄成个讲究体面的规人。"在这点我要学着卢梭，高呼"返于自然"。无论如何，在这麻木不仁的中国，流浪汉精神是一服极好的兴奋剂，最需要的强心针。就是把什么国家，什么民族一笔勾销，我们也希望能够过个有趣味的一生，不像现在这样天天同不好不坏，不进不退的先生们敷衍。写到这里，忽然记起东坡一首《西江月》，觉得很能道出流浪汉的三昧，就抄出做个结论吧！

照野弥弥浅浪，
横空隐隐层霄，
障泥未解玉骢骄，
我欲醉眠芳草。

可惜一溪风月，
莫教踏碎琼瑶，
解鞍欹枕绿杨桥，
杜宇一声春晓。

顷在黄州，春夜行蕲水中，过酒家，饮酒醉。乘月
至一溪桥上，解鞍曲肱，醉卧少休。及觉已晓，乱山攒
拥，流水锵然，疑非尘世也。书此语桥柱上。

牵牛花

叶圣陶

1931

    手种牵牛花，接连有三四年了。水门汀地没法下种，种在十来个瓦盆里。泥是今年又明年反复用着的，无从取得新的泥来加入，曾与铁路轨道旁种地的那个北方人商量，愿出钱向他买一点儿，他不肯。

    从城隍庙的花店里买了一包过磷酸骨粉，搀和在每一盆泥里，这算代替了新泥。

    瓦盆排列在墙脚，从墙头垂下十条麻线，每两条距离七八寸，让牵牛的藤蔓缠绕上去。

    这是今年的新计划，往年是把瓦盆摆在三尺光景高的木架子上的。这样，藤蔓很容易爬到了墙头；随后长出来的互相纠缠着，因自身的重量倒垂下来，但末梢的嫩条便又蛇头一般仰起，向上伸，与别组的嫩条纠缠，待不胜重量时重演那老把戏；因此墙头往往堆积着繁密的叶和花，与墙腰的部分不相称。今年从墙脚爬起，沿墙多了三尺光景的路程，或者会好一点儿；而且，这就将有一垛完全是叶和花的墙。

    藤蔓从两瓣子叶中间引伸出来以后，不到一个月功夫，爬得最快的几株将要齐墙头了，每一个叶柄处生一个花蕾，像谷粒那么大，便转黄萎去。据几年来的经验，知道起头的一批花蕾是开不出来的；到后来发育更见旺盛，新的叶蔓比近根部的肥大，那时的花蕾才开得成。

今年的叶格外绿，绿得鲜明；又格外厚，仿佛丝绒剪成的。这自然是过磷酸骨粉的功效。

他日花开，可以推知将比往年的盛大。

但兴趣并不专在看花，种了这小东西，庭中就成为系人心情的所在，早上才起，工毕回来，不觉总要在那里小立一会儿。那藤蔓缠着麻线卷上去，嫩绿的头看似静止的，并不动弹；实际却无时不回旋向上，在先朝这边，停一歇再看，它便朝那边了。前一晚只是绿豆般大一粒嫩头，早起看时，便已透出二三寸长的新条，缀一两张长满细白绒毛的小叶子，叶柄处是仅能辨认形状的小花蕾，而末梢又有了绿豆般大一粒嫩头。有时认着墙上斑剥痕想，明天未必便爬到那里吧；但出乎意外，明晨竟爬到了斑剥痕之上；好努力的一夜功夫！"生之力"不可得见；在这样小立静观的当儿，却默契了"生之力"了。渐渐地，浑忘意想，复何言说，只呆对着这一墙绿叶。

即使没有花，兴趣未尝短少；何况他日花开，将比往年盛大呢。

悼志摩

林徽因

1931

十一月十九日我们的好朋友，许多人都爱戴的新诗人，徐志摩突兀的，不可信的，残酷的，在飞机上遇险而死去。这消息在二十日的早上像一根针刺猛触到许多朋友的心上，顿使那一早的天墨一般的昏黑，哀恸的咽哽锁住每一个人的嗓子。

志摩……死……谁曾将这两个句子联在一处想过！他是那样活泼的一个人，那样刚刚站在壮年的顶峰上的一个人。朋友们常常惊讶他的活动，他那像小孩般的精神和认真，谁又会想到他死？

突然地，他闯出我们这共同的世界，沉入永远的静寂，不给我们一点预告，一点准备，或是一个最后希望的余地。这种几乎近于忍心的决绝，那一天不知震麻了多少朋友的心？现在那不能否认的事实，仍然无情地挡住我们前面。任凭我们多苦楚地哀悼他的惨死，多迫切地希冀能够仍然接触到他原来的音容，事实是不会为体贴我们这悲念而有些许更改；而他也再不会为不忍我们这伤悼而有些许活动的可能！这难堪的永远静寂和消沉便是死的最残酷处。

我们不迷信的，没有宗教地望着这死的帏幕，更是丝毫没有把握。张开口我们不会呼吁，闭上眼不会入梦，徘徊在理智和情感的边沿，我们不能预期后会，对这死，我们只是永远发怔，吞咽枯涩的泪，待时间来剥削这哀恸的尖锐，痂结我们每次悲悼的创伤。那一天下午初得到消息的许多朋友不是全跑到胡适之先生家里么？但是除却拭泪相对，默然围坐外，谁也没有主意，谁也不知有什么话说，对这死！

　　谁也没有主意，谁也没有话说！事实不容我们安插任何的希望，情感不容我们不伤悼这突兀的不幸，理智又不容我们有超自然的幻想！默然相对，默然围坐……而志摩则仍是死去没有回头，没有音讯，永远地不会回头，永远地不会再有音讯。

　　我们中间没有绝对信命运之说的，但是对着这不测的人生，谁不感到惊异，对着那许多事实的痕迹又如何不感到人力的脆弱，智慧的有限。世事尽有定数？世事尽是偶然？对这永远的疑问我们什么时候能有完全的把握？

　　在我们前边展开的只是一堆坚质的事实：

　　"是的，他十九晨有电报来给我……

　　"十九早晨，是的！说下午三点准到南苑，派车接……

　　"电报是九时从南京飞机场发出的……

　　"刚是他开始飞行以后所发……

　　"派车接去了，等到四点半……说飞机没有到……

　　"没有到……航空公司说济南有雾……很大……"只是一个钟头的差别；下午三时到南苑，济南有雾！谁相信就是这一个钟头中便可以有这么不同事实的发生，志摩，我的朋友！

　　他离平的前一晚我仍见到，那时候他还不知道他次晨南旅的，飞机改期过三次，他曾说如果再改下去，他便不走了的。我和他同由一个茶会出来，在总布胡同分手。在这茶会里我们请的是为太平洋会议来的一个柏雷博士，因为他是志摩生平最爱慕的女作家曼殊斐儿的姊丈，志摩十分的殷勤；希望可以再从柏雷口中得些关于曼殊斐儿早年的影子，只因限于时间，我们茶后匆匆地便散了。晚上我有约会出去了，回来时很晚，听差说他又来过，适遇我们夫妇刚走，他自己坐了一会儿，喝了一壶茶，在桌上写了些字便走了。我到桌上一看："定明早六时飞行，此去存亡不卜……"我怔住了，心中一阵不痛快，却忙给他一个电话。

"你放心。"他说，"很稳当的，我还要留着生命看更伟大的事迹呢，哪能便死？……"

话虽是这样说，他却是已经死了整两周了！

凡是志摩的朋友，我相信全懂得，死去他这样一个朋友是怎么一回事！

现在这事实一天比一天更结实，更固定，更不容否认。志摩是死了，这个简单惨酷的实际早又添上时间的色彩，一周，两周，一直地增长下去……

我不该在这里语无伦次地尽管呻吟我们做朋友的悲哀情绪。归根说，读者抱着我们文字看，也就是像志摩的请柏雷一样，要从我们口里再听到关于志摩的一些事。这个我明白，只怕我不能使你们满意，因为关于他的事，动听的，使青年人知道这里有个不可多得的人格存在的，实在太多，绝不是几千字可以表达得完。谁也得承认像他这样的一个人世间便不轻易有几个的，无论在中国或是外国。

我认得他，今年整十年，那时候他在伦敦经济学院，尚未去康桥。我初次遇到他，也就是他初次认识到影响他迁学的逖更生先生。不用说他和我父亲最谈得来，虽然他们年岁上差别不算少，一见面之后便互相引为知己。他到康桥之后由逖更生介绍进了皇家学院，当时和他同学的有我姊丈温君源宁。一直到最近两月中源宁还常在说他当时的许多笑话，虽然说是笑话，那也是他对志摩最早的一个惊异的印象。志摩认真的诗情，绝不含有丝毫矫伪，他那种痴，那种孩子似的天真实能令人惊讶。源宁说，有一天他在校舍里读书，外边下了倾盆大雨——惟是英伦那样的岛国才有的狂雨——忽然他听到有人猛敲他的房门，外边跳进一个被雨水淋得全湿的客人。不用说他便是志摩，一进门一把扯着源宁向外跑，说快来我们到桥上去等着。这一来把源宁怔住了，他问志摩等什么在这大雨里。志摩睁大了眼睛，孩子似的高兴地说"看雨后的虹去"。源宁不止说他不去，并且劝志摩趁早将湿透的衣服换下，再穿上雨衣出去，英国的湿气岂是儿戏，志摩不等他说完，一溜烟地自己跑了！

以后我好奇地曾问过志摩这故事的真确，他笑着点头承认这全段故事的真实。我问：那么下文呢，你立在桥上等了多久，并且看到虹了没有？他说记不清，但是他居然看到了虹。我诧异地打断他对那虹的描写，问他：怎么他便知道，准会有虹的。他得意地笑答我说："完全诗意的信仰！"

"完全诗意的信仰"，我可要在这里哭了！也就是为这"诗意的信仰"，他硬要借航空的方便达到他"想飞"的宿愿！"飞机是很稳当的，"他说，"如果要出事，那是我的运命！"他真对运命这样完全诗意的信仰！

志摩，我的朋友，死本来也不过是一个新的旅程，我们没有到过的，不免过分地怀疑，死不定就比这生苦，"我们不能轻易断定那一边没有阳光与人情的温慰"，但是我前边说过，最难堪的是这永远的静寂。我们生在这没有宗教的时代，对这死实在太没有把握了。这以后许多思念你的日子，怕要全是昏暗的苦楚，不会有一点点光明，除非我也有你那美丽的诗意的信仰！

我个人的悲绪不竟又来扰乱我对他生前许多清晰的回忆，朋友们原谅。

诗人的志摩用不着我来多说，他那许多诗文便是估价他的天平。我们新诗的历史才是这样的短，恐怕他的判断人尚在我们儿孙辈的中间。我要谈的是诗人之外的志摩。人家说志摩的为人只是不经意的浪漫，志摩的诗全是抒情诗，这断语从不认识他的人听来可以说很公平，从他朋友们看来实在是对不起他。志摩是个很古怪的人，浪漫固然，但他人格里最精华的却是他对人的同情、和蔼，和优容；没有一个人他对他不和蔼，没有一种人，他不能优容，没有一种的情感，他绝对地不能表同情。我不说了解，因为不是许多人爱说志摩最不解人情么？我说他的特点也就在这上头。

我们寻常人就爱说了解；能了解的，我们便同情，不了解的，我们便很落寞乃至于酷刻。表同情于我们能了解的，我们以为很适当；不表同情于我们不能了解的，我们也认为很公平。志摩则不然，了解与不了解，他并没有过分地夸张，他只知道温存，和平，体贴，只要他知道有情感的存在，无论出自何人，在何等情况之下，他理智上认为适当与否，他全能表几分同情，他真能体会原谅他人与他自己不相同处。从不会刻薄地单支出严格的迫仄的道德的天平指摘凡是与他不同的人。他这样的温和，这样的优容，真能使许多人惭愧，我可以忠实地说，至少他要比我们多数的人伟大许多；他觉得人类各种的情感动作全有它不同的，价值放大了的人类的眼光，同情是不该只限于我们划定的范围内。他是对的，朋友们，归根说，我们能够懂得几个人，了解几桩事，几种情感？哪一桩事，哪一个人没有多面的看法！为此说来志摩朋友之多，不是个可怪的事；凡是认得他的人，不论深浅对他全有特殊的感情，也是极自然的结果。而反过来看他自己，在他一生的过程中却是很少得着同情的。不止如是，他还曾为他的一点理想的愚诚几次几乎不见容于社会。但是他却未曾为这个而鄙吝他给他人的同情心，他的性情，不曾为受了刺激而转变刻薄暴戾过，谁能不承认他几有超人的宽量。

　　志摩的最动人的特点，是他那不可信的纯净的天真，对他的理想的愚诚，对艺术欣赏的认真，体会情感的切实，全是难能可贵到极点。他站在雨中等虹，他甘冒社会的大不韪争他的恋爱自由；他坐曲折的火车到乡间去拜哈代，他抛弃博士一类的引诱卷了书包到英国，只为要拜罗素做老师，他为了一种特异的境遇，一时特异的感动，从此在生命途中冒险，从此抛弃所有的旧业，只是尝试写几行新诗——这几年新诗尝试的运命并不太令人踊跃，冷嘲热骂只是家常便饭——他常能走几里路去采几茎花，费许多周折去看一个朋友说两句话；这些，还有许多，都不是我们寻常能够轻易了解的神秘。我说神秘，其实竟许是傻，是痴！事实上他只是比我们认真，虔诚到傻气，到痴！他愉快起来，他的快乐的翅膀可以碰得到天，他忧伤起来，他的悲戚是深得没有底。寻常评价的衡量在他手里失了效用，利害轻重他自有他的看法，纯是艺术的情感的脱离寻常的原则，所以往常人常听到朋友们说到他总爱带着嗟叹的口吻说："那是志摩，你又有什么法子！"他真的是个怪人么？朋友们，不，一点都不是，他只是比我们近情，近理，比我们热诚，比我们天真，比我们对万物都更有信仰，对神，对人，对灵，对自然，对艺术！

　　朋友们，我们失掉的不止是一个朋友，一个诗人，我们丢掉的是个极难得可爱的人格。

　　至于他的作品全是抒情的么？他的兴趣只限于情感么？更是

不对。志摩的兴趣是极广泛的。就有几件，说起来，不认得他的人便要奇怪。他早年很爱数学，他始终极喜欢天文，他对天上星宿的名字和部位就认得很多，最喜暑夜观星，好几次他坐火车都是带着关于宇宙的科学的书。他曾经译过爱因斯坦的相对论，并且在一九二二年便写过一篇关于相对论的东西，登在《民锋》杂志上。他常向思成说笑："任公先生的相对论的知识还是从我徐君志摩大作上得来的呢，因为他说他看过许多关于爱因斯坦的哲学都未曾看懂，看到志摩的那篇才懂了。"今夏我在香山养病，他常来闲谈，有一天谈到他幼年上学的经过和美国克莱克大学①两年学经济学的景况，我们不禁对笑了半天，后来他在他的《猛虎集》的"序"里也说了那么一段。可是奇怪的！他不像许多天才，幼年里上学，不是不及格，便是被斥退，他是常得优等的，听说有一次康乃尔暑校里一个极严的经济教授还写了信去克莱克大学教授那里，恭维他的学生，关于一门很难的功课。我不是为志摩在这里夸张，因为事实上只有为了这桩事，今夏志摩自己便笑得不亦乐乎！

此外他的兴趣对于戏剧、绘画都极深浓，戏剧不用说，与诗文是那么接近，他领略绘画的天才也颇可观，后期印象派的几个画家，他都有极精密的爱恶，对于文艺复兴时代那几位，他也很熟悉，他最爱鲍蒂切利②和达文骞③。自然他也常承认文人喜画常是间接地受了别人论文的影响，他的，就受了法兰④（Roger Fry）和斐德⑤（Walter Pater）的不少。对于建筑审美，他常常

① 克莱克大学：今译康奈尔大学。
② 鲍蒂切利：今译波提切利，15世纪意大利佛罗伦萨的著名画家。
③ 达文骞：今译达·芬奇，意大利文艺复兴时期画家、自然科学家、工程师。
④ 法兰：今译弗莱，英国著名艺术史学家。
⑤ 斐德：今译佩特，英国散文家和小说家。

对思成和我道歉说："太对不起，我的建筑常识全是Ruskins[1]那一套。"他知道我们是最讨厌Ruskins的。但是为看一个古建的残址，一块石刻，他比任何人都热心，都更能静心领略。

他喜欢色彩，虽然他自己不会作画，暑假里他曾从杭州给我几封信，他自己叫它们作"描写的水彩画"，他用英文极细致地写出西（边）桑田的颜色，每一分嫩绿，每一色鹅黄，他都仔细地观察到。又有一次他望着我园里一带断墙半晌不语，过后他告诉我说，他正在默默体会，想要描写那墙上向晚的艳阳和刚刚入秋的藤萝。

对于音乐，中西的他都爱好，不止爱好，他那种热心便唤醒过北京一次——也许唯一的一次——对音乐的注意。谁也忘不了那一年，克拉斯拉到北京在"真光"拉一个多钟头的提琴。对旧剧他也得算"在行"，他最后在北京那几天，我们曾接连地同去听好几出戏，回家时我们讨论的热闹，比任何剧评都诚都起劲。

谁相信这样的一个人，这样忠实于"生"的一个人，会这样早地永远地离开我们另投一个世界，永远地静寂下去，不再透些许声息！

我不敢再往下写，志摩若是有灵，听到比他年轻许多的一个小朋友，拿着老声老气的语调谈到他的为人，不觉得不快么？这里我又来个极难堪的回忆，那一年他在这同一个的报纸上，写了那篇伤我父亲惨故的文章，这梦幻似的人生转了几个弯，曾几何时，却轮到我在这风紧夜深里握笔吊他的惨变。这是什么人生？什么风涛？什么道路？志摩，你这最后的解脱未始不是幸福，不是聪明，我该当羡慕你才是。

---

[1] Ruskins：拉斯金斯，英国美术批评家。

济南的冬天

老舍

1931

  对于一个在北平住惯的人，像我，冬天要是不刮大风，便是奇迹；济南的冬天是没有风声的。对于一个刚由伦敦回来的，像我，冬天要能看得见日光，便是怪事；济南的冬天是响晴的。自然，在热带的地方，日光是永远那么毒，响亮的天气，反有点叫人害怕。可是，在北中国的冬天，而能有温晴的天气，济南真得算个宝地。

  设若单单是有阳光，那也算不了出奇。请闭上眼睛想：一个老城，有山有水，全在天底下晒着阳光，暖和安适地睡着，只等春风来把它们唤醒，这是不是个理想的境界？

  小山整把济南围了个圈儿，只有北边缺着点口儿。这一圈小山在冬天特别可爱，好像是把济南放在一个小摇篮里，它们全安静不动地低声地说："你们放心吧，这儿准保暖和。"真的，济南的人们在冬天是面上含笑的。他们一看那些小山，心中便觉得有了着落，有了依靠。他们由天上看到山上，便不知不觉地想起："明天也许就是春天了吧？这样的温暖，今天夜里山草也许就绿起来了吧？"就是这点幻想不能一时实现，他们也并不着急，因为有这样慈善的冬天，干啥还希望别的呢！

最妙的是下点小雪呀。看吧，山上的矮松越发的青黑，树尖上顶着一髻儿白花，好像日本看护妇。山尖全白了，给蓝天镶上一道银边。山坡上，有的地方雪厚点，有的地方草色还露着，这样，一道儿白，一道儿暗黄，给山们穿上一件带水纹的花衣；看着看着，这件花衣好像被风儿吹动，叫你希望看见一点更美的山的肌肤。等到快日落的时候，微黄的阳光斜射在山腰上，那点薄雪好像忽然害了羞，微微露出点粉色。就是下小雪吧，济南是受不住大雪的，那些小山太秀气！

古老的济南，城里那么狭窄，城外又那么宽敞，山坡上卧着些小村庄，小村庄的房顶上卧着点雪，对，这是张小水墨画，也许是唐代的名手画的吧。

那水呢，不但不结冰，倒反在绿萍上冒着点热气，水藻真绿，把终年贮蓄的绿色全拿出来了。天儿越晴，水藻越绿，就凭这些绿的精神，水也不忍得冻上，况且那些长枝的垂柳还要在水里照个影儿呢！看吧，由澄清的河水慢慢往上看吧，空中，半空中，天上，自上而下全是那么清亮，那么蓝汪汪的，整个的是块空灵的蓝水晶。这块水晶里，包着红屋顶，黄草山，像地毯上的小团花的灰色树影。这就是冬天的济南。

月季花之献

丽尼

　　沉默而多情——虽然实在那样幼小的时候，我们就似乎已经看清了生命所为我们铺置的道路，从小，在我们的眼睛肿就停驻着深沉而长久的凝视。我们爱惜着一滴露水，也爱惜着一朵鲜花。但是，当露水消逝，鲜花萎落的时候，我们又曾做出如何深长的叹息啊。

　　还记得我们一同诵念着"月季花，朵朵红"的时候么？你以异邦的声音学习着我们的语言，惹得我发笑。在四月底朝晨，月季花是盛开了。我们爱徘徊在那光荣的花丛，而互相献上彼此的呈献。我给你诵念着：

　　"April，April，
　　Laugh thy girlish laughter…"

你曾有的微笑，而给了我以你手中的花朵。

　　这些儿时的记忆，如今是显得如何的遥远！然而，假如我们能把生命看得短促一点，像在你身上所实现的那短短的生，那么，这一切也岂不正是如同昨日？只是，如今你已经是无能记忆，而这过往的一切在我的身上也渐渐地不能令我记得清楚，只如同生命之中的朦胧的烟雾了。

你笃信着宗教，直到你的最后的时刻。应当你是得到你的安息了。我如同一个被放逐的囚徒，奔波着在这人之海，背负着生命的重累与疲乏——啊，露与花，我已经停止了爱惜，只有你的记忆在我中夜未寝的时候，是使我伤心的呀！

在这三年来你的灵魂不曾来入于我的梦境。有时，我想着你的垂飘的黄发，想着你的沉静得如同湖水一般的蓝色的眼，但是，这奔波与负累已经从我的感觉之中驱走了你的显现，而只遗留了给我一个模糊的背影。

在这四月的朝晨，月季花又开得灿烂了。在阳光还没有照临之前，我低着头从花丛经过。春天快走到它的尽头呢。我凝视着那新开的深红的一朵，从我的眼中流下一滴辛酸的泪。你出现了在花丛之中，穿着纯白色的寝衣，正如这时间已经迅速地变成了初夏，而你，由沉默的童年，已经越过了那多忧愁的少女时代，不曾经过坟墓底覆盖与死亡的恐怖，而携着夏日的繁茂，长成了在我们的崎岖的路上。我轻轻地摘下了一朵新发的月季，正和在我们的童年一样，无言地呈献了，然而，这一次，却是向着空虚。虽然这是三年以来第一次地你在我的幻觉与忆念中清楚地显现了你自己，虽然我可以明白地看见了你的发，你的眼，你的仍然是显得软弱的姿态，但是，我又何从而将你捕捉呢？一瞬眼就消逝了的你的幻影，是较之你的生命还更为短促的啊。即使你的幻影可以让我拥在我的怀抱，但当太阳升起，带来了熙攘与忧烦，如同大的流将我冲走的时候，啊，到那时你是不能在我的面前存留的呀！

我缓缓地离开了花丛，携着这仍然凝着我自己的泪珠的花朵。在坟墓之中你会把一切都忘记了，但是，在我的生活之中，你却何须给我带来着过于深入的怆痛呢？花将如秋叶一样地凋落，而泪也会如夏雨一样地干掉的呀。然而，假如你的眼睛是能看见的，你会知道我是怎样地想要抓住你的记忆呢！

　　月季花是你所爱的，我珍重着我所采摘的每一朵。我将它们供置在我的案头，我将它们藏在你所曾经爱读的书籍，我将它们遗给我所心爱的友伴，然而，当那难以想象的短促的时间一经过去，鲜丽的颜色，香，与娇媚，都已成为过去的时候，我的珍重又能算得什么呢？

　　"We have short time to stay , as you ,
　　We have as short a spring…"

　　那么，我只能抬头向着天上，以等待你的临降了。

钓台的春昼

郁达夫

因为近在咫尺，以为什么时候要去就可以去，我们对于本乡本土的名区胜景，反而往往没有机会去玩，或不容易下一个决心去玩的。正唯其是如此，我对于富春江上的严陵，二十年来，心里虽每在记着，但脚却从没有向这一方面走过。

一九三一，岁在辛未，暮春三月，春服未成，我接到了警告，就仓皇离去了寓居。先在江浙附近的穷乡里，游息了几天，偶尔看见了一家扫墓的行舟，乡愁一动，就定下了归计。绕了一个大弯，赶到故乡，却正好还在清明寒食的节前。和家人等去上了几处坟，与许久不曾见过面的亲戚朋友，来往热闹了几天，一种乡居的倦怠，忽而袭上心来了，于是乎我就决心上钓台去访一访严子陵的幽居。

钓台去桐庐县城二十余里，桐庐去富阳县治九十里不足，自富阳溯江而上，坐小火轮三小时可达桐庐，再上则须坐帆船了。

我去的那一天，记得是阴晴欲雨的养花天，并且系坐晚班轮去的，船到桐庐，已经是灯火微明的黄昏时候了，不得已就只得在码头近边的一家旅馆的高楼上借了一宵宿。

桐庐县城，大约有三里路长，三千多烟灶，一二万居民，地在富春江西北岸，从前是皖浙交通的要道，现在杭江铁路一开，似乎没有一二十年前的繁华热闹了。尤其要使旅客感到萧条的，却是桐君山脚下的那一队花船的失去了踪影。说起桐君山，原是桐庐县的一个接近城市的灵山胜地，山虽不高，但因有仙，自然是灵了。以形势来论，这桐君山，也的确是可以产生出许多口音生硬，别具风韵的桐严嫂来的生龙活脉，地处在桐溪东岸，正当桐溪和富春江合流之所，依依一水，西岸便瞰视着桐庐县市的人家烟树。南面对江，便是十里长洲；唐诗人方干的故居，就在这十里桐洲九里花的花田深处。向西越过桐庐县城，更遥遥对着一排高低不定的青峦，这就是富春山的山子山孙了。东北面山下，是一片桑麻沃地，有一条长蛇似的官道，隐而复现，出没盘曲在桃花杨柳洋槐榆树的中间，绕过一支小岭，便是富阳县的境界，大约去程明道的墓地程坟，总也不过一二十里地的间隔，我的去拜谒桐君，瞻仰道观，就在那一天到桐庐的晚上，是淡云微月，正在作雨的时候。

　　鱼梁渡头，因为夜渡无人，渡船停在东岸的桐君山下。我从旅馆蹀了出来，先在离轮埠不远的渡口停立了几分钟，后来问一位来渡口洗夜饭米的年轻少妇，弓身请问了一回，才得到了渡江的秘诀。她说："你只须高喊两三声，船自会来的。"先谢了她教我的好意，然后以两手围成了播音的喇叭，"喂，喂，渡船请摇过来！"地纵声一喊，果然在半江的黑影当中，船身摇动了。渐摇渐近，五分钟后，我在渡口，却终于听出了咿呀柔橹的声音。时间似乎已经入了酉时的下刻，小市里的群动，这时候都已经静息，自从渡口的那位少妇，在微茫的夜色里，藏去了她那张白团团的面影之后，我独立在江边，不知不觉心里头却兀自感到了一种他乡日暮的悲哀。渡船到岸，船头上起了几声微微的水浪清音，又铜东的一响，我早已跳上了船，渡船也已经掉过头来了。坐在黑沉沉的舱里，我起先只在静听着柔橹划水的声音，然后却在黑影里看出了一星船家在吸着的长烟管头上的烟火，最后因为沉默压迫不过，我只好开口说话了："船家！你这样地渡我过去，该给你几个船钱？"我问。"随你先生把几个就是。"船家说话冗慢幽长，似乎已经带着些睡意了，我就向袋里摸出了两角钱来。"这两角钱，就算是我的渡船钱，请你候我一会，上去烧一次夜香，我是依旧要渡过江来的。"船家的回答，只是恩恩乌乌，幽幽同牛叫似的一种鼻音，然而从继这鼻音而起的两三声轻快的喀声听来，他却已经在感到满足了，因为我也知道，乡间的义渡，船钱最多也不过是两三枚铜子而已。

　　到了桐君山下，在山影和树影交掩着的崎岖道上，我上岸走不上几步，就被一块乱石绊倒，滑跌了一次。船家似乎也动了恻隐之心了。一句话也不发，跑将上来，他却突然交给了我一盒火柴。我于感谢了一番他的盛意之后，重整步武，再摸上山去，先是必须点一枝火柴走三五步路的，但到得半山，路既就了规律，而微云堆里的半规月色，也朦胧地现出了一痕银线来了，所以手里还存着的半盒火柴，就被我藏入了袋里。路是从山的西北，盘曲而上，渐走渐高，半山一到，天也开朗了一点，桐庐县市上的灯光，也星星可数了。更纵目向江心望去，富春江两岸的船上和桐溪合流口停泊着的船尾船头，也看得出一点一点的火来。走过半山，桐君观里的晚祷钟鼓，似乎还没有息尽，耳朵里仿佛听见了几丝木鱼钲钹的残声。走上山顶，先在半途遇着了一道道观外围的女墙，这女墙的栅门，却已经掩上了。在栅门外徘徊了一刻，觉得已经到了此门而不进去，终于是不能满足我这一次暗夜冒险的好奇怪癖的。所以细想了几次，还是决心进去，非进去不可，轻轻用手往里面一推，栅门却呀的一声，早已退向了后方开开了，这门原来是虚掩在那里的。进了栅门，踏着为淡月所映照的石砌平路，向东向南的前走了五六十步，居然走到了道观的大门之外，这两扇朱红漆的大门，不消说是紧闭在那里的。到了此地，我却不想再破门进去了，因为这大门是朝南向着大江开的，门外头是一条一丈来宽的石砌步道，步道的一旁是道观的墙，一旁便是山坡，靠山坡的一面，并且还有一道二尺来高的石墙筑在那里，大约是代替栏杆，防人倾跌下山去的用意，石墙之上，铺的是二三尺宽的青石，在这似石栏又似石凳的墙上，尽可以坐卧游息，饱看桐江和对岸的风景，就是在这里坐它一晚，也很可以，我又何必去打开门来，惊起那些老道的恶梦呢？

空旷的天空里，流涨着的只是些灰白的云，云层缺处，原也看得出半角的天，和一点两点的星，但看起来最饶风趣的，却仍是欲藏还露，将见仍无的那半规月影。这时候江面上似乎起了风，云脚的迁移，更来得迅速了，而低头向江心一看，几多散乱着的船里的灯光，也忽明忽灭地变换了一变换位置。

这道观大门外的景色，真神奇极了。我当十几年前，在放浪的游程里，曾向瓜州京口一带，消磨过不少的时日，那时觉得果然名不虚传的，确是甘露寺外的江山，而现在到了桐庐，昏夜上这桐君山来一看，又觉得这江山的秀而且静，风景的整而不散，却非那天下第一江山的北固山所可与比拟的了。真也难怪得严子陵，难怪得戴徵士，倘使我若能在这样的地方结屋读书，颐养天年，那还要什么的高官厚禄，还要什么的浮名虚誉哩？一个人在这桐君观前的石凳上，看看山，看看水，看看城中的灯火和天上的星云，更做做浩无边际的无聊的幻梦，我竟忘记了时刻，忘记了自身，直等到隔江的击柝声传来，向西一看，忽而觉得城中的灯影微茫地灭了，才跑也似的走下了山来，渡江奔回了客舍。

第二日清晨，觉得昨天在桐君观前做过的残梦正还没有续完的时候，窗外面忽而传来了一阵吹角的声音。好梦虽被打破，但因这同吹竽篪似的商音哀咽，却很含着些荒凉的古意，并且晓风残月，杨柳岸边，也正好候船待发，上严陵去；所以心里纵怀着了些儿怨恨，但脸上却只现出了一痕微笑，起来梳洗更衣，叫茶房去雇船去。雇好了一只双桨的渔舟，买就了些酒菜鱼米，就在旅馆前面的码头上上了船。轻轻向江心摇出去的时候，东方的云幕中间，已现出了几丝红韵，有八点多钟了，舟师急得厉害，只在埋怨旅馆的茶房，为什么昨晚不预先告诉，好早一点出发。因为此去就是七里滩头，无风七里，有风七十里，上钓台去玩一趟回来，路程虽则有限，但这几日风雨无常，说不定要走夜路，才回来得了的。

过了桐庐，江心狭窄，浅滩果然多起来了。路上遇着的来往的行舟，数目也是很少，因为早晨吹的角，就是往建德去的快班船的信号，快班船一开，来往于两埠之间的船就不十分多了。两岸全是青青的山，中间是一条清浅的水，有时候过一个沙洲，洲上的桃花菜花，还有许多不晓得名字的白色的花，正在喧闹着春暮，吸引着蜂蝶。我在船头上一口一口地喝着严东关的药酒，指东话西地问着船家，这是什么山？那是什么港？惊叹了半天，称颂了半天，人也觉得倦了，不晓得什么时候，身子却走上了一家水边的酒楼，在和数年不见的几位已经做了党官的朋友高谈阔论。谈论之余，还背诵了一首两三年前曾在同一的情形之下做成的歪诗：

不是尊前爱惜身，伴狂难免假成真，

曾因酒醉鞭名马，生怕情多累美人。

劫数东南天作孽，鸡鸣风雨海扬尘，

悲歌痛哭终何补，义士纷纷说帝秦。

直到盛筵将散，我酒也不想再喝了，和几位朋友闹得心里各自难堪，连对旁边坐着的两位陪酒的名花都不愿意开口。正在这上下不得的苦闷关头，船家却大声地叫了起来说：

"先生，罗芷过了，钓台就在前面，你醒醒吧，好上山去烧饭吃去。"

擦擦眼睛，整了一整衣服，抬起头来一看，四面的水光山色又忽而变了样子了。清清的一条浅水，比前又窄了几分，四围的山包得格外的紧了，仿佛是前无去路的样子。并且山容峻削，看去觉得格外的瘦格外的高。向天上地下四围看看，只寂寂的看不见一个人类。双桨的摇响，到此似乎也不敢放肆了，钩的一声过后，要好半天才来一个幽幽的回响，静，静，静，身边水上，山下岩头，只沉浸着太古的静，死灭的静，山峡里连飞鸟的影子也看不见半只。前面的所谓钓台山上，只看得见两个大石垒，一间歪斜的亭子，许多纵横芜杂的草木。山腰里的那座祠堂，也只露着些废垣残瓦，屋上面连炊烟都没有一丝半缕，像是好久好久没有人住了的样子。并且天气又来得阴森，早晨曾经露一露脸过的太阳，这时候早已深藏在云堆里了，余下来的只是时有时无从侧面吹来的阴飕飕的半箭儿山风。船靠了山脚，跟着前面背着酒菜鱼米的船夫走上严先生祠堂去的时候，我心里真有点害怕，怕在这荒山里要遇见一个干枯苍老得同丝瓜筋似的严先生的鬼魂。

在祠堂西院的客厅里坐定，和严先生的不知第几代的裔孙谈了几句关于年岁水旱的话后，我的心跳也渐渐儿地镇静下去了，嘱托了他以煮饭烧菜的杂务，我和船家就从断碑乱石中间爬上了钓台。

东西两石垒，高各有二三百尺，离江面约两里来远，东西台相去，只有一二百步，但其间却夹着一条深谷，立在东台，可以看得出罗芷的人家，回头展望来路，风景似乎散漫一点，而一上谢氏的西台，向西望去，则幽谷里的清景，却绝对的不像是在人间了。我虽则没有到过瑞士，但到了西台，朝西一看，立时就想起了曾在照片上看见过的威廉退儿的祠堂。这四山的幽静，这江水的青蓝，简直同在画片上的珂罗版色彩，一色也没有两样，所不同的，就是在这儿的变化更多一点，周围的环境更芜杂不整齐一点而已，但这却是好处，这正是足以代表东方民族性的颓废荒凉的美。

从钓台下来，回到严先生的祠堂——记得这是洪杨以后严州知府戴重建的祠堂——西院里饱啖了一顿酒肉，我觉得有点酩酊微醉了。手拿着以火柴柄制成的牙签，走到东面供着严先生神像的龛前，向四面的破壁上一看，翠墨淋漓，题在那里的，竟多是些俗而不雅的过路高官的手笔。最后到了南面的一块白墙头上，在离屋檐不远的一角高处，却看到了我们的一位新近去世的同乡夏灵峰先生的四句似邵尧夫而又略带感慨的诗句。夏灵峰先生虽则只知崇古，不善处今，但是五十年来，像他那样的顽固自尊的亡清遗老，也的确是没有第二个人。比较起现在的那些官迷财迷的南满尚书和东洋宦婢来，他的经术言行，姑且不必去论它，就是以骨头来称称，我想也要比什么罗三郎郑太郎辈，重到好几百倍。慕贤的心一动，醺人的臭技自然是难熬了，堆起了几张桌椅，借得了一枝破笔，我也在高墙上在夏灵峰先生的脚后放上了一个陈屁，就是在船舱的梦里，也曾微吟过的那一首歪诗。

从墙头上跳将下来，又向龛前天井去走了一圈，觉得酒后的喉咙，有点渴痒了，所以就又走回到了西院，静坐着喝了两碗清茶。在这四大无声，只听见我自己的啾啾喝水的舌音冲击到那座破院的败壁上去的寂静中间，同惊雷似的一响，院后的竹园里却忽而飞出了一声闲长而又有节奏似的鸡啼的声来。同时在门外面歇着的船家，也走进了院门，高声地对我说：

"先生，我们回去吧，已经是吃点心的时候了，你不听见那只公鸡在后山啼么？我们回去吧！"

我读一本小书同时又读一本大书

沈从文

1932

　　我能正确记忆到我小时的一切，大约在两岁左右。我从小到四岁左右，始终健全肥壮如一只小豚。四岁时母亲一面告给我认方字，外祖母一面便给我糖吃，到认完六百生字时，腹中生了蛔虫，弄得黄瘦异常，只得每天用草药蒸鸡肝当饭。那时节我就已跟随了两个姐姐，到一个女先生处上学。那人既是我的亲戚，我年龄又那么小，过那边去念书，坐在书桌边读书的时节较少，坐在她膝上玩的时间或者较多。

　　到六岁时，我的弟弟方两岁，两人同时出了疹子。时正六月，日夜皆在吓人高热中受苦。又不能躺下睡觉，一躺下就咳嗽发喘。又不要人抱，抱时全身难受。我还记得我同我那弟弟两人当时皆用竹簟卷好，同春卷一样，竖立在屋中阴凉处。家中人当时业已为我们预备了两具小小棺木搁在廊下。十分幸运，两人到后居然全好了。我的弟弟病后家中特别为他请了一个壮实高大的苗妇人照料，照料得法，他便壮大异常。我因此一病，却完全改了样子，从此不再与肥胖为缘，成了个小猴儿精了。

　　六岁时我已单独上了私塾。如一般风气，凡是私塾中给予小孩子的虐待，我照样也得到了一份。但初上学时我因为在家中业已认字不少，记忆力从小又似乎特别好，比较其余小孩，可谓十分幸福。第二年后换了一个私塾，在这私塾中我跟从了几个较大的学生，学会了顽劣孩子抵抗顽固塾师的方法，逃避那些书本去同一切自然相亲近。这一年的生活形成了我一生性格与感情的基础。我间或逃学，且一再说谎，掩饰我逃学应受的处罚。我的爸爸因这件事十分愤怒，有一次竟说若再逃学说谎，便当砍去我一个手指。我仍然不为这话所恐吓，机会一来时总不把逃学的机会轻轻放过。当我学会了用自己眼睛看世界一切，到不同社会中去生活时，学校对于我便已毫无兴味可言了。

我爸爸平时本极爱我，我曾经有一时还做过我那一家的中心人物。稍稍害点病时，一家人便光着眼睛不睡眠，在床边服侍我，当我要谁抱时谁就伸出手来。家中那时经济情形还很好，我在物质方面所享受到的，比起一般亲戚小孩似乎都好得多。我的爸爸既一面只做将军的好梦，一面对于我却怀了更大的希望。他仿佛早就看出我不是个军人，不希望我做将军，却告诉我祖父的许多勇敢光荣的故事，以及他庚子年间所得的一份经验。他因为欢喜京戏，只想我学戏，做谭鑫培。他以为我不拘做什么事，总之应比做个将军高些。第一个赞美我明慧的就是我的爸爸。可是当他发现了我成天从塾中逃出到太阳底下同一群小流氓游荡，任何方法都不能拘束这颗小小的心，且不能禁止我狡猾的说谎时，我的行为实在伤了这个军人的心。同时那小我四岁的弟弟，因为看护他的苗妇人照料十分得法，身体养育得强壮异常，年龄虽小，便显得气派宏大，凝静结实，且极自重自爱，故家中人对我感到失望时，对他便异常关切起来。这小孩子到后来也并不辜负家中人的期望，二十二岁时便做了步兵上校。至于我那个爸爸，却在蒙古，东北，西藏，各地处军队中混过，民国二十年时还只是一个上校，在本地土著军队里做军医（后改为中医院长），把将军希望留在弟弟身上，在家乡从一种极轻微的疾病中便瞑目了。

我有了外面的自由，对于家中的爱护反觉处处受了牵制，因此家中人疏忽了我的生活时，反而似乎使我方便了好些。领导我逃出学塾，尽我到日光下去认识这大千世界微妙的光，稀奇的色，以及万汇百物的动静，这人是我一个张姓表哥。他开始带我到他家中橘柚园中去玩，到城外山上去玩，到各种野孩子堆里去玩，到水边去玩。他教我说谎，用一种谎话对付家中，又用另一种谎话对付学塾，引诱我跟他各处跑去。即或不逃学，学塾为了担心学童下河洗澡，每到中午散学时，照例必在每人手心中用朱笔写个大字，我们尚依然能够一手高举，把身体泡到河水中玩个半天。这方法也亏那表哥想出的。我感情流动而不凝固，一派清波给予我的影响实在不小。我幼小时较美丽的生活，大部分都同水不能分离。我的学校可以说是在水边的。我认识美，学会思索，水对我有较大的关系。我最初与水接近，便是那荒唐表哥领带的。

现在说来，我在做孩子的时代，原来也不是个全不知自重的小孩子。我并不愚蠢。当时在一班表兄弟中和弟兄中，似乎只有我那个哥哥比我聪明，我却比其他一切孩子懂事。但自从那表哥教会我逃学后，我便成为毫不自重的人了。在各样教训各样的方法管束下，我不欢喜读书的性情，从塾师方面，从家庭方面，从亲戚方面，莫不对于我感觉得无多希望。我的长处到那时只是种种的说谎。我非从学塾逃到外面空气下不可，逃学过后又得逃避处罚。我最先所学，同时拿来致用的，也就是根据各种经验来制作各种谎话。我的心总得为一种新鲜声音，新鲜颜色，新鲜气味而跳。我得认识本人生活以外的生活。我的智慧应当从直接生活上吸收消化，却不须从一本好书一句好话上学来。似乎就只这样一个原因，我在学塾中，逃学纪录点数，在当时便比任何一人都高。

离开私塾转入新式小学时，我学的总是学校以外的。到我出外自食其力时，我又不曾在职务上学好过什么，二十年后我"不安于当前事务，却倾心于现世光色，对于一切成例与观念皆十分怀疑，却常常为人生远景而凝眸"，这份性格的形成，便应当溯源于小时在私塾中逃学习惯。

自从逃学成习惯后，我除了想方设法逃学，什么也不再关心。

有时天气坏一点，不便出城上山里去玩，逃了学没有什么去处，我就一个人走到城外庙里去。本地大建筑在城外计三十来处，除了庙宇就是会馆和祠堂。空地广阔，因此均为小手工业工人所利用。那些庙里总常常有人在殿前廊下绞绳子，织竹簟，做香，我就看他们做事。有人下棋，我看下棋。有人打拳，我看打拳。甚至于相骂，我也看着，看他们如何骂来骂去，如何结果。因为自己既逃学，走到的地方必不能有熟人，所到的必是较远的庙里。到了那里，既无一个熟人，因此什么事都只好用耳朵听，眼睛去看，直到看无可看听无可听时，我便应当设计打量我怎么回家去的方法了。

来去学校我得拿一个书篮。内中有十多本破书，由《包句杂志》《幼学琼林》到《论语》《诗经》《尚书》，通常得背诵。分量相当沉重。逃学时还把书篮挂到手肘上，这就未免太蠢了一点。凡这么办的可以说是不聪明的孩子。许多这种小孩子，因为逃学到各处去，人家一见就认得出，上年纪一点的人见到时就会说："逃学的，赶快跑回家挨打去，不要在这里玩。"若无书篮可不会受这种教训。因此我们就想出了一个方法，把书篮寄存到一个土地庙里去。那地方无一个人看管，但谁也用不着担心他的书篮。小孩子对于土地神全不缺少必需的敬畏，都信托这木偶，把书篮好好地藏到神座龛子里去，常常同时有五个或八个，到时却各人把各人的拿走，谁也不会乱动旁人的东西。我把书篮放到那地方去，次数是不能记忆了的，照我想来，次数最多的必定是我。

逃学失败被家中学校任何一方面发觉时，两方面总得各挨一顿打。在学校得自己把板凳搬到孔夫子牌位前，伏在上面受笞。处罚过后还要对孔夫子牌位作一揖，表示忏悔。有时又常常罚跪至一根香时间。我一面被处罚跪在房中的一隅，一面便记着各种事情，想象恰好生了一对翅膀，凭经验飞到各样动人事物上去。按照天气寒暖，想到河中的鳜鱼被钓起离水以后拨剌的情形，想到天上飞满风筝的情形，想到空山中歌呼的黄鹂，想到树木上累累的果实。由于最容易神往到种种屋外东西上去，反而常把处罚的痛苦忘掉，处罚的时间忘掉，直到被唤起以后为止，我就从不曾在被处罚中感觉过小小冤屈。那不是冤屈。我应感谢那种处罚，使我无法同自然接近时，给我一个练习想象的机会。

家中对这件事自然照例不大明白情形，以为只是教师方面太宽的过失，因此又为我换一个教师。我当然不能在这些变动上有什么异议。这事对我说来，我倒又得感谢我的家中。因为先前那个学校比较近些，虽常常绕道上学，终不是个办法，且因绕道过远，把时间耽误太久时，无可托词。现在的学校可真很远很远了，不必包绕偏街，我便应当经过许多有趣味的地方了。从我家中到那个新的学塾里去时，路上我可看到针铺门前永远必有一个老人戴了极大的眼镜，低下头来在那里磨针。又可看到一个伞铺，大门敞开，作伞时十几个学徒一起工作，尽人欣赏。又有皮靴店，大胖子皮匠，天热时总腆出一个大而黑的肚皮（上面有一撮毛！）用夹板缝鞋。又有剃头铺，任何时节总有人手托一个小小木盘，呆呆的在那里尽剃头师傅刮脸。又可看到一家染坊，有强壮多力的苗人，踹在凹形石碾上面，站得高高的，手扶着墙上横木，偏左偏右的摇荡。又有三家苗人打豆腐的作坊，小腰白齿头包花帕的苗妇人，时时刻刻口上都轻声唱歌，一面引逗缚在身背后包单里的小苗人，一面用放光的红铜勺舀取豆浆。我还必须经过一个豆粉作坊，远远的就可听到骡子推磨隆隆的声音，屋顶棚架上晾满白粉条。我还得经过一些屠户肉案桌，可看到那些新鲜猪肉砍碎时尚在跳动不止。我还得经过一家扎冥器出租花轿的铺子，有白面无常鬼，蓝面阎罗王，鱼龙，轿子，金童玉女。每天且可以从他那里看出有多少人接亲，有多少冥器，那些定做的作品又成就了多少，换了些什么式样。并且还常常停顿下来，看他们贴金敷粉，涂色，一站许久。

我就欢喜看那些东西，一面看一面明白了许多事情。

每天上学时，我照例手肘上挂了那个竹书篮，里面放十多本破书。在家中虽不敢不穿鞋，可是一出了大门，即刻就把鞋脱下拿到手上，赤脚向学校走去。不管如何，时间照例是有多余的，因此我总得绕一节路玩玩。若从西城走去，在那边就可看到牢狱，大清早若干人戴了脚镣从牢中出来，派过衙门去挖土。若从杀人处走过，昨天杀的人还没有收尸，一定已被野狗把尸首咋碎或拖到小溪中去了，就走过去看看那个糜碎了的尸体，或拾起一块小小石头，在那个污秽的头颅上敲打一下，或用一木棍去戳戳，看看会动不动。若还有野狗在那里争夺，就预先拾了许多石头放在书篮里，随手一一向野狗抛掷，不再过去，只远远地看看，就走开了。

既然到了溪边，有时候溪中涨了小小的水，就把裤管高卷，书篮顶在头上，一只手扶着，一只手照料裤子，在沿了城根流去的溪水中走去，直到水深齐膝处为止。学校在北门，我出的是西门，又进南门，再绕从城里大街一直走去。在南门河滩方面我还可以看一阵杀牛，机会好时恰好正看到那老实可怜畜生放倒的情形。因为每天可以看一点点，杀牛的手续同牛内脏的位置，不久也就被我完全弄清楚了。再过去一点就是边街，有织簟子的铺子，每天任何时节皆有几个老人坐在门前小凳子上，用厚背的钢刀破篾，有两个小孩子蹲在地上织簟子。（我对于这一行手艺所明白的种种，现在说来似乎比写字还在行。）又有铁匠铺，制铁炉同风箱皆占据屋中，大门永远敞开着，时间即或再早一些，也可以看到一个小孩子两只手拉着风箱横柄，把整个身子的分量前倾后倒，风箱于是就连续发出一种吼声，火炉上便放出一股臭烟同红光。待到把赤红的热铁拉出搁放到铁砧上时，这个小东西，赶忙舞动细柄铁锤，把铁锤从身背后扬起，在身面前落下，火花四溅的一下一下打着。有时打的是一把刀，有时打的是一件农具。有时看到的又是这个小学徒跨在一条大板凳上，用一把凿子在未淬水的刀上起去铁皮，有时又是把一条薄薄的钢片嵌进熟铁里去。日子一多，关于任何一件铁器的制造秩序，我也不会弄错了。边街又有小饭铺，门前有个大竹筒，插满了用竹子削成的筷子。有干鱼同酸菜，用钵头装满放在门前柜台上。引诱主顾上门，意思好像是说，"吃我，随便吃我，好吃！"每次我总仔细看看，真所谓"过屠门而大嚼"，也过了瘾。

　　我最欢喜天上落雨，一落了小雨，若脚下穿的是布鞋，即或天气正当十冬腊月，我也要以用恐怕湿却鞋袜为辞，有理由即刻脱下鞋袜赤脚在街上走路。但最使人开心事，还是落过大雨以后，街上许多地方已被水所浸没，许多地方阴沟中涌出水来，在这些方照例常常有人不能过身，我却赤着两脚故意向深水中走去。若河中涨了大水，照例上游会漂流得有木头，家具，南瓜同其他东西，就赶快到横跨大河上的桥上去看热闹。桥上必已经有人用长绳系定了自己的腰身，在桥头上呆着，注目水中，有所等待。看到有一段大木或一件值得下水的东西浮来时，就踊身一跃，骑到那树上，或傍近物边，把绳子缚定，自己便快快的向下游岸边泅去。另外几个在岸边的人把水中人援助上岸后，就把绳子拉着，或缠绕到大石上大树上去，于是第二次又有第二人来在桥头上等候。我欢喜看人在洄水里扳罾[1]，巴掌大的活鲫鱼在网中蹦跳。一涨了水，照例也就可以看这种有趣味的事情。照家中规矩，一落雨就得穿上钉鞋，我可真不愿意穿那种笨重钉鞋。虽然在半夜时有人从街巷里过身，钉鞋声音实在好听，大白天对于钉鞋，我依然毫无兴味。

若在四月落了点小雨，山地里田塍[2]上各处都是蟋蟀声音，真使人心花怒放。在这些时节，我便觉得学校真没有意思，简直坐不住，总得想方设法逃学上山去捉蟋蟀。有时没有什么东西安置这小东西，就走到那里去，把第一只捉到手后又捉第二只，两只手各有一只后，就听第三只。本地蟋蟀原分春秋二季，春季的多在田间泥里草里，秋季的多在人家附近石罅里瓦砾中，如今既然这东西只在泥层里，故即或两只手心各有一匹小东西后，我总还可以想方设法把第三只从泥土中赶出，看看若比较手中的大些，即开释了手中所有，捕捉新的，如此轮流换去，一整天方捉回两只小虫。城头上有白色炊烟，街巷里有摇铃铛卖煤油的声音，约当下午三点左右时，赶忙走到一个刻花板的老木匠那里

---

① 扳罾（zēng）：渔人用竿架大网沉进水中，随时拉起。

② 田塍（chéng）：亦作"田塖"，即田埂，田间的土埂子。

去，很兴奋地同那木匠说："师傅师傅，今天可捉了大王来了！"

那木匠便故意装成无动于衷的神气，仍然坐在高凳上玩他的车盘，正眼也不看我的说："不成，要打打得赌点输赢！"我说："输了替你磨刀成不成？"

"嗨，够了，我不要你磨刀，你哪会磨刀！上次磨凿子还磨坏了我的家伙！"

这不是冤枉我，我上次的确磨坏了他一把凿子。不好意思再说磨刀了，我说："师傅，那这样办法，你借给我一个瓦盆子，让我自己来试这两只谁能干些好不好？"我说这话时真怪和气，为的是他以逸待劳，若不允许我还是无办法。

那木匠想了想，好像莫可奈何才让步的样子。"借盆子得把战败的一只给我，算作租钱。"

我满口答应："那成，那成。"

于是他方离开车盘，很慷慨地借给我一个泥罐子，顷刻之间我就只剩下一只蟋蟀了。这木匠看看我捉来的虫还不坏，必向我提议："我们来比比，你赢了我借你这泥罐一天；你输了，你把这蟋蟀输给我，办法公平不公平？"我正需要那么一个办法，连说"公平，公平"，于是这木匠进去了一会儿，拿出一只蟋蟀来同我的斗，不消说，三五回合我的自然又败了。他的蟋蟀照例却常常是我前一天输给他的。那木匠看看我有点颓丧，明白我认识那匹小东西，担心我生气时一摔，一面赶忙收拾盆罐，一面带着鼓励我的神气笑笑说："老弟，老弟，明天再来，明天再来！你应当捉好的来，走远一点。明天来，明天来！"

我什么话也不说，微笑着，出了木匠的大门，空手回家了。

这样一整天在为雨水泡软的田塍上乱跑，回家时常常全身是泥，家中当然一望而知，于是不必多说，沿老例跪一根香，罚关在空房子里，不许哭，不许吃饭。等一会儿我自然可以从姐姐方面得到充饥的东西。悄悄地把东西吃下以后，我也疲倦了，因此空房中即或再冷一点，老鼠来去很多，一会儿就睡着，再也不知道如何上床的事了。

即或在家中那么受折磨，到学校去时又免不了补挨一顿板子。我还是在想逃学时就逃学，决不为经验所恐吓。

有时逃学又只是到山上去偷人家园地里的李子枇杷，主人拿着长长的竹竿大骂着追来时，就飞奔而逃，逃到远处一面吃那个赃物，一面还唱山歌气那主人，总而言之，人虽小小的，两只脚跑得很快，什么茨棚①里钻去也不在乎，要捉我可捉不到，就认为这种事很有趣味。

可是只要我不逃学，在学校里我是不至于像其他那些人受处罚的。我从不用心念书，但我从不在应当背诵时节无法对付。许多书总是临时来读十遍八遍，背诵时节却居然琅琅上口，一字不遗。也似乎就由于这份小小聪明，学校把我同一般同学一样待遇，更使我轻视学校。家中不了解我为什么不想上进，不好好地利用自己聪明用功，我不了解家中为什么只要我读书，不让我玩。我自己总以为读书太容易了点，把认得的字记记那不算什么稀奇。最稀奇处应当是另外那些人，在他那份习惯下所做的一切事情。为什么骡子推磨时得把眼睛遮上？为什么刀得烧红时在水里一淬方能坚硬？为什么雕佛像的会把木头雕成人形，所贴的金那么薄又用什么方法作成？为什么小铜匠会在一块铜板上钻那么一个圆眼，刻花时刻得整整齐齐？这些古怪事情太多了。

我生活中充满了疑问，都得我自己去找寻解答。我要知道

---

① 茨棚：带刺的灌木丛。

的太多，所知道的又太少，有时便有点发愁。就为的是白日里太野，各处去看，各处去听，还各处去嗅闻，死蛇的气味，腐草的气味，屠户身上的气味，烧碗处土窑被雨以后放出的气味，要我说来虽当时无法用言语去形容，要我辨别却十分容易。蝙蝠的声音，一只黄牛当屠户把刀劙①进它喉中时叹息的声音，藏在田塍土穴中大黄喉蛇的鸣声，黑暗中鱼在水面拨刺的微声，全因到耳边时分量不同，我也记得那么清清楚楚。因此回到家里时，夜间我便做出无数稀奇古怪的梦。这些梦直到将近二十年后的如今，还常常使我在半夜时无法安眠，既把我带回到那个"过去"的空虚里去，也把我带往空幻的宇宙里去。

在我面前的世界已够宽广了，但我似乎还得一个更宽广的世界。我得用这方面得到的知识证明那方面的疑问。我得从比较中知道谁好谁坏。我得看许多业已由于好询问别人，以及好自己幻想所感觉到的世界上的新鲜事情新鲜东西。结果能逃学时我逃学，不能逃学我就只好做梦。

照地方风气说来，一个小孩子野一点的，照例也必须强悍一点，才能各处跑去。因为一出城外，随时都会有一样东西突然扑到你身边来，或是一只凶恶的狗，或是一个顽劣的人。无法抵抗这点袭击，就不容易各处自由放荡。一个野一点的孩子，即或身边不必时时刻刻带一把小刀，也总得带一削尖的竹块，好好地插到裤带上，遇机会到时，就取出来当作武器。尤其是到一个离家较远的地方去看木傀儡戏，不准备厮杀一场简直不成。你能干点，单身往各处去，有人挑战时，还只是一人近你身边来恶斗。若包围到你身边的顽童人数极多，你还可挑选同你精力相差不大的一人，你不妨指

---

① 劙（tuán）：割，截断。

定其中一个说："要打吗？你来，我同你来。"

到时也只那一个人拢来。被他打倒，你活该，只好伏在地上尽他压着痛打一顿。你打倒了他，他活该，把他揍够后你可以自由走去，谁也不会追你，只不过说句"下次再来"罢了。

可是你根本上若就十分怯弱，即或结伴同行，到什么地方去时，也会有人特意挑出你来殴斗。应战你得吃亏，不答应你得被仇人与同伴两方面奚落，顶不经济。

感谢我那爸爸给了我一分勇气，人虽小，到什么地方去我总不害怕。到被人围上必须打架时，我能挑出那些同我不差多少的人来，我的敏捷同机智，总常常占点上风。有时气运不佳，不小心被人摔倒，我还会有方法翻身过来压到别人身上去。在这件事上我只吃过一次亏，不是一个小孩，却是一只恶狗，把我攻倒后，咬伤了我一只手。我走到任何地方去都不怕谁，同时因换了好些私塾，各处皆有些同学，大家既都逃过学，便有无数朋友，因此也不会同人打架了。可是自从被那只恶狗攻倒过一次以后，到如今我却依然十分怕狗。（有种两脚狗我更害怕，对付不了。）

至于我那地方的大人，用单刀、扁担在大街上决斗本不算回事。事情发生时，那些有小孩子在街上玩的母亲，只不过说："小杂种，站远一点，不要太近！"嘱咐小孩子稍稍站开点儿罢了。本地军人互相砍杀虽不出奇，行刺暗算却不作兴。这类善于殴斗的人物，有军营中人，有哥老会中老幺，有好打不平的闲汉，在当地另成一帮，豁达大度，谦卑接物，为友报仇，爱义好施，且多非常孝顺。但这类人物为时代所陶冶，到民五 ① 以后也就渐渐消灭了。虽有些青年军官还保存那点风格，风格中最重要的一点洒脱处，

---

① 民五：即民国五年（1916年）。

却为了军纪一类影响，大不如前辈了。

我有三个堂叔叔两个姑姑都住在城南乡下，离城四十里左右。那地方名黄罗寨，出强悍的人同猛鸷的兽。我爸爸三岁时在那里差一点险被老虎咬去。我四岁左右，到那里第一天，就看见四个乡下人抬了一只死老虎进城，给我留下极深刻的印象。

我还有一个表哥，住在城北十里地名长宁哨的乡下，从那里再过去十里便是苗乡。表哥是一个紫色脸膛的人，一个守碉堡的战兵。我四岁时被他带到乡下去过了三天，二十年后还记得那个小小城堡黄昏来时鼓角的声音。

这战兵在苗乡有点威信，很能喊叫一些苗人。每次来城时，必为我带一只小斗鸡或一点别的东西。一来为我说苗人故事，临走时我总不让他走。我欢喜他，觉得他比乡下叔父能干有趣。

父亲的玳瑁

鲁彦

1933

在墙脚根刷然溜过的那黑猫的影，又触动了我对于父亲的玳瑁的怀念。

净洁的白毛的中间，夹杂些淡黄的云霞似的柔毛，恰如透明的妇人的玳瑁首饰的那种猫儿，是被称为"玳瑁猫"的。我们家里的猫儿正是那一类，父亲就给了它"玳瑁"这个名字。

在近来的这一匹玳瑁之前，我们还曾有过另外的一匹。它有着同样的颜色，得到了同样的名字，同是从我姊姊家里带来，一样地为我们所爱。

但那是我不幸的妹妹的玳瑁，它曾经和她盘桓了十二年的岁月。

而现在的这一匹，是属于父亲的。

它什么时候来到我们家里，我不很清楚，据说大约已有三年光景了。父亲给我的信，从来不曾提过它。在他的理智中，仿佛以为玳瑁毕竟是一匹小小的兽，比不上任何的家事，足以通知我似的。

但当我去年回到家里的时候，我看到了父亲和玳瑁的感情了。

每当厨房的碗筷一搬动，父亲在后房餐桌边坐下的时候，玳瑉便在门外"咪咪"地叫了起来。这叫声是只有两三声，从不多叫的。它仿佛在问父亲，可不可以进来似的。

于是父亲就说了，完全像对什么人说话一样：

"玳瑁，这里来！"

我初到的几天，家里突然增多了四个人，在玳瑁似乎感觉到热闹与生疏的恐惧，常不肯即刻进来。

"来吧，玳瑁！"父亲望着门外，不见它进来，又说了。

但是玳瑁只回答了两声"咪咪"，仍在门外徘徊着。

"小孩一样，看见生疏的人，就怕进来了。"父亲笑着对我们说。

但是过了一会，玳瑁在大家的不注意中，已经跃上了父亲的膝上。

"哪，在这里了。"父亲说。

我们弯过头去看，它伏在父亲的膝上，睁着略带惧怯的眼望着我们，仿佛预备逃遁似的。

父亲立刻理会它的感觉，用手抚摩着它的颈背，说："困吧，玳瑁。"一面他又转过来对我们说："不要多看它，它像姑娘一样的呢。"

我们吃着饭，玳瑁从不跳到桌上来，只是静静地伏在父亲的膝上。有时鱼腥的气息引诱了它，它便偶尔伸出半个头来望了一望，又立刻缩了回去。它的脚不肯触着桌。这是它的规矩，父亲告诉我们说，向来是这样的。

父亲吃完饭，站起来的时候，玳瑁便先走出门外去。它知道父亲要到厨房里去给它预备饭了。那是真的。父亲从来不曾忘记过，他自己一吃完饭，便去添饭给玳瑁的。玳瑁的饭每次都有鱼或鱼汤拌着。父亲自己这几年来对于鱼的滋味据说有点厌，但即使自己不吃，他总是每次上街去，给玳瑁带了一些鱼来，而且给它储存着的。

白天，玳瑁常在储藏东西的楼上，不常到楼下的房子里来。但每当父亲有什么事情将要出去的时候，玳瑁像是在楼上看着的样子，便溜到父亲的身边，绕着父亲的脚转了几下，一直跟父亲到门边。父亲回来的时候，它又像是在什么地方远远望着，静静地倾听着的样子，待父亲一跨进门限，它又在父亲的脚边了。它并不时时刻刻跟着父亲，但父亲的一举一动，父亲的进出，它似乎时刻在那里留心着。

晚上，玳瑁睡在父亲的脚后的被上，陪伴着父亲。

我们回家后，父亲换了一个寝室。他现在睡到弄堂门外一间从来没有人去的房子里了。

玳瑁有两夜没有找到父亲，只在原地方走着，叫着。它第一夜跳到父亲的床上，发现睡着的是我们，便立刻跳了出去。

正是很冷的天气。父亲记念着玳瑁夜里受冷，说它恐怕不会想到他会搬到那样冷落的地方去的。而且晚上弄堂门又关得很早。

但是第三天的夜里，父亲一觉醒来，玳瑁已在床上睡着了，静静地，"咕咕"念着猫经。

半个月后，玳瑁对我也渐渐熟了。它不复躲避我。当它在父亲身边的时候，我伸出手去，轻轻抚摩着它的颈背，它伏着不动。然而它从不自己走近我。我叫它，它仍不来。就是母亲，她是永久和父亲在一起的，它也不肯走近她。父亲呢，只要叫一声"玳瑁"，甚至咳嗽一声，它便不晓得从什么地方溜出来了，而且绕着父亲的脚。

有两次玳瑁到邻居去游走，忘记了吃饭。我们大家叫着"玳瑁玳瑁"，东西寻找着，不见它回来。父亲却猜到它那里去了。他拿着玳瑁的饭碗走出门外，用筷子敲着，只喊了两声"玳瑁"，玳瑁便从很远的邻屋上走来了。

"你的声音像格外不同似的，"母亲对父亲说，"只消叫两声，又不大，它便老远地听见了。"

"是哪，它只听我管的哩。"

对于寂寞地度着残年的老人，玳瑁所给与的是儿子和孙子的安慰，我觉得。

六月四日的早晨，我带着战栗的心重到家里，父亲只躺在床上远远地望了我一下，便疲倦地合上了眼皮。我悲苦地牵着他的手在我的面上抚摩。他的手已经有点生硬，不复像往日柔和地抚摩玳瑁的颈背那么自然。据说在头一天的下午，玳瑁曾经跳上他的身边，悲鸣着，父亲还很自然地抚摩着它，亲密地叫着"玳瑁"。而我呢，已经迟了。

从这一天起，玳瑁便不再走进父亲的以及和父亲相连的我们的房子。我们有好几天没有看见玳瑁的影子。我代替了父亲的工作，给玳瑁在厨房里备好鱼拌的饭，敲着碗，叫着"玳瑁"。玳瑁没有回答，也不出来。母亲说，这几天家里人多，闹得很，它该是躲在楼上怕出来的。于是我把饭碗一直送到楼上。然而玳瑁仍没有影子。过了一天，碗里的饭照样地摆在楼上，只饭粒干瘪了一些。

玳瑁正怀着孕，需要好的滋养。一想到这，大家更其焦虑了。

第五天早晨，母亲才发现给玳瑁在厨房预备着的另一只饭碗里的饭略略少了一些。大约它在没有人的夜里走进了厨房。它应该是非常饥饿了。然而仍像吃不下的样子。

一星期后，家里的戚友渐渐少了。玳瑁仍不大肯露面。无论谁叫它，都不答应，偶然在楼梯上溜过的后影，显得憔悴而且瘦削，连那怀着孕的肚子也好像小了一些似的。

一天一天家里愈加冷静了。满屋里主宰着静默的悲哀。一到晚上，人还没有睡，老鼠便吱吱叫着活动起来，甚至我们房间的楼上也在叫着跑着。玳瑁是最会捕鼠的。当去年我们回家的时候，即使它跟着父亲睡在远一点的地方，我们的房间里从没有听见过老鼠的声音，但现在玳瑁就睡在隔壁的楼上，也不过问了。我们毫不埋怨它。我们知道它所以这样的原因。

可怜的玳瑁。它不能再听到那熟识的亲密的声音，不能再得到那慈爱的抚摩，它是在怎样的悲伤呵！

三星期后，我们全家要离开故乡。大家预先就在商量，怎样把玳瑁带出来。但是离开预定的日子前一星期，玳瑁生了小孩了。我们看见它的肚子松瘪着。

怎样可以把它带出来呢？

然而为了玳瑁，我们还是不能不带它出来。我们家里的门将要全锁上。邻居们不会像我们似的爱它，而且大家全吃着素菜，不会舍得买鱼饲它。单看玳瑁的脾气，连对于母亲也是冷淡淡的，决不会喜欢别的邻居。

我们还是决定带它一道来上海。

它生了几个小孩，什么样子，放在哪里，我们虽然极想知道，却不敢去惊动玳瑁。我们预定在饲玳瑁的时候，先捉到它，然后再寻觅它的小孩。因为这几天来，玳瑁在吃饭的时候，已经不大避人，捉到它应该是容易的。

但是两天后，我们十几岁的外甥遏抑不住他的热情了。不知怎样，玳瑁的孩子们所在的地方先被他很容易地发现了。它们原来就在楼梯门口，一只半掩着的糠箱里。玳瑁和它的小孩们就住在这里，是谁也想不到的。外甥很喜欢，叫大家去看。玳瑁已经溜得远远地在惧怯地望着。

我们想，既然玳瑁已经知道我们发觉了它的小孩的住所，不如便先把它的小孩看守起来，因为这样，也可以引诱玳瑁的来到，否则它会把小孩衔到更没有人晓得的地方去的。

于是我们便做了一个更安适的窠给它的小孩们，携进了以前父亲的寝室，而且就在父亲的床边。

那里是四个小孩，白的，黑的，黄的，玳瑁的，都还没有睁开眼睛。贴着压着，钻做一团，肥圆的。捉到它们的时候，偶然发出微弱的老鼠似的吱吱的鸣声。

"生了几只呀？"母亲问着。

"四只。"

"嗨，四只！怪不得！扛了你父亲的棺材，不要再扛我的呢！"母亲叹息着，不快活地说。

大家听着这话，愣住了。

"把它们丢出去！"外甥叫着说，但他同时却又喜悦地抚摩着玳瑁的小孩们，舍不得走开。

玳瑁现在在楼上寻觅了，它大声地叫着。

"玳瑁，这里来，在这里。"我们学着父亲仿佛对人说话似的叫着玳瑁说。

但是玳瑁像只懂得父亲的话，不能了解我们说什么。它在楼上寻觅着，在弄堂里寻觅着，在厨房里寻觅着，可不走进以前父亲天天夜里带着它睡觉的房子。我们有时故意作弄它的小孩们，使它们发出微弱的鸣声。玳瑁仍像没有听见似的。

过了一会，玳瑁给我们女工捉住了。它似乎饿了，走到厨房去吃饭，却不妨给她一手捉住了颈背的皮。

"快来！快来！捉住了！"她大声叫着。

我扯了早已预备好的绳圈，跑出去。

玳瑁大声地叫着，用力地挣扎着。待至我伸出手去，还没抱住玳瑁，女工的手一松，玳瑁溜走了。

它再不到厨房里去，只在楼上叫着，寻觅着。

几点钟后，我们只得把玳瑁的小孩们送回楼上。它们显然也和玳瑁似的在忍受着饥饿和痛苦。

玳瑁又静默了，不到十分钟，我们已看不见它的小孩们的影子。现在可不必再费气力，谁也不会知道它们的所在。

有一天一夜，玳瑁没有动过厨房里的饭。以后几天，它也只在夜里。待大家睡了以后到厨房里去。

我们还想设法带玳瑁出来，但是母亲说：

"随它去吧，这样有灵性的猫，那里会不晓得我们要离开这里。要出去自然不会躲开的。你们看它，父亲过世以后，再也不忍走进那两间房里，并且几天没有吃饭，明明在非常的伤心。现在怕是还想在这里陪伴你们父亲的灵魂呢。它原是你父亲的。"

我们只好随玳瑁自己了。它显然比我们还舍不得父亲，舍不得父亲所住过的房子，走过的路以及手所抚摸过的一切。父亲的声音，父亲的形象，父亲的气息，应该都还很深刻地萦绕在它的脑中。

可怜的玳瑁，它比我们还爱父亲！

然而玳瑁也太凄惨了。以后还有谁再像父亲似的按时给它好的食物，而且慈爱地抚摩着它，像对人说话似的一声声地叫它呢？

离家的那天早晨，母亲给它留下了许多给孩子吃的稀饭在厨房里。门虽然锁着，玳瑁应该仍然晓得走进去。邻居们也曾答应代我们给它饲料。然而又怎能和父亲在的时候相比呢？

现在距我们离家的时候又已一月多了。玳瑁应该很健康着，它的小孩们也该是很活泼可爱了吧？

我希望能再见到和父亲的灵魂永久同在着的玳瑁。

"儿时"

瞿秋白

1933

> 狂胪文献耗中年，亦是今生后起缘；
> 猛忆儿时心力异：一灯红接混茫前。
>
> ——定盦诗

生命没有寄托的人，青年时代和儿时对他格外重要。这种浪漫谛克^①的回忆其实不是发现了儿时的真正了不得，而是感到中年以后的衰退。本来，人生只有一次，对于谁都是宝贵的。但是，假使他的生命熔化在大众里面，假使他天天在为这个世界干些什么，那么，他总在生长，虽然衰老病死仍然是逃避不了，然而他的事业——大众的事业是不死的，他会领略到永远的年轻。而浮生如梦的人从世界里拿去很多，而给这世界的却很少，他总有一天会觉得疲乏的死亡：他连拿都没有力量了。衰老和无能的悲哀，像铅一样的沉重，压在他的心头。青春是多么短啊。

儿时的可爱是无知。那时候，件件都是知，你每天可以做

---

① 浪漫谛克：英语romantic的音译，意为浪漫。

大科学家和哲学家，每天在发见什么新的现象，新的真理。现在呢？什么都已经知道了，熟悉了，每一个人的脸都已经看厌了。宇宙和社会是那么陈旧，无味虽则他们其实比儿时新鲜的多了。我于是想念儿时。

不能够前进的时候就后退几步，替自己恢复已经走过的前途。请求无知回来给我求知的快乐。可怕啊，这生命的停止。

过去的始终走过去了，未来的还是未来。究竟感慨些什么——我问自己。

白马湖之冬

夏丏尊

1933

  在我过去四十余年的生涯中，冬的情味尝得最深刻的，要算十年前初移居白马湖的时候了。十年以来，白马湖已成了一个小村落，当我移居的时候，还是一片荒野。春晖中学的新建筑巍然矗立于湖的那一面，湖的这一面的山脚下是小小的几间新平屋，住着我和刘君心如两家。此外两三里内没有人烟。一家人于阴历十一月下旬从热闹的杭州移居这荒凉的山野，宛如投身于极带中。

  那里的风，差不多日日有的，呼呼作响，好像虎吼。屋宇虽系新建，构造却极粗率，风从门窗隙缝中来，分外尖削，把门缝窗隙厚厚地用纸糊了，缝中却仍有透入。风刮得厉害的时候，天未夜就把大门关上，全家吃毕夜饭即睡入被窝里，静听寒风的怒号，湖水的澎湃。靠山的小后轩，算是我的书斋，在全屋子中风最小的一间，我常把头上的罗宋帽拉得低低的，在洋灯下工作至夜深。松涛如吼，霜月当窗，饥鼠吱吱在承尘上奔窜。我于这种时候深感到萧瑟的诗趣，常独自拨划着炉灰，不肯就睡，把自己拟诸山水画中的人物，作种种幽邈的遐想。现在白马湖到处都是树木了，当时尚一株树木都未种。月亮与太阳都是整个儿的，从上山起直要照到下山为止。太阳好的时候，只要不刮风，那真和暖得不像冬天。一家人都坐在庭间曝日，甚至于吃午饭也在屋外，像夏天的晚饭一样。日光晒到哪里，就把椅凳移到哪里，忽然寒风来了，只好逃难似的各自带了椅凳逃入室中，急急把门关上。在平常的日子，风来大概在下午快要傍晚的时候，半夜即息。至于大风寒，那是整日夜狂吼，要二三日才止的。最严寒的几天，泥地看去惨白如水门汀，山色冻得发紫而黯，湖波泛深蓝色。

下雪原是我所不憎厌的，下雪的日子，室内分外明亮，晚上差不多不用燃灯。远山积雪足供半个月的观看，举头即可从窗中望见。可是究竟是南方，每冬下雪不过一二次。我在那里所日常领略的冬的情味，几乎都从风来。白马湖的所以多风，可以说有着地理上的原因。那里环湖都是山，而北面却有一个半里阔的空隙，好似故意张了袋口欢迎风来的样子。白马湖的山水和普通的风景地相差不远，唯有风却与别的地方不同。风的多和大，凡是到过那里的人都知道的。风在冬季的感觉中，自古占着重要的因素，而白马湖的风尤其特别。

现在，一家僦居上海多日了，偶然于夜深人静时听到风声，大家就要提起白马湖来，说"白马湖不知今夜又刮得怎样厉害哩！"

白马湖之冬，可谓是快意人生！

吃瓜子

丰子恺

1934

　　从前听人说：中国人人人具有三种博士的资格：拿筷子博士、吹煤头纸博士、吃瓜子博士。

　　拿筷子，吹煤头纸，吃瓜子，的确是中国人独得的技术。其纯熟深造，想起了可以使人吃惊。这里精通拿筷子法的人，有了一双筷，可抵刀锯叉瓢一切器具之用，爬罗剔抉，无所不精。这两根毛竹仿佛是身体上的一部分，手指的延长，或者一对取食的触手。用时好像变戏法者的一种演技，熟能生巧，巧极通神。不必说西洋了，就是我们自己看了，也可惊叹。至于精通吹煤头纸法的人，首推几位一天到晚捧水烟筒的老先生和老太太。他们的"要有火"比上帝还容易，只消向煤头纸上轻轻一吹，火便来了。他们不必出数元乃至数十元的代价去买打火机，只要有一张纸，便可临时在膝上卷起煤头纸来，向铜火炉盖的小孔内一插，拔出来一吹，火便来了。我小时候看见我们染坊店里的管账先生，有种种吹煤头纸的特技。我把煤头纸高举在他的额旁边了，他会把下唇伸出来，使风向上吹；我把煤头纸放在他的胸前了，他会把上唇伸出来，使风向下吹；我把煤头纸放在他的耳旁了，他会把嘴歪转来，使风向左右吹；我用手按住了他的嘴，他会用鼻孔吹，都是吹一两下就着火的。中国人对于吹煤头纸技术造诣之深，于此可以窥见。所可惜者，自从卷烟和火柴输入中国而盛行之后，水烟这种"国烟"竟被冷落，吹煤头纸这种"国技"也很不发达了。生长在都会里的小孩子，有的竟不会吹，或者连煤头纸这东西也不曾见过。在努力保存国粹的人看来，这也是一种可虑的现象。近来国内有不少人努力于国粹保存。国医、国药、国术、国乐，都有人在那里提倡。也许水烟和煤头纸这种国粹，将来也有人起来提倡，使之复兴。

但我以为这三种技术中最进步最发达的，要算吃瓜子。近来瓜子大王的畅销，便是其老大的证据。据关心此事的人说，瓜子大王一类的装纸袋的瓜子，最近市上流行的有许多牌子。最初是某大药房"用科学方法创制"的，后来有什么"好吃来公司""顶好吃公司"等种种出品陆续产出。到现在差不多无论哪个穷乡僻处的糖食摊上，都有纸袋装的瓜子陈列而倾销着了。现代中国人的精通吃瓜子术，由此盖可想见。我对于此道，一向非常短拙，说出来有伤于中国人的体面，但对自家人不妨谈谈。我从来不曾自动地找求或买瓜子来吃。但到人家作客，受人劝诱时；或者在酒席上、杭州的茶楼上，看见桌上现成放着瓜子盆时，也便拿起来咬。我必须注意选择，选那较大、较厚，而形状平整的瓜子，放进口里，用臼齿"格"地一咬，再吐出来，用手指去剥。幸而咬得恰好，两瓣瓜子壳各向两旁扩张而破裂，瓜仁没有咬碎，剥起来就较为省力。若用力不得其法，两瓣瓜子壳和瓜仁叠在一起而折断了，吐出来的时候我就担忧。那瓜子已纵断为两半，两半瓣的瓜仁紧紧地装塞在两半瓣的瓜子壳中，好像日本版的洋装书，套在很紧的厚纸函中，不容易取它出来。这种洋装书的取出法，都已从日本人那里学得，不要把指头塞进厚纸函中去力摞，只要使函口向下，两手扶着函，上下振动数次，洋装书自会脱壳而出。然而半瓣瓜子的形状太小了，不能应用这个方法，我只得用指爪细细地剥取。有时因为练习弹琴，两手的指爪都剪平，和尚头一般的手指对它简直毫无办法。我只得乘人不见把它抛弃了。在痛感困难的时候，我本拟不再吃瓜子了。但抛弃了之后，觉得口中有一种非甜非咸的香味，会引逗我再吃。我便不由地伸起手来，另选一粒，再送交白齿去咬。不幸而这瓜子太燥，我的用力又太猛，"格"地一响，玉石不分，咬成了无数的碎块，事体就更糟了。我只得把粘着唾液的碎块尽行吐出在手心里，用心挑选，剔去壳的碎块，然后用舌尖舐食瓜仁的碎块。然而这挑选颇不容易，因为壳的碎块的一面也是白色的，与瓜仁无异，我误认为全是瓜仁而舐进口中去嚼，其味虽非嚼蜡，却等于嚼砂。壳的碎片紧紧地嵌进牙齿缝里，找不到牙签就无法取出。碰到这种钉子的时候，我就下个决心，从此戒绝瓜子。戒绝之法，大抵是喝一口茶来漱一漱口，点起一支香烟，或者把瓜子盆推开些，把身体换个方向坐了，以示不再对它发生关系。然而过了几分钟，与别人谈了几句话，不知不觉之间，会跟了别人而伸手向盆中摸瓜子来咬。等到自己觉察破戒的时候，往往是已经咬过好几粒了。这样，吃了非戒不可，戒了非吃不可；吃而复戒，戒而复吃，我为它受尽苦痛。这使我想起了瓜子觉得害怕。

但我看别人，精通此技的很多。我以为中国人的三种博士才能中，咬瓜子的才能最可叹佩。常见闲散的少爷们，一只手指间夹着一支香烟，一只手握着一把瓜子，且吸且咬，且咬且吃，且吃且谈，且谈且笑。从容自由，真是"交关写意！"他们不须拣选瓜子，也不须用手指去剥。一粒瓜子塞进了口里，只消"格"

地一咬，"呸"地一吐，早已把所有的壳吐出，而在那里嚼食瓜子的肉了。那嘴巴真像一具精巧灵敏的机器，不绝地塞进瓜子去，不绝地"格""呸""格""呸"……全不费力，可以永无罢休。女人们、小姐们的咬瓜子，态度尤加来得美妙：她们用兰花似的手指摘住瓜子的圆端，把瓜子垂直地塞在门牙中间，而用门牙去咬它的尖端。"的，的"两响，两瓣壳的尖头便向左右绽裂。然后那手敏捷地转个方向，同时头也帮着了微微地一侧，使瓜子水平地放在门牙口，用上下两门牙把两瓣壳分别拨开，咬住了瓜子肉的尖端而抽它出来吃。这吃法不但"的，的"的声音清脆可听，那手和头的转侧的姿势窈窕得很，有些儿妩媚动人，连丢去的瓜子壳也模样姣好，有如朵朵兰花。由此看来，咬瓜子是中国少爷们的专长，而尤其是中国小姐、太太们的拿手戏。

在酒席上、茶楼上，我看见过无数咬瓜子的圣手。近来瓜子大王畅销，我国的小孩子们也都学会了咬瓜子的绝技。我的技术，在国内不如小孩子们远甚，只能在外国人面前占胜。记得从前我在赴横滨的轮船中，与一个日本人同舱。偶检行箧，发现亲友所赠的一罐瓜子。旅途寂寥，我就打开来和日本人共吃。这是他平生没有吃过的东西，他觉得非常珍奇。在这时候，我便老实不客气地装出内行的模样，把吃法教导他，并且示范地吃给他看。托祖国的福，这示范没有失败。但看那日本人的练习，真是可怜得很！他如法将瓜子塞进口中，"格"地一咬，然而咬时不得其法，将唾液把瓜子的外壳全部浸湿，拿在手里剥的时候，滑来滑去，无从下手，终于滑落在地上，无处寻找了。他空咽一口唾液，再选一粒来咬。这回他剥时非常小心，把咬碎了的瓜子陈列在舱中的食桌上，俯伏了头，细细地剥，好像修理钟表的样子。约莫一二分钟之后，好容易剥得了些瓜仁的碎片，郑重地塞进口里去吃。我问他滋味如何，他点点头连称umai，umai！（好吃，好吃！）我不禁笑了出来。我看他那阔大的嘴里放进一些瓜仁的碎屑，犹如沧海中投以一粟，亏他辨出umai的滋味来。但我的笑不仅为这点滑稽，本由于骄矜自夸的心理。我想，这毕竟是中国人独得的技术，像我这样对于此道最拙劣的人，也能在外国人面前占胜，何况国内无数精通此道的少爷、小姐们呢？

发明吃瓜子的人，真是一个了不起的天才！这是一种最有效的"消闲"法。要"消磨岁月"，除了抽鸦片以外，没有比吃瓜子更好的方法了。其所以最有效者，为了它具备三个条件：一、吃不厌；二、吃不饱；三、要剥壳。

俗语形容瓜子吃不厌，叫作"勿完勿歇"。为了它有一种非甜非咸的香味，能引逗人不断地要吃。想再吃一粒不吃了，但是嚼完吞下之后，口中余香不绝，不由你不再伸手向盆中或纸包里去摸。我们吃东西，凡一味甜的，或一味咸的，往往易于吃厌。只有非甜非咸的，可以久吃不厌。瓜子的百吃不厌，便是为此。有一位老于应酬的朋友告诉我一段吃瓜子的趣话：说他已养成了见瓜子就吃的习惯。有一次同了朋友到戏馆里看戏，坐定之后，看见茶壶的旁边放着一包打开的瓜子，便随手向包里掏取几粒，一面咬着，一面看戏。咬完了再取，取了再咬。如是数次，发见邻席的不相识的观剧者也来掏取，方才想起了这包瓜子的所有权。低声问他的朋友："这包瓜子是你买来的么？"那朋友说"不"，他才知道刚才是擅吃了人家的东西，便向邻座的人道歉。邻座的人很漂亮，付之一笑，索性正式地把瓜子请客了。由此可知瓜子这样东西，对中国人有非常的吸引力，不管三七二十一，见了瓜子就吃。

俗语形容瓜子吃不饱，叫作"吃三日三夜，长个屎尖头"。

因为这东西分量微小，无论如何也吃不饱，连吃三日三夜，也不过多排泄一粒屎尖头。为消闲计，这是很重要的一个条件。倘分量大了，一吃就饱，时间就无法消磨。这与赈饥的粮食目的完全相反。赈饥的粮食求其吃得饱，消闲的粮食求其吃不饱。最好只尝滋味而不吞物质。最好越吃越饿，像罗马亡国之前所流行的"吐剂"一样，则开筵大嚼，醉饱之后，咬一下瓜子可以再来开筵大嚼，一直把时间消磨下去。

要剥壳也是消闲食品的一个必要条件。倘没有壳，吃起来太便当，容易饱，时间就不能多多消磨了。一定要剥，而且剥的技术要有声有色，使它不像一种苦工，而像一种游戏，方才适合于有闲阶级的生活，可让他们愉快地把时间消磨下去。

具足以上三个利于消磨时间的条件的，在世间一切食物之中，想来想去，只有瓜子。所以我说发明吃瓜子的人是了不起的天才。而能尽量地享用瓜子的中国人，在消闲一道上，真是了不起的积极的实行家！试看糖食店、南货店里的瓜子的畅销，试看茶楼、酒店、家庭中满地的瓜子壳，便可想见中国人在"格，呸"、"的，的"的声音中消磨去的时间，每年统计起来为数一定可惊。将来此道发展起来，恐怕是全中国也可消灭在"格，呸""的，的"的声音中呢。

我本来见瓜子害怕，写到这里，觉得更加害怕了。

在一个边境的站上

戴望舒

1934

　　夜间十二点半从鲍尔陀开出的急行列车，在侵晨六点钟到了法兰西和西班牙的边境伊隆。在朦胧的意识中，我感到急骤的速率宽弛下来，终于停止了。有人在用法西两国言语陈述着："伊隆，大家下车！"

　　睁开睡眼向车窗外一看，呈在我眼前的只是一个像法国一切小车站一样的小车站而已。冷清清的月台，两三个似乎还未睡醒的搬运夫，几个态度很舒闲地下车去的旅客。我真不相信我已到了西班牙的边境了，可是一个声音却在更响亮地叫过来：

　　"伊隆，大家下车！"

　　匆匆下了车，我第一个感到的就是有点寒冷。是侵晓的冷气呢，是新秋的薄寒呢，仍是从比雷奈山间夹着雾吹过来的山风？我翻起了大氅的领，提着行囊就望出口走。

　　走出这小门便是一间大敞间，里边设着一圈行李检查台和几道低木栅，此外就没有什么其他东西。这是法兰西和西班牙的交界点，走过了这个敞间，那便是西班牙了。我把行李照其他旅客一样地放在行李检查台上，便有一个检查员来翻看了一阵，问我有什么报税的东西，接着在我的提箱上用粉笔画了一个字，便打发我走了。再走上去是护照查验处。那是一个像车站上卖票处相同的小窗洞。电灯下面坐着一个留着胡子的中年人。单看他的炯炯有光的眼睛和他手头的那本厚厚的大册子，你就会感到不安了。我把护照递给了他。他翻开来看了看里昂西班牙领事的签字，把护照上的相片看了下，向我好奇地看了一眼，问了我一声到西班牙的目的，把我的名字录到那本大册子中去，在护照上捺了印；接着，和我最初的形象相反地，他露出微笑来，把护照交还了我，依然微笑着对我说："西班牙是一个可爱的地方，到了那里你会不想回去呢。"

真的，西班牙是一个可爱的地方，连这个护照查验员也有他的固有的可爱的风味。

这样地，通过了一重木栅，我踏上了西班牙的土地。

过了这一重木栅，便好像一切都改变了：招纸，揭示牌都用西班牙文写着，那是不用说的，便是刚才在行李检查处和搬运夫用沉浊的法国南部语音开着玩笑的工人型的男人，这时也用清朗的加斯谛略语和一个老妇人交谈起来。天气是显然地起了变化，暗沉沉的天空已澄碧起来，而在云里透出来的太阳，也驱散了方才的薄寒，而带来了和煦。然而最明显的改变却是在时间上。在下火车的时候，我曾经向站上的时钟望过一眼：六点零一分。检查行李，验护照等事，大概要花去我半小时，那么现在至少是要六点半了吧。并不如此。在西班牙的伊隆站的时钟上，时针明明地标记着五点半。事实是西班牙的时间和法兰西的时间因为经纬度的不同而相差一小时，而当时在我的印象中，却觉得西班牙是永远比法兰西年轻一点。

因为是五点半，所以除了搬运夫和洒扫工役已开始活动外，车站上还是冷清清的。卖票处，行李房，兑换处，书报摊，烟店等等都没有开，旅客也疏朗朗地没有几个。这时，除了枯坐在月台的长椅上或在站上往来蹀躞以外，你是没有办法消磨时间的。到浦尔哥斯的快车要在八点二十分才开。到伊隆镇上去走一圈呢，带着行李究竟不大方便，而且说不定要走多少路。再说，这样大清早便是跑到镇上也是没有什么多大意思的。因此，把行囊散在长椅上，我便在这个边境的车站上蹀起来了。

如果你以为这个国境的城市是一个险要的地方，扼守着重兵，活动着国际间谍，压着国家的、军事的大隐秘，那么你就错误了。这只是一个消失在比雷奈山边的西班牙的小镇而已。提着筐子，筐子里盛着鸡鸭，或是肩着箱笼，三三两两地来乘第一班火车的，是头上裹着包头布的山村的老妇人，面色黝黑的农人，白了头发的老匠人，像是学徒的孩子。整个西班牙小镇的灵魂都可以在这些小小的人物身上找到。而这个小小的车站，它也何尝不是十足西班牙的呢？灰色的砖石，黝黑的木柱子，现已有点腐蚀了的洋船遮檐，贴在墙上在风中飘着的斑驳的招纸，停在车站尽头处的铁轨上的破旧的货车：这一切都向你说着西班牙的式微、安命、坚忍。西德（Cid）的西班牙，侗黄（Don Juan）的西班牙，吉诃德（Quixote）的西班牙，大仲马或梅里美心目中的西班牙，现在都已过去了，或许竟可以说本来就没有存在过。

确实，西班牙的存在是多方面的。第一是一切旅行指南和游记中的西班牙，那就是说历史上的和艺术上的西班牙。这个西班牙浓厚地渲染着釉彩，充满了典型人物。在音乐上，绘画上，舞蹈上、文学上，西班牙都在这个面目之下出现于全世界，而做着它的正式代表。一般人关于西班牙的观念，也是由这个代表者而引起的。当人们提起了西班牙的时分，你马上会想到蒲尔哥斯的大伽蓝，格腊拿达的大食故宫，斗牛，当歌舞（Tango），侗黄式的浪子，吉诃德式的希望者，塞赖丝谛拿（La Celestina）式的老虔婆，珈尔曼式的吉卜赛女子，扇子，披肩巾，罩在高冠上的遮面纱等等，而勉强西班牙人做了你的想象的受难者；而当你到了西班牙而见不到那些开着悠长的年月的绣花的陈迹，传说中的人物，以及你心目中的西班牙固有产物的时候，你会感到失望而作"去年白雪今安在"之喟叹。然而你要知道这是最表面的西班牙，它的实际的存在是已经在一片迷茫的烟雾之中，而行将只在书史和艺术作品中赓续它的生命了。西班牙的第二个存在是更卑微一点，更穆静一点。那便是风景的西班牙。的确，在整个欧罗巴洲之中，西班牙是风景最胜最多变化的国家。恬静而笼着雾和阴影的伐斯各尼亚，典雅而充溢着光辉的加斯谤拉，雄警而壮阔的昂达鲁西亚，煦和而明朗的伐朗西亚，会使人"感到心被窃获了"的清澄的喀达鲁涅。在西班牙，我们几乎可以看到欧洲每一个国家的典型。或则草木葱茏，山川明媚；或则大峤山岝崿，峭壁幽静；或则古堡荒寒，困焦幽独；或则千园澄碧，百里花香，……这都是能使你目不暇给，而至于留连忘返的。这是更有实际的生命，具有易解性（除非是村夫俗子）而容易取好于人的西班牙。因为它开拓了你对于自然之美的爱好之心，而使你衷心地生出一种舒徐的、悠长的、寂寥的默想来。然而最真实的，最深沉的，因而最难以受人了解的却是西班牙的第三个存在。这个存在是西班牙的底奥，它蕴藏着整个西班牙，用一种静默的语言向你说着整个西班牙，代表着它的每日的生活，静默至于好像绝灭。可是如果你能够留意观察，用你的小心去理解，那么你就可以把握住这个卑微而静默的存在，特别是在那些小城中。这是一个式微的，悲剧的，现实的存在，没有光荣，没有梦想。现在，你在清晨或是午后走进任何一个小城去吧。你在狭窄的小路上，在深深的平静中徘徊着。阳光从静静的闭着门的阳台上坠下来，落着一个砌着碎石的小方场。什么也不来搅扰这寂静；街坊上的叫卖声在远处寂灭了，寺院的钟声已消沉下去了。你穿过小方场，通过一个作坊，全部任何作坊，铁匠底、木匠底或羊毛匠底。你伫立一会儿，看着他们带着那一种的热心，坚忍和爱操作着；你来到一所大屋子前面：半开着的门已朽腐了，门环上满是铁锈，涂着石灰的白墙现已斑剥或生满黑霉了，从门间，你望见了里边被野草和草苔所侵占了的院子。你当然不推门进去，但是在这墙后面，在这门里面，你会感到有苦痛、沉哀或不遂的愿望静静地躺着。你再走上去，街路上依然是沉静的，一个喷泉淙淙地响着，三两只鸽子振羽出声。一个老妇扶着一个女孩佝偻着走过。寺院的钟迟迟地响起来了，又迟迟地消歇了。……这便是最深沉的西班牙，它过着一个寒伧、静默、坚忍而安命的生活，但是它却具有怎样的使人充塞了深深的爱的魅力啊。而这个小小的车站呢，它可不是也将这奥妙的西班牙呈显给我们看了吗？

当我在车站上来往蹀躞着的时分，我心中这样地思想着。在不知不觉之中，车站中已渐渐地有生气起来了。卖票处，兑换处，烟摊，报摊，都已连续地开了门，从镇上来的旅客们，也开始用他们的嘈杂的语音充满了这个小小的车站了。

我从我的沉思中走了出来，去换了些西班牙钱，到卖票处去买了里程车票，出来买了一份昨日的《太阳报》（*EI Sol*），一包烟，然后回到安放着我的手提箱的长椅上去。

长椅上已有人坐着了，一个老妇人和几个孩子。一个，两个，三个，四个……一共是四个孩子。而且最大的一个十二岁的孩子，已经在开始一张一张地撕去那贴在我箱上的各地旅馆的贴纸了。我移开箱子坐了下来。这时候，便有两个在我看来很别致的人物呈现了。

那是邮差，军人，和京戏上所见的文官这三种人物的混合体。他们穿着绿色的制服，佩着剑，头面上却戴着像乌纱帽一般的黑色漆布做的帽子。这制服的色彩和灰暗而笼罩着阴阴的尼斯各尼亚的土地以及这个寒伧的小车站显着一种异样的不调和，那是不用说的；而就是在一身之上，这制服，佩剑，和帽子之间，也表现着绝端的不一致。"这是西班牙固有的驳杂的一部分吧。"我这样想。

七点钟了。开到了一列火车，然而这是到桑当德尔（Santanter）去的。火车开了，车站一时又清冷起来，要等到八点二十分呢。

我静穆地望着铁轨，目光随着那在初阳之下闪着光的两条铁路的线伸展过去，一直到了迷茫的天际；在那里，我的深思便飘举起来了。

北海纪游

朱湘

1934

　　九日下午，去北海，想在那里作完我的《洛神》，呈给一位不认识的女郎；路上遇到刘兄梦苇，我就变更计划，邀他一同去逛一天北海。那里面有一条槐树的路，长约四里，路旁是两行高而且大的槐树，倚傍着小山，山外便是海水了；每当夕阳西下清风徐来的时候，到这槐荫之路上来散步，仰望是一片凉润的青碧，旁视是一片渺茫的波浪，波上有黄白各色的小艇往来其间，衬着水边的芦荻，路上的小红桥，枝叶之间偶尔瞧得见白塔高耸在远方，与它的赭色的塔门，黄金的塔尖，这条槐路的景致也可说是兼有清幽与富丽之美了。我本来是想去那条路上闲行的，但是到的时候天气还早，我们就转入濠濮园的后堂暂息。

　　这间后堂傍着一个小池，上有一座白石桥，池的两旁是小山，山上长着柏树，两山之间竖着一座石门，池中游鱼往来，间或有金鱼浮上。我们坐定之后，谈了些闲话，谈到我们这一班人所作的诗行由规律的字数组成的新诗之上去。梦苇告诉我，有许多人对于我们的这种举动大不以为然，但同时有两种人，一种是向来对新诗取厌恶态度的人，一种是新诗作了许久与我们悟出同样的道理的人，他们看见我们的这种新诗以后，起了深度的同情。后来又谈到一班作新诗的人当初本是轰轰烈烈，但是出了一个或两个集子之后，便销声匿迹，不仅没有集子陆续出来，并且连一首好诗都看不见了。梦苇对于这种现象的解释很激烈，他说这完全是因为一班人拿诗作进身之阶，等到名气成了，地位有了，诗也就跟着扔开了。

他的话虽激烈，却也有部分的真理，不过我觉着主要的缘因另有两个：浅尝的倾向，抒情的偏重。我所说的浅尝者，便是那班本来不打算终身致力于诗，不过因了一时的风气而舍些工夫来此尝试一下的人。他们当中虽然不能说是竟无一人有诗的禀赋、涵养、见解、毅力，但是即使有的时候，也不深。等到这一点子热心与能耐用完之后，他们也就从此销声匿迹了。诗，与旁的学问旁的艺术一般，是一种终身的事业，并非靠了浅尝可以兴盛得起来的。最可恨的便是这些浅尝者之中有人居然连一点自知之明都没有，他们居然坚执着他们的荒谬主张，溺爱着他们的浅陋作品，对于真正的方在萌芽的新诗加以热骂与冷嘲，并且挂起他们的新诗老前辈的招牌来蒙蔽大众：这是新诗发达上的一个大阻梗。还有一个阻梗便是胡适的一种浅薄可笑的主张，他说，现代的诗应当偏重抒情的一方面，庶几可以适应忙碌的现代人的需要。殊不知诗之长短与其需时之多寡当中毫无比例可言。李白的《敬亭独坐》虽然只有寥寥的二十个字，但是要领略出它的好处，所需的时间之多，只有过于《木兰辞》而无不及。进一层，我们可以说，像《敬亭独坐》这一类的抒情诗，忙碌的现代人简直看不懂。再进一层说，忙碌的现代人干脆就不需要诗；小说他们都嫌没有功夫与精神去看，更何况诗？电影，我说，最不艺术的电影是最为现代人所需要的了。所以，我们如想迎合现代人的心理，就不必作诗；想作诗，就不必顾及现代人的嗜好。诗的种类很多，抒情不过是一种，此外如叙事诗、史诗、诗剧、讽刺诗、写景诗等等哪一种不是充满了丰富的希望，值得致力于诗的人去努力？上述的两种现象，抒情的偏重，使诗不能作多方面的发展，浅尝的倾向，使诗不能作到深宏与丰富的田地，便是新诗之所以不兴旺的两个主因。

我们谈完之后，时候已经不早了；我们便起身，转上槐路，绕海水的北岸，经过用黄色与淡青的琉璃瓦造成的琉璃牌楼，在路上谈了一些话，便租定一只小划船。这时候西北方已经起了乌云，并且时时有凉风吹过白色的水面，颇有雨意，但是我们下了船。我们看见一个女郎独划着一只绿色的船，她身上穿着白色的衣裙，手上戴着白色的手套，草帽是淡黄色的，她的身躯节奏地与双桨交互地低昂着，在船身转弯的时候，那种一手顺划一手逆划两臂错综而动的姿势更将女身的曲线美表现出来；我们看着，一边艳羡，一边自家划船的勇气也不觉地陡增十倍。本来我的右手是因为前几天划船过猛擦破了几块皮到如今刚合了创口的，到此也就忘记掉了。

我们先从松坡图书馆向漪澜堂划了一个直过，接着便向金鳌玉蝀桥放船过去；半路之上，果然有雨点稀疏地洒下来了。雨点落在水面之上，激起一个小涡，涡的外缘凸起，向中心凹下去，但是到了中心的时候，又突然地高起来，形成一个白的圆锥，上联着雨丝。这不过是刹那中的事。雨涡接着迅捷地向四周展开去，波纹越远越淡，以至于无。我此时不觉地联想起济慈的四行诗来：

Ever let the Fancy roam,

Pleasure never is at home:

At a touch sweet Pleasure melteth,

Like to bubbles when rain pelteth; ①

　　雨大了起来。雨点含着光有如水银粒似的密密落下。雨阵有如一排排的戈矛，在空中熠耀；匆促的雨点敲水声便是衔枚疾走②时脚步的声息。这一片飒飒之中，还听到一种较高的声响，那就是雨落在新出水的荷叶上面时候发出来的。我们掉转船头，一面愉快地划着，一面避到水心的席棚下休息。

《棹歌》

水心

仰身呀桨落水中，

对长空；

俯首呀双桨如翼，

鸟凭风。

头上是天，

水在两边，

---

① 译文：
　　"哦，让幻想永远漫游，
　　快乐可能被拘留：
　　只要一碰，甜蜜的快乐
　　就像水泡被雨点打破；"（穆旦 译）
② 衔枚疾走：古代秘密行军时，士兵口中衔着木棍，以防发出声响。

更无障碍当前；
白云驶空，
鱼游水中，
快乐呀与此正同。

岸侧

仰身呀桨在水中，
对长空；
俯首呀双桨如翼，
鸟凭风。
树有浓荫，
葭苇青青，
野花长满水滨；
鸟啼叶中，
鸥投苇丛，
蜻蜓呀头绿身红。

风朝

仰身呀桨落水中，
对长空；
俯首呀双桨如翼，
鸟凭风。
白浪扑来，
水雾拂腮，
天边布满云霾；
船晃得凶，

快往前冲，

小心呀翻进波中。

雨天
仰身呀桨落水中，

对长空；

俯首呀双桨如翼，

鸟凭风。

雨丝像帘，

水涡像钱，

一片缭乱轻烟；

雨势偶松，

暂展朦胧，

瞧见呀青的远峰。

春波
仰身呀桨落水中，

对长空；

俯首呀双桨如翼，

鸟凭风。

鸟儿高歌，

燕儿掠波，

鱼儿来往如梭；

白的云峰，

青的天空，

黄金呀日色融融。

夏荷

仰身呀桨落水中，

对长空；

俯首呀双桨如翼，

鸟凭风。

荷花清香，

缭绕船旁，

轻风飘起衣裳；

菱藻重重，

长在水中，

双桨呀欲举无从。

秋月

仰身呀桨落水中，

对长空；

俯首呀双桨如翼，

鸟凭风。

月在上飘，

船在下摇，

何人远处吹萧？

芦荻丛中，

吹过秋风，

水蚓呀应着寒蛩。

冬雪

仰身呀桨落水中，

对长空；

俯首呀双桨如翼，

鸟凭风。

雪花轻飞，

飞满山隈，

飞向树枝上垂；

到了水中，

它却消溶，

绿波呀载过渔翁。

雨热稍停，我们又划了出来。划了一程之后，忽然间刮起了劲风来；风在海面上吹起一阵阵的水雾，迷人眼睛，朦胧里只见黑浪一个个向我们滚来。浪的上缘俯向前方，浪的下部凹入，真像一群张口的海兽要跑来吞我们似的，水在船旁舐吮作响，船身的颠摇十分厉害：这刻的心境介于悦乐与惊恐之间，一心一目之中只记着，向前划！向前划！虽然两臂麻木了，右手上已合的创口又裂了，还是记着，向前划！

上岸之后，虽然休息了许久，身体与手臂尚自在那里摆动。还记得许多年前，头一次凫水，出水之后，身子轻飘飘的，好像鸟儿在空中飞翔一般；不料那时所感到的快乐又复现于今天了。

吃完点心之后，（今天的点心真鲜！）我们离开漪澜堂，又向对岸渡过去，这次坐的是敞篷船。此刻雨阵过了，只有很疏的雨点偶尔飘来。展目远观，见鱼肚白的夕空渲染着浓灰色以及淡灰色的未尽的雨云，深浅不一，下面是暗青的海水，水畔低昂着嫩绿色的芦苇，时有玄脊白腹的水鸟在一片绿色之中飞过。加上天水之间远山上的翠柏之色，密叶中的几点灯光，还有布谷高高地隐在雨云之中发出清脆的啼声，真令人想起了江南的烟雨之景。

上岸后，雨又重新下起来。但是我们两人的兴却发作了：梦苇嚷着要征服自然；我嚷着要上天王殿的楼上去听雨。我们走到殿的前间，瞧见琉璃牌楼的三座孤门之上一毫未湿，便先在这里停歇下来。这时候天已经黑了，我们从槐树的叶中可以看得见天空已经转成了与海水一样深青的颜色，远处的琼岛亮着一片灯光，灯光倒映在水中，晃动闪灼，有波纹把它分隔成许多层。雨点打在远近无数的树上，有时急，有时缓；急时，像独坐在佛殿中，峥嵘的殿柱与庄严的佛像只在隐约的琉璃灯光与炉香的光点内可以瞧见；沉默充满了寺内殿堂，寂静弥漫了寺外的山岭；忽然之间，一阵风来，吹得檐角与塔尖的铁马铜铃不断地响，山中的老松怪柏谡谡的呼吼，杂着从远峰飘来的瀑布的声响，真是战马奔腾，怒潮澎湃。缓时，像在一座墓园之内，黄昏的时候，鸟儿在树枝上栖息定了，乡人已经离开了田野与牧场回到家中安歇，坟墓中的幽灵一齐无声地偷了出来，伴着空中的蝙蝠作回旋的哑舞；他们的脚步落得真轻，一点声息不闻，只有萤虫燃着的小青灯照见他们憧憧的影子在暗中来往；他们舞得愈出神，在旁观看的人也愈屏息无声；最后，白杨萧萧地叹起气来，惋惜舞蹈之易终以及墓中人的逐渐零落投阳去了；一群面庞黄瘪的小草也跟着点头，飒飒地微语，说是这些话不错。

雨声之中，我们转身瞧天王殿，只见黑魆魆的一点灯火俱无，我们登楼听雨的计划于是不得不中止了。我们又闲谈起来。我们评论时人，预想未来，归根又是谈到文学上去。说到文学与艺术之关系的时候，我讲：插图极能增进读者对于文学书籍的兴趣，我们中国旧文学书中的插图工细别致，《红楼梦》一书更得到画家不断地为它装画。在西方这一方面的人材真是多不胜数，只拿英国来讲，如从前的克鲁可贤（Cruikshank），现代的毕兹雷（Beardsley），又如自己替自己的小说作插图的萨克雷（Thackeray），都是脍炙人口的；还有文学与音乐的关系，我国古代与在西方都是很密切的，好的抒情诗差不多都已谱入了音乐，成了人民生活的一部分；新诗则尚未得到音乐上的人材来在这方面致力。

我们谈着，时刻已经不早了。雨算是过去了，但枝叶间雨滴依然纷乱地洒下，好像雨并没有停住一般。偶尔有一辆人力车拖过，想必是迟归的游客乘着园内预备的车；还偶尔有人撑着纸伞拖着钉鞋低头走过，这想必是园中的夫役。我们起身走上路时，只见两行树的黑影围在路的左右，走到许远，才看见一盏被雨雾朦了罩的路灯。大半时候还是凭着路中雨水注的微光前进。

我们一面走着，一面还谈。我说出了我所以作新诗的理由，不为这个，不为那个，只为它是一种崭新的工具，有充分发展的可能；它是一方未垦的膏壤，有丰美收成的希望。诗的本质是一成不变万古长新的；它便是人性。诗的形体则是一代有一代的：一种形体的长处发展完了，便应当另外创造一种形体来代替；一种形体的时代之长短完全由这种形体的含性之大小而定。诗的本质是向内发展的；诗的形体是向外发展的。《诗经》，《楚辞》，何默尔①的史诗，这些都是几千年上的文学产品，但是我们这班后生几千年的人读起它们来仍然受很深的感动，这便是因为它们能把永恒的人性捉到一相或多相，于是它们就跟着人性一同不朽了。至于诗的形体则我们常看见它们在那里新陈代谢。拿中国的诗来讲，赋体在楚汉发展到了极点，便有"诗"体代之而

---

① 何默尔：即古希腊诗人荷马。

兴。"诗"体的含性最大，它的时代也最长；自汉代上溯战国下达唐代，都是它的时代。在这长的时代当中，四言盛于战国，五古盛于汉魏六朝唐代，七古盛于唐宋，乐府盛的时代与五古相同，律绝盛于唐。到了五代两宋，便有词体代"诗"体而兴。到了元明与清，词体又一衍而成曲体。再拿英国的诗来讲，无韵体（blank verse）与十四行诗（sonnet）盛于伊丽沙白时代，乐府体（ballad measure）盛于十七世纪中叶，骈韵体（rhymed couplet）盛于多莱登（Dryden）蒲卜（Pope）两人的手中。我们的新诗不过说是一种代曲体而兴的诗体，将来它的内含一齐发展出来了的时候，自然会另有一种别的更新的诗体来代替它。但是如今正是新诗的时代，我们应当尽力来搜求，发展它的长处。就文学史上看来，差不多每种诗体的最盛时期都是这种诗体运用的初期；所以现在工具是有了，看我们会不会运用它。我们要是争气，那我们便有身预或目击盛况的福气；要是不争气，那新诗的兴盛只好再等五十年甚至一百年了。现在的新诗，在抒情方面，近两年来已经略具雏形；但叙事诗与诗剧则仍在胚胎之中。据我的推测，叙事诗将在未来的新诗上占最重要的位置。因为叙事体的弹性极大，《孔雀东南飞》与何默尔的两部史诗（叙事诗之一种）便是强有力的证据，所以我推想新诗将以叙事体来作人性的综合描写。

两行高大的树影矗立在两旁，我们已经走到槐路上了。雨滴稀疏地淅沥着。右望海水，一片昏黑，只有灯光的倒影与海那边的几点灯光闪亮。倒是为了这个缘故，我们的面前更觉得空旷了。

我们走到了团城下的石桥，走上桥时，两人的脚步不期然而然的同时停下。桥左的一泓水中长满了荷叶：有初出水的，贴水浮着；有已出水的，荷梗承着叶盘，或高或矮，或正或欹；叶面是青色，叶底则淡青中带黄。在暗淡的灯光之下，一切的水禽皆已栖息了，只有鱼儿喋喋的声音，跃波的声音，杂着曼长的水蚓的轻嘶，可以听到。夜风吹过我们的耳边，低语道：一切皆已休息了，连月姊都在云中闭了眼安眠，不上天空之内走她孤寂的路程；你们也听着鱼蚓的催眠歌，入梦去罢。

祖父死了的时候

萧红

　　祖父总是有点变样子，他喜欢流起眼泪来，同时过去很重要的事情他也忘掉。比方过去那一些他常讲的故事，现在讲起来，讲了一半下一半他就说："我记不得了。"

　　某夜，他又病了一次，经过这一次病，他竟说："给你三姑写信，叫她来一趟，我不是四五年没看过她吗？"他叫我写信给我已经死去五年的姑母。

　　那次离家是很痛苦的。学校来了开学通知信，祖父又一天一天地变样起来。

　　祖父睡着的时候，我就躺在他的旁边哭，好像祖父已经离开我死去似的，一面哭着一面抬头看他凹陷的嘴唇。我若死掉祖父，就死掉我一生最重要的一个人，好像他死了就把人间一切"爱"和"温暖"带得空空虚虚。我的心被丝线扎住或铁丝绞住了。

　　我联想到母亲死的时候。母亲死以后，父亲怎样打我，又娶一个新母亲来。这个母亲很客气，不打我，就是骂，也是指着桌子或椅子来骂我。客气是越客气了，但是冷淡了，疏远了，生人一样。

"到院子去玩玩吧！"祖父说了这话之后，在我的头上撞了一下，"喂！你看这是什么？"一个黄金色的橘子落到我的手中。

夜间不敢到茅厕去，我说："妈妈同我到茅厕去趟吧。"

"我不去！"

"那我害怕呀！"

"怕什么？"

"怕什么？怕鬼怕神？"父亲也说话了，把眼睛从眼镜上面看着我。

冬天，祖父已经睡下，赤着脚，开着纽扣跟我到外面茅厕去。

学校开学，我迟到了四天。三月里，我又回家一次，正在外面叫门，里面小弟弟嚷着："姐姐回来了！姐姐回来了！"大门开时，我就远远注意着祖父住着的那间房子。果然祖父的面孔和胡子闪现在玻璃窗里。我跳着笑着跑进屋去。但不是高兴，只是心酸，祖父的脸色更惨淡更白了。等屋子里一个人没有时，他流着泪，他慌慌忙忙地一边用袖口擦着眼泪，一边抖动着嘴唇说："爷爷不行了，不知早晚……前些日子好险没跌……跌死。"

"怎么跌的？"

"就是在后屋，我想去解手，招呼人，也听不见，按电铃也没有人来，就得爬啦。还没到后门口，腿颤，心跳，眼前发花了一阵就倒下去。没跌断了腰……人老了，有什么用处！爷爷是八十一岁呢。"

"爷爷是八十一岁。"

"没用了，活了八十一岁还是在地上爬呢！我想你看不着爷爷了，谁知没有跌死，我又慢慢爬到炕上。"

我走的那天也是和我回来那天一样，白色的脸的轮廓闪现在玻璃窗里。

在院心我回头看着祖父的面孔，走到大门口，在大门口我仍可看见，出了大门，就被门扇遮断。

从这一次祖父就与我永远隔绝了。虽然那次和祖父告别，并没说出一个永别的字。我回来看祖父，这回门前吹着喇叭，幡杆挑得比房头更高，马车离家很远的时候，我已看到高高的白色幡杆了，吹鼓手们的喇叭苍凉地在悲号。马车停在喇叭声中，大门前的白幡、白对联、院心的灵棚、闹嚷嚷许多人，吹鼓手们响起呜呜的哀号。

这回祖父不坐在玻璃窗里，是睡在堂屋的板床上，没有灵魂地躺在那里。我要看一看他白色的胡子，可是怎样看呢！拿开他脸上蒙着的纸吧，胡子、眼睛和嘴，都不会动了，他真的一点感觉也没有了？我从祖父的袖管里去摸他的手，手也没有感觉了。祖父这回真死去了啊！

祖父装进棺材去的那天早晨，正是后园里玫瑰花开放满树的时候。我扯着祖父的一张被角，抬向灵前去。吹鼓手在灵前吹着大喇叭。

我怕起来，我号叫起来。

"咣咣！"黑色的，半尺厚的灵柩盖子压上去。

吃饭的时候，我饮了酒，用祖父的酒杯饮的。饭后我跑到后园玫瑰树下去卧倒，园中飞着蜂子和蝴蝶，绿草的清凉的气味，这都和十年前一样。可是十年前死了妈妈。妈妈死后我仍是在园中扑蝴蝶；这回祖父死去，我却饮了酒。

过去的十年我是和父亲打斗着生活。在这期间我觉得人是残酷的东西。父亲对我是没有好面孔的，对于仆人也是没有好面孔的，他对于祖父也是没有好面孔的。因为仆人是穷人，祖父是老人，我是个小孩子，所以我们这些完全没有保障的人就落到他的手里。后来我看到新娶来的母亲也落到他的手里，他喜欢她的时候，便同她说笑，他恼怒时便骂她，母亲渐渐也怕起父亲来。

母亲也不是穷人，也不是老人，也不是孩子，怎么也怕起父亲来呢？我到邻家去看看，邻家的女人也是怕男人。我到舅家去，舅母也是怕舅父。

我懂得的尽是些偏僻的人生，我想世间死了祖父，就没有再同情我的人了，世间死了祖父，剩下的尽是些凶残的人了。

我饮了酒，回想，幻想……

以后我必须不要家，到广大的人群中去，但我在玫瑰树下颤怵了，人群中没有我的祖父。

所以我哭着，整个祖父死的时候我哭着。

桃园杂记

李广田

1935

　　我的故乡在黄河与清河两流之间。县名齐东，济南府属。土质为白沙壤，宜五谷与棉及落花生等。无山、多树，凡道旁田畔间均广植榆柳。县西境方数十里一带，则盛产桃。间有杏，不过于桃树行里添插些隙空而已。世之人只知有"肥桃"而不知尚有"济东"，这应当说是见闻不广的过失，不然，就是先入为主为名声所藏了。我这样说话，并非卖瓜者不说瓜苦，一味香家乡土产鼓吹。意在使自家人多卖些铜钱过日子，实在是因为年头不好，连家乡的桃树也遭了末运，现在是一年年地逐渐稀少了下去，恰如我多年不回家乡，回去时向人打听幼年时候的伙伴，得到的回答却是某人夭亡某人走失之类，平素从不关心，到此也难免有些黯然了。

　　故乡的桃李，是有着很好的景色的。计算时间，从三月花开时起，至八月拔园时止，差不多占去了半年日子。所谓拔园，就是把最后的桃子也都摘掉。最多也只剩着一种既不美观也少甘美的秋桃，这时候园里的篱笆也已除去，表示已不必再昼夜看守了。最好的时候大概还是春天吧，遍野红花，又恰好有绿柳相衬，早晚烟霞中，罩一片锦绣画图，一些用低矮土屋所组成的小村庄，这时候是恰如其分地显得好看了。到得夏天，有的桃实已届成熟，走在桃园路边，也许于茂密的秀长桃叶间，看见有刚刚点了一滴红唇的桃子，桃的香气，是无论走在什么地方都可以闻到的，尤其当早夜，或雨后。说起雨后，这使我想起布谷，这时候种谷的日子已过：是锄谷的时候了，布谷改声，鸣如"荒谷早锄"，我的故乡人却呼作"光光多锄"。这种鸟以午夜至清晨之间为叫得最勤，再就是雨雾天晴的时候了。叫的时候又仿佛另有一个作吱吱鸣声在远方呼应，说这是雌雄和唱，也许是真实的事情。这种鸟也好像并无一定的宿处，只常见它们往来于桃树柳树间，忽地飞起，又且飞且鸣罢了。我永不能忘记的，是这时候的雨后天气，天空也许半阴半晴，有片片灰云在头上移动，禾田上冒着轻轻水气，桃树柳树上还带着如烟的湿雾，停了工作的农人又继续着，看守桃园的也不再躲在园屋里。这时候的每个桃园都已建起了一座临时的小屋，有的用土作为墙壁而以树枝之类作为顶篷，有的则只用芦席作成。守园人则多半是老人或年轻姑娘。他们看桃园，同时又做着种种事情，如织麻或纺线之类。落雨的时候则躲在那座小屋内，雨晴之后则出来各处走走，到别家园里找人闲话。孩子们呢，这时候都穿了最简单衣服在泥道上跑来跑去，唱着歌子，和"光光多锄"互相答应，被问的自然是鸟，回答的言语是这样的：

光光多锄，
你在哪里？
我在山后。
你吃什么？
白菜炒肉。

给我点吃？

不够不够。

在大城市里，是不常听到这种鸟声的，但偶一听到，我就立刻被带到了故乡的桃园去，而且这极简单却又最能表现出孩子的快乐的歌唱，也同时很清脆地响在我的耳里。我不听到这种唱答已经有七八年之久了。

今次偶然回到家乡，是多少年唯一的能看到桃花的一次，然而使我惊讶的，却是桃花已不再那么多了，有许多桃园都已变成了平坦的农田，这原因我不大明白，问乡里人，则只说这里的土地都已衰老，不能再生新的桃树了。当自己年幼时候，记得桃的种类是颇多的。有各种奇奇怪怪名目，现在仅存的也不过三五种罢了。有些种类是我从未见过的，有些名目也已经被我忘却。大体说来，则应当分做秋桃与接桃两种，秋桃之中没有多大异同，接桃则又可分出许多不同的名色。

秋桃是桃核直接生长起来的桃树，开花最早，而果实成熟则最晚，有的等到秋末大凉时才能上市，这时候其他桃子都已净树，人们都在惋惜着今年不曾再有好的桃子可吃了，于是这种小而多毛且颇有点酸苦味道的秋桃也成了稀罕东西。接桃则是由生长过两三年的秋桃所接成的。有的是"根接"：把秋桃树干齐地锯掉，以接桃树的嫩枝插在被锯的树根上，再用土培覆起来，生出的幼芽就是接桃了。又有所谓"筐接"，方法和"根接"相同，不过保留了树干，而只锯掉树头罢了。因须用一个盛土的筱筐以保护插了新枝的树干顶端，故曰"筐接"。这种方法是不大容易成功的，假如成功，则可以较速地得到新的果实。另有一种叫作"枝接"，是颇有趣的一种接法：把秋桃枝梢的外皮剥除，再以接桃枝端上拧下来的哨子套在被剥的枝上，用树皮之类把接合处严密捆缚就行了，但必须保留桃子上的原有的芽码，不然，是不会有新的幼芽出生的。因此，一棵秋桃上可以接出许多种接桃，当桃子成熟时，就有各色各样的桃实了。也有人把柳树接作桃树的，据说所生桃实大可如人首，但吃起来则毫无滋味，说者谓如嚼木梨。

按熟的先后为序，据我所知道的，接桃中有下列几种：

"落丝"，当新的蚕丝上市时，落丝桃也就上市了。形椭圆，嘴尖长，味甘微酸。因为在同辈中是最先来到的一种，又因为产量较少之故，价值较高也是当然的了。

"麦匹子"，这是和小麦同时成熟的一种。形圆，色紫，味甚酸，非至全个果实已经熟透而内外皆呈紫色时，酸味是依然如故的。

"大易生"，此为接桃中最易生长而味最甘美的一种，能够和"肥桃"媲美的也就是这一种了。熟时实大而白。只染一个红嘴和一条红线。未熟时甘脆如梨，而清爽适口则为梨所不及，熟透则皮薄多浆，味微如蜜。皮薄是其优点，也是劣点，不能耐久。不能致远，我想也就是因为这个了。

"红易生"，一名"一串绫"，实小，熟时遍体作绿色。产量甚丰。缘枝累累如贯珠，名"一串缤"，乃言如一串红绫绕枝，肉少而味薄，为接桃中之下品。

"大芙蓉"，形浑圆，色全白，故一名"大白桃"，夏末成熟，味佳而淡。又有"小芙蓉"，与此为同种，果实较小，亦曰"小白桃"。

"胭脂雪"，此为接桃中最美观的一种，红如胭脂，白如雪，红白相匀，说者所谓如美人颜，味不如"大易生"。而皮厚经久。此为桃类中价值最高者。

"铁巴子"，叶细小，故亦称"小叶子"，"铁巴子"谓不易摇落，即生摘亦须稍费力气。实小，味甘，现已绝种。另有"齐嘴红"一种，以状得名，不多见。

有一种所谓"磨枝"的，并非桃的另一种类，乃是紧靠着桃枝结果，因之被桃核磨上了疤痕的桃子，奇怪处是这种桃子特别甘美，为担桃挑的桃贩所不取，但我们园里人则特意在枝叶间探寻"磨枝"来自己享用。为什么这种桃子会特别甘美呢，到现在也还不能明白。另有所谓"桃王"的，我想这大概只是一种传说罢了。据云"桃王"是一种特大的桃子，生在最繁密的枝叶间，长青不老，为一园之王，当然，一个桃园里也就只能有这么一个了。有"桃王"的桃园是幸福的，因为园里的桃子会格外丰美，甚至可以取之不竭。但假如有人把这"桃王"给摘掉了，则全园的桃子也将殒落净尽。这是奇迹，幼年时候每每费尽了工夫去发现"桃王"，但从未发现过一次，也不曾听说谁家桃园里发现过。

桃是我们家乡的重要土产，有些人家是借了桃园来辅助一家生活之所需的。这宗土产的推销有两种方法：一是靠了外乡小贩的运贩，他们每到桃季便肩了挑子在各处桃园里来往，另一种方法，就是靠着流过地方的那两条河水了。当"大易生"和"胭脂雪"成熟的时候，附近两河的码头上是停泊了许多帆船的，从水路再转上铁路，我们的桃子是被送到其他城市人民的口上去了：我很担心，今后的桃园会更变得冷落，恐怕不会再有那末多吆吆喝喝的肩挑贩，河上的白帆也将更见得稀疏了吧。

弦

何其芳

1935

当我忧郁地思索着人的命运时，我想起了弦。有时我们的联想是很微妙的。一下午，我独步在园子里，走进一树绿荫下低垂着头，突然记起了我的乡土，当我从梦幻中醒来时，我深自惊异了，那是一棵很平常的槐树，没有理由可以引起我对乡土的怀念，后来想，大概我在开始衰老了，已有了一点庭园之思吧。现在我想起了弦。我们乡下，有一个算命的老人，他的肩上是一个蓝布笔墨袋，一张三弦。当他坐在院子里数说着人的吉凶祸福，他的手指就在弦上发出琤瑽 ① 声，单调，零乱，恰如那种术士语言，但我那时是一个孩子，对那简单的乐器已生了爱好，虽说暗自想，为什么不是七弦呢，假若多几根弦一定更悦耳的。我很难说我现在想起的弦到底是那老先生手指间的，还是我想象里更繁杂的乐器，但我已开始思索着那位算命老人自己的命运了。

假若我们生长在乡下落寞的古宅里，那么一个老仆，一个货郎，一个偶来寄食的流浪人，于我们是如何亲切啊。我们亲近过

---

① 琤瑽（chēng cōng）：拟声词，为金属等撞击发出的声音。

138

他们又忘记了。有一天，我们已不是少年了，偶尔想起了他们，思索着他们的命运。有一天，我们回到那童年的王国去了，在夕阳中漫步着，于是古径间，一个老人出现了。那种坚忍地过着衰微的日子的老人，十年或者二十年于他有什么改变呢，于是我们喊："你还认识我吗，算命先生？"他停顿着，抬起头，迟疑地望着我们。"你已不认识我了。你曾经给我算过命呢。"我们说出我们的名字。他首先沉默着，有点儿羞涩，一种温和的老人常有的羞涩，随后絮絮的问起许多事情。因为我们刚从很远的地方回来。他呢，他刚从一座倾向衰落的大宅第回来。那是我们童时常去的乡邻，现在已觉疏远了，正迟疑着是否再去拜访一次。我们一面回想着过去，一面和这过去的幽灵似的老人走着，问答着。"明天来给我再算一次命吧。""你们读书先生早已不相信了。""不，我相信。"我们怎样向他解释我们这种悲观的神秘倾向呢？我们怎样说服这位对自己的职业失了信心的老人呢？从前，有人嘲笑他时他说："先生，命是天生的，丝毫不错的，我们照着书上推算呢。"他最喜欢说一个故事，"书上说，从前有两个人，生辰八字完全相同，但一个是宰相，一个是叫化子。什么道理呢？因为一个是上四刻生，一个是下四刻生。一个时辰还有这样的差别呢。""那么你算过你自己的命吗？"嘲笑者说。"先生，"他叹一口气，"我们的命是用不着算的。"现在，他经过了些什么困苦呢，他是在什么面前低下了他倔强的头呢？他也有一个家吗？在哪儿？我们想问终于又不问了。但他不待问就絮絮的说出许多事故，先后发生在这乡村里的，许多悲哀的或者可笑的事故。只是不说他自己。也许他还说到他刚去过的那座大宅第里已添了一代新人了；已没有从前那样富裕了；宅后那座精致的花园已在一种长期的忽略中荒废了。在那花园里曾有我们无数的足迹，和欢笑，和幻想。我们等待着更悲伤的事变。然而他却停止了，遗漏了我们最关切的消息，那家的那位骄傲又忧郁的独生女，我们童时的公主，曾和我们度过许多快乐的时光而又常折磨着我们小小的心灵的，现在怎样了？嫁了，或者死了，一切少女的两个归结，我们愿意听哪一个呢？我们想问终于又不问了。我们一面思索人的命运，一面和这算命老人走着，沉默着，在夕阳古径间。于是暮色四合。到了一个分歧的路口，我们停顿着，抬起头，迟疑地彼此对望一会儿。"请回去了吧，先生。"于是我们说：再见。

再见：到了分歧的路口，我们曾向多少友伴温柔地又残忍地说过这句话呢。也许我们曾向我们一生中最亲切的人也这样说了，仅仅由于青春的骄矜，或者夸张，留下无数长长的阴暗的日子，独自过度着。有一天，我们在开始衰老了，偶尔想起了那些辽远的温暖的记忆，我们更加忧郁了，却还是说并不追悔，把一切都交给命运吧。但什么是命运呢：在老人或者盲人的手指间颤动着的弦。

想北平

老舍

　　设若让我写一本小说，以北平作背景，我不至于害怕，因为我可以捡着我知道的写，而躲开我所不知道的。但要让我把北平一一道来，我没办法。北平的地方那么大，事情那么多，我知道的真是太少了，虽然我生在那里，一直到廿七岁才离开。以名胜说，我没到过陶然亭，这多可笑！以此类推，我所知道的那点只是"我的北平"，而我的北平大概等于牛的一毛。

　　可是，我真爱北平。这个爱几乎是要说而说不出的。我爱我的母亲。怎样爱？我说不出。在我想做一件讨她老人家喜欢的事情的时候，我独自微微地笑着；在我想到她的健康而不放心的时候，我欲落泪。语言是不够表现我的心情的，只有独自微笑或落泪才足以把内心揭露在外面一些来。我之爱北平也近乎这个。夸奖这个古城的某一点是容易的，可是那就把北平看得太小了。我所爱的北平不是枝枝节节的一些什么，而是整个儿与我的心灵相黏合的一段历史，一大块地方，多少风景名胜，从雨后什刹海的蜻蜓一直到我梦里的玉泉山的塔影，都积凑到一块，每一小的事件中有个我，我的每一思念中有个北平，这只有说不出而已。

真愿成为诗人，把一切好听好看的字都浸在自己的心血里，像杜鹃似的啼出北平的俊伟。啊！我不是诗人！我将永远道不出我的爱，一种像由音乐与图画所引起的爱。这不但辜负了北平，也对不住我自己，因为我的最初的知识与印象都得自北平，它是在我的血里，我的性格与脾气里有许多地方是这古城所赐给的。我不能爱上海与天津，因为我心中有个北平。可是我说不出来！

伦敦，巴黎，罗马与堪司坦丁堡^①，曾被称为欧洲的四大"历史的都城"。我知道一些伦敦的情形；巴黎与罗马只是到过而已；堪司坦丁堡根本没有去过。就伦敦、巴黎、罗马来说，巴黎更近似北平——虽然"近似"两字要拉扯得很远——不过，假使让我"家住巴黎"，我一定会和没有家一样地感到寂苦。巴黎，据我看，还太热闹。自然，那里也有空旷静寂的地方，可是又未免太旷；不像北平那样既复杂而又有个边际，使我能摸着——那长着红酸枣的老城墙！面向着积水潭，背后是城墙，坐在石上看水中的小蝌蚪或苇叶上的嫩蜻蜓，我可以快乐地坐一天，心中完全安适，无所求也无可怕，像小儿安睡在摇篮里。是的，北平也有热闹的地方，但是它和太极拳相似，动中有静。巴黎有许多地方使人疲乏，所以咖啡与酒是必要的，以便刺激；在北平，有温和的香片茶就够了。

论说巴黎的布置已比伦敦罗马匀调得多了，可是比上北平还差点事儿。北平在人为之中显出自然，几乎是什么地方既不挤得慌，又不太僻静：最小的胡同里的房子也有院子与树；最空旷的地方也离买卖街与住宅区不远。这种分配法可以算——在我的经验中——天下第一了。北平的好处不在处处设备得完全，而在它

---

① 堪司坦丁堡：今译为"君士坦丁堡"，即伊斯坦布尔。

处处有空儿，可以使人自由地喘气；不在有好些美丽的建筑，而在建筑的四周都有空闲的地方，使它们成为美景。每一个城楼，每一个牌楼，都可以从老远就看见。况且在街上还可以看见北山与西山呢！

好学的，爱古物的，人们自然喜欢北平，因为这里书多古物多。我不好学，也没钱买古物。对于物质上，我却喜爱北平的花多菜多果子多。花草是种费钱的玩艺，可是此地的"草花儿"很便宜，而且家家有院子，可以花不多的钱而种一院子花，即使算不了什么，可是到底可爱呀。墙上的牵牛，墙根的靠山竹与草茉莉，是多么省钱省事而也足以招来蝴蝶呀！至于青菜，白菜，扁豆，毛豆角，黄瓜，菠菜等等，大多数是直接由城外担来而送到家门口的。雨后，韭菜叶上还往往带着雨时溅起的泥点。青菜摊子上的红红绿绿几乎有诗似的美丽。果子有不少是由西山与北山来的，西山的沙果，海棠，北山的黑枣，柿子，进了城还带着一层白霜儿呀！哼，美国的橘子包着纸，遇到北平的带霜儿的玉李，还不愧杀！

是的，北平是个都城，而能有好多自己产生的花、菜、水果，这就使人更接近了自然。从它里面说，它没有像伦敦的那些成天冒烟的工厂；从外面说，它紧连着园林，菜圃与农村。采菊东篱下，在这里，确是可以悠然见南山的；大概把"南"字变个"西"或"北"，也没有多少了不得的吧。像我这样的一个贫寒的人，或者只有在北平能享受一点清福了。

好，不再说了吧；要落泪了，真想念北平呀！

忆

巴金

1936

啊，为什么我的眼前又是一片漆黑？我好像落进了陷阱里面似的。我摸不到一样实在的东西，我看不见一个具体的景象。一切都是模糊，虚幻。……我知道我又在做梦了。

我每夜都做梦。我的脑筋就没有一刻休息过。对于某一些人梦是甜蜜的。但是我不曾从梦里得到过安慰。梦是一种苦刑，它不断地拷问我。我知道是我的心不许我宁静，它时时都要解剖我自己，折磨我自己。我的心是我的严厉的裁判官。它比Torquemada [①] 更残酷。

"梦，这真的是梦么？"我有时候在梦里这样地问过自己。同样，"这不就是梦么？"在醒着的时候，我又有过这样的疑问。梦景和真实渐渐地融合成了一片。我不再能分辨什么是梦和什么是真了。

薇娜·妃格念尔 [②] 关在席吕谢尔堡中的时候，她说过："那冗

[①] Torquemada：西班牙第一位宗教裁判所大法官。

[②] 薇娜·妃格念尔（V.Fingncer，1852—1942）：19世纪70年代俄国民粹派女革命家，1884年被押送到席吕谢尔堡监狱。

长的、灰色的、单调的日子就像是无梦的睡眠。"我的身体可以说是自由的，但我不是也常常过着冗长的、灰色的、单调的日子么？诚然我的生活里也有变化，有时我还过着两种完全不同的生活，然而这变化有的像电光一闪，光耀夺目，以后就归于消灭；有的甚至也是单调的。一个窒闷的暗夜压在我的头上，一只铁手扼住我的咽喉。所以便是这些灰色的日子也不像无梦的睡眠。我眼前尽是幻影，这些日子全是梦，比真实更压迫人的梦，在梦里我被残酷地拷问着。我常常在梦中发出叫声，因为甚至在那个时候我也不曾停止过挣扎。

这挣扎使我太疲劳了。有一个极短的时间我也想过无梦的睡眠。这跟妃格念尔所说的却又不同。这是永久的休息。没有梦，也没有真；没有人，也没有自己。这是和平。这是安静。我得承认，我的确愿望过这样的东西。但那只是一时的愿望，那只是在我的精神衰弱的时候。常常经过了这样的一个时期，我的精神上又起了一种变化，我为这种愿望而感到羞惭和愤怒了。我甚至责备我自己的懦弱。于是我便以痛悔的心情和新的勇气开始了新的挣扎。

我是一个充满矛盾的人。"我过的是两重的生活。一种是为他人的外表生活，一种是为自己的内心生活。"在这里我借用了妃格念尔的话。她还说："——在外表上我不得不保持安静勇敢的面目，这个我做到了；然而在黑夜的静寂里我会带着痛苦的焦虑来想：末日会到来吗？——到了早晨我就戴上我的面具开始我的工作。"她用这些话来说明她被捕以前的心境。我的灵魂里充满了黑暗。然而我不愿意拿这黑暗去伤害别人的心。我更不敢拿这黑暗去玷污将来的希望。而且当一个青年怀着一颗受伤的心求助于我的时候，我纵不是医生，我也得给他一点安慰和希望，或者伴他去找一位名医。为了这个缘故，我才让我的心，我的灵魂扩大起来。我把一切个人的遭遇、创伤等等都装在那里面，像一只独木小舟深入大海，使人看不见一点影响，我说过我生来就带有忧郁性，但是那位作为"忧郁者"写了自白的朋友，却因为看见我终日的笑容而诧异了，虽然他的脸上也常常带着孩子的傻笑。其实我自己的话也不正确。我的父母都不是性情偏执的人，他们是同样的温和，宽厚，安分守己，那么应该是配合得很完满的一对。他们的灵魂里不能够贮藏任何忧郁的影子。我的忧郁性不能够是从他们那里得来的。那应该是在我的生活环境里一天一天磨出来的。给了那第一下打击的，就是母亲的死，接着又是父亲的逝世。那个时候我太年轻了，还只是一个应该躲在父母的庇护下生活的孩子。创伤之上又加创伤，仿佛一来就不可收拾。我在七年前给我大哥的信里曾写道："所足以维系我心的就只有工作。终日工作，终年工作。我在工作里寻得痛苦，由痛苦而得满足。……我固然有一理想。这个理想也就是我的生命。但是我恐怕我不能够活到那个理想实现的时候。……几年来我追求光明，追求人间的爱，追求我理想中的英雄。结果我依旧得到痛苦。但是我并不后悔，我还要以更大的勇气走我的路。"但是在这之前不久的另一封信里我却说过："我的心里筑了一堵墙，把自己囚在忧郁的思想里。一壶茶，一瓶墨水，一管钢笔，一卷稿纸，几本书……我常常写了几页，无端的忧愁便来侵袭。仿佛有什么东西在我的胸腔里激荡，我再也忍不下去，就掷了笔披起秋大衣往外面街上走了。"

在这两封信里不是有着明显的矛盾么？我的生活，我的心情都是如此的。这个恐怕不会被人了解罢。但是原因我自己却明白。造成那些矛盾的就是我过去的生活。这个我不能抹煞，我却愿意忘掉。所以在给大哥的另一封信里我又说:"我怕记忆。我恨记忆。它把我所愿意忘掉的事,都给我唤醒来了。"

的确我的过去像一个可怖的阴影压在我的灵魂上,我的记忆像一根铁链绊住我的脚。我屡次鼓起勇气迈着大步往前面跑时,它总抓住我,使我退后,使我迟疑,使我留恋,使我忧郁。我有一颗飞向广阔的天空去的雄心,我有一个引我走向光明的信仰。然而我的力气拖不动记忆的铁链。我不能忍受这迟钝的步履,我好几次求助于感情,但是我的感情自身被夹在记忆的钳子里也失掉了它的平衡而有所偏倚。它变成了不健康而易脆弱。倘使我完全信赖它,它会使我在彩虹一现中随即完全隐去。我就会为过去所毁灭了。为我的前途计,我似乎应该撤弃为记忆所毒害了的感情。但是在我这又是势所不能。所以我这样永久地颠簸于理智与感情之间,找不到一个解决的办法。我的一切矛盾都是从这里来的。

我已经几次说过了和这类似的话。现在又来反复解说,这似乎不应该。而且在这时候整个民族的命运都陷在泥淖里,我似乎没有权利来絮絮地向人诉说个人的一切。但是我终于又说了。因为我想,这并不是我个人的事,我在许多人的身上都看见和这类似的情形。使我们的青年不能够奋勇前进的,也正是那过去的阴影。我常常有一种奇怪的想法:倘使我们是没有过去生活的原始人,我们也许能够做出更多的事情来。

但是回忆抓住了我,压住了我,把我的心拿来肢解,把我的感情拿来拷打。它时而织成一个柔软的网,把我的身体包在里面;它时而燃起猛烈的火焰,来烧我的骨髓。有时候我会紧闭眼目,弃绝理智,让感情支配我,听凭它把我引到偏执的路上,带到悬崖的边沿,使得一个朋友竟然惊讶地嚷了出来:"这样下去除了使你成为疯子以外，还有什么？"其实这个朋友却忘了他自己也有不小的矛盾，他和我一样也是为回忆所折磨的人。他以为看人很清楚，却不知看自己倒糊涂了。他把自己看作人类灵魂的医生，他给我开了个药方：妥协，调和；他的确是一个好医生，他把为病人开的药方拿来让自己先服了。然而结果药方完全不灵。这样的药医不了病。他也许还不明白这是什么缘故。我却知道惟一的灵药应该是一个"偏"字：不是跟过去调和，而是把它完全撤弃。不过我的病太深了，一剂灵药也不会立刻治好多年的沉疴。

......

我又在做梦了。我的眼前是一片漆黑，不，我的眼前尽是些幻影。我的眼睛渐渐地亮了，那些人，那些事情。……难道我睡得这么深沉么？为什么他们能够越过这许多年代而达到我这里呢？

我全然在做梦了。我忘记了周围的一切，我忘记了我自己。好像被一种力量拉着，我沉下去，我沉下去，于是我到了一个地方。难道我是走进了坟墓，或者另一个庞贝城被我发掘了出来？我看见了那许多人，那些都是被我埋葬了的，那些都是我永久失掉了的。

我完全沉在梦景里面了。我自己变成了梦中的人。一种奇怪的感情抓住了我。我由一个小孩慢慢地长大起来。我生活在许多我的同代人中间，分享他们的悲欢。我们的世界是狭小的。但是我们却把它看作宇宙般的广大。我们以一颗真挚的心和一个不健全的人生观来度我们的日子。我们有更多的爱和更多的同情。我们爱一切可爱的事物：我们爱夜晚在花园上面天空中照耀的星群，我们爱春天在桃柳枝上鸣叫的小鸟，我们爱那从树梢洒到草地上面的月光，我们爱那使水面现出明亮珠子的太阳。我们爱一只猫，一只小鸟。我们爱一切的人。我们像一群不自私的孩子去领取生活的赐与。我们整天尽兴地笑乐，我们也希望别人能够笑乐。我们从不曾伤害过别的人。然而一个黑影来掩盖了我们的灵魂。于是忧郁在我们的心上产生了。这个黑影渐渐地扩大起来，跟着它就来了种种的事情。一个打击上又加第二个。眼泪，呻吟，叫号，挣扎，最后是悲剧的结局。一个一个年轻的生命横遭摧残。有的离开了这个世界，留下一些悲痛的回忆给别的人；有的就被打落在泥坑里面不能自拔……

啊，我怎么做了一个这么长久的梦！我应该醒了。我果然能够摆脱那一切而醒起来么？那许多生命，那许多被我爱过的生命在我的心上刻画了那么深的迹印，我能够把他们完全忘掉么？我把这一切已经埋葬了这么多的年代，为什么到现在还会有这样长的梦？这样痛苦的梦？甚至使我到今天还提笔来写《春》？

过去，回忆，这一切把我缚得太紧了，把我压得太苦了。难道我就永远不能够摆脱它而昂然地、无牵挂地走我自己的路么？

我的梦醒了。这应该是最后的一次了。我要摆脱那一切绊住我的脚的东西。我要摆脱一切的回忆。我要把它们全埋葬在一个更深的坟墓里，我要忘掉那过去的一切。

不管这是不是可能，我既然开始了我的路程，我既然跟那一切挣扎了这许多年代，那么，我还要继续挣扎下去。在永久的挣扎中活下去，这究竟是我度过生活的美丽的方法。

囚绿记

陆蠡

1938

　　这是去年夏间的事情。

　　我住在北平的一家公寓里，我占据着高广不过一丈的小房间，砖铺的潮湿的地面，纸糊的墙壁和天花板，两扇木格子嵌玻璃的窗，窗上有很灵巧的纸卷帘，这在南方是少见的。

　　窗是朝东的。北方的夏季天亮得快，早晨五点钟左右太阳便照进我的小屋，把可畏的光线射个满室，直到十一点半才退出，令人感到炎热。这公寓里还有几间空房子，我原有选择的自由的，但我终于选定了这朝东房间，我怀着喜悦而满足的心情占有它，那是因为有一个小小理由。

　　这房间靠南的墙壁上，有一个小圆窗，直径一尺左右。窗是圆的，却嵌着一块六角形的玻璃，并且左下角是打碎了，留下一个大孔隙，手可以随意伸进伸出。圆窗外面长着常春藤。当太阳照过它繁密的枝叶，透到我房里来的时候，便有一片绿影，我便是欢喜这片绿影才选定这房间的。当公寓里的伙计替我提了随身小提箱，领我到这房间来的时候，我瞥见这绿影，感觉到一种喜悦，便毫不犹疑地决定了下来，这样了截爽直使公寓里伙计都惊奇了。

绿色是多宝贵的啊！它是生命，它是希望，它是慰安，它是快乐。我怀念着绿色把我的心等焦了。我欢喜看水白，我欢喜看草绿。我疲累于灰暗的都市的天空和黄漠的平原，我怀念着绿色，如同涸辙的鱼盼等着雨水！我急不暇择的心情即使一枝之绿也视同至宝。当我在这小房中安顿下来，我移徙小台子到圆窗下，让我面朝墙壁和小窗。门虽是常开着，可没人来打扰我，因为在这古城中我是孤独而陌生。但我并不感到孤独。我忘记了困倦的旅程和以往的许多不快的记忆。我望着这小圆洞，绿叶和我对语。我了解自然无声的语言，正如它了解我的语言一样。

我快活地坐在我的窗前。度过了一个月，两个月，我留恋于这片绿色。我开始了解渡越沙漠者望见绿洲的欢喜，我开始了解航海的冒险家望见海面飘来花草的茎叶的欢喜。人是在自然中生长的，绿是自然的颜色。

我天天望着窗口常春藤的生长。看它怎样伸开柔软的卷须，攀住一根缘引它的绳索，或一茎枯枝；看它怎样舒开折叠着的嫩叶，渐渐变青，渐渐变老。我细细观赏它纤细的脉络，嫩芽，我以揠苗助长的心情，巴不得它长得快，长得茂绿。下雨的时候，我爱它淅沥的声音，婆娑的摆舞。

忽然有一种自私的念头触动了我。我从破碎的窗口伸出手去，把两枝浆液丰富的柔条牵进我的屋子里来，叫它伸长到我的书案上，让绿色和我更接近，更亲密。我拿绿色来装饰我这简陋的房间，装饰我过于抑郁的心情。我要借绿色来比喻葱茏的爱和幸福，我要借绿色来比喻猗郁的年华。我囚住这绿色如同幽囚一只小鸟，要它为我作无声的歌唱。

绿的枝条悬垂在我的案前了。它依旧伸长，依旧攀缘，依旧舒放，并且比在外边长得更快。我好像发现了一种"生的欢喜"，超过了任何种的喜悦。从前我有个时候，住在乡间的一所草屋里，地面是新铺的泥土，未除净的草根在我的床下苗出嫩绿的芽苗，蕈菌在地角上生长，我不忍加以剪除。后来一个友人一边说一边笑，替我拔去这些野草，我心里还以为可惜，倒怪他多事似的。

可是每天早晨，我起来观看这被幽囚的"绿友"时，它的尖端总朝着窗外的方向。甚至于一枚细叶，一茎卷须，都朝原来的方向。植物是多固执啊！它不了解我对它的爱抚，我对它的善意。我为了这永远向着阳光生长的植物不快，因为它损害了我的自尊心。可是我囚系住它，仍旧让柔弱的枝叶垂在我的案前。

它渐渐失去了青苍的颜色，变得柔绿，变成嫩黄；枝条变成细瘦，变成娇弱，好像病了的孩子。我渐渐不能原谅我自己的过失，把天空底下的植物移锁到暗黑的室内；我渐渐为这病损的枝叶可怜，虽则我恼怒它的固执，无亲热，我仍旧不放走它。魔念在我心中生长了。

我原是打算七月尾就回南去的。我计算着我的归期，计算这"绿囚"出牢的日子。在我离开的时候，便是它恢复自由的时候。

卢沟桥事件发生了。担心我的朋友电催我赶速南归。我不得不变更我的计划；在七月中旬，不能再留恋于烽烟四逼中的旧都，火车已经断了数天，我每日须得留心开车的消息。终于在一天早晨候到了。临行时我珍重地开释了这永不屈服于黑暗的囚人。我把瘦黄的枝叶放在原来的位置上，向它致诚意的祝福，愿它繁茂苍绿。

离开北平一年了。我怀念着我的圆窗和绿友。有一天，得重和它们见面的时候，会和我面生么？

夏虫之什（节选）

缪崇群

1940

楔子

　　在这个火药弥天的伟大时代里，偶检破篓，忽然得到这篇旧作；稿纸已经黯黄，没头没尾，不知从何说起，也不知到何处为止，摩挲良久，颇有啼笑皆非之感。记得往年为宇宙之大和苍蝇之微的问题，曾经很热闹地讨论过一阵，不过早已事过境迁，现在提起来未免"夏虫语冰"，有点不识时务了。好在当今正是炎炎的夏日，对于俯拾即是的各种各样的虫子，爬的飞的叫的，都是夏之"时者"，就乐得在夏言夏，应应景物。即或有人说近乎赶集的味道，那好，也还是在赶呀。只是，童子雕虫篆刻，壮夫所不为罢了。

　　添上这么一个楔子，以下照抄。恐怕说不清道不明，就在每节后边添个名儿，庶免有人牵强附会当作谜猜，或怪作者影射是非云尔。

一 人虫泛论

在小学和中学时代读过的博物科——后来改作自然和生物科了，我所得到的关于这方面的知识似乎太少了。也许因为人大起来了，对于这些知识反倒忘记，这里能写得出的一些虫子，好像还是在以前课本上所看到的一些图画，不然就是亲自和它们有过交涉的。

最不能磨灭的印象是我在小学修身或国文课里所读过的一篇文章。大意说，有一个孩子，居然在大庭广众之前，他辩证了人的存在是吃万物，还是蚊子的存在为着吃人的这个惊人的问题。从幼小的时候到成年，到今日，我不大看得起人果真是万物之灵的道理，和我从来也并不敢小视蚊虫的观念，大约都受了它的影响。

偶翻线装书，才知道我少小时候所读的那一课，是出于列子的《说符篇》。为着我谈虫有护符起见，就附带把它抄出：

"齐田氏祖于庭，食客千人，中坐有献鱼雁者，田氏视之，乃叹曰：'天之于民，厚矣！殖五谷，生鱼鸟，以为之用。'众客和之如响。鲍氏之子年十二，预于次，进曰：'不如君言。天地万物与我并生，类也。类无贵贱，徒以小大智力而相制，迭相食，非相为而生之。人取可食者而食之，岂天本为人生之？且蚊蚋嘬①肤，虎狼食肉，非天本为蚊蚋生人，虎狼生肉者哉？'"

二 蝇

红头大眼，披着金光闪灿的斗篷，里面衬一件苍点或浓绿的

---

① 嘬（zǎn）：咬，叮。

贴身袄，装束得颇有些类似武侠好汉，但是细细看它的模样，却多少带着些乡婆村姑气。

也算是一种证实的集团的动物了，除了我们不能理解的它们的呼声和高调之外，每个举止风度，都不失之为一个仪表堂堂的人物。

趋炎走势，视膻臭若家常便饭的本领，我们人类在它们之前将有愧色。向着光明的地方百折不回，硬碰头颅而无任何顾虑的这种精神，我们固然不及；至如一唱百和，飘然而来，飘然而去的态度，我们也将瞠乎其后的。

兢兢业业地，我从来不曾看见它们阖过一次眼，无时无刻不在磨拳擦掌地想励精图治的样子，偶然虽以两臂绕颈，作出闲散的姿式，但谁可以否认那不是埋头苦干，挖空心机的意思。

遗憾的只是谁都对于它们的出身和居留地表示反感，甚至于轻蔑，谩骂，使它们永远诅咒着它们再也诅咒不尽的先天的缺陷。湮没了自身的一切，熙熙攘攘地度了一个短促的时季，死了，虽然也和人们一样的葬身于粪土之中。

人类的父母是父母，子弟是子弟，父母的父母是祖先——而它们的祖先是蛆虫，它们的后人也是蛆虫，这显然不同的原因，大约就是人类会穿衣吃饭，肚子饱了，又有遮拦，它们始终是虫，所以不管它们的祖先和后人也都是蛆了。

出身的问题，竟这样决定了每个生物的运命，我不禁惕然！

但无论如何，它总算是一员红人，炎炎时代中的一位时者，留芳乎哉！遗臭乎哉！

三 蛇

想着它，便憧憬起一切热带的景物来。

深林大沼中度着寓公的生活，叫它是土香土色的草莽英雄也未为不可。在行一点的人们，却都说它属于一种冷血的动物。

花色斑斓的服装，配着修长苗条的身躯，真是像一个秀色可餐的女人，但偏偏有人说女人倒是像它。

这世界上多的是这样反本为末，反末为本的事，我不大算得清楚了。

且看它盘着像一条绳索，行走起来仿佛在空间描画着秀丽的峰峦，碰它高兴，就把你缠得不可开交，你精疲力竭了，它才开始胜利地昂起了头。莎乐美捧着血淋淋的人头笑了；它伸出了舌尖，火焰一般的舌尖，那热烈的吻，够你消受的！

据说它的瞳孔得天独厚，它看见什么东西都是比它渺小，所以它不怕一切地向前扑去，毫不示弱，也许正是因为人的心眼太窄小了，明明是挂在墙上的一张弓，映到杯里的影子也当作了它的化身，害得一场大病。有些人见了它，甚至于急忙把自己的屁眼也堵紧，以为无孔不入的它，会钻了进去丧了性命——其实是同归于尽——像这种过度的神经过敏症，过度的恐怖病，不是说明了人们是真的渺小吗？

幸亏它还没有生着脚，固然给画家描绘起来省了一笔事，可是一些意想不到的灵通，也就叫它无法实现了。

计谋家毕竟令人佩服，说打一打草也是对于它的一种策略。渺小的人们，应该有所憬悟了罢？

虽然，象征着中国历代帝王的那种动物，龙，也不过比它多生了几根胡须，多长了几条腿和爪子罢了。

四 萤

不与光明争一日的短长，永远是黑夜里的游客。在月光下的池畔，也常常瞥见它的踪影，真好像一条美丽的白鱼。细鳞被微风吹翻了，散在水上，荡漾着，闪动着。从不曾看见鬼火是一种什么东西的我，就臆测着它带着那个小小灯笼是以幽灵为膏烛的。

静静地凝视着它，它把星星招引来了，它也会牵人到黑暗的角落里去。自己仿佛眩迷了，灵魂如同披了一件轻细的纱衣，恍惚地溶在黑暗里，又恍惚地在空中飘舞了一阵，等回复了意识之后，第一就想把自己找回来，再则就要把它捉住。

在孩提的时候，便受了大人的诰诫，"飞进鼻孔里会送命"。直到如今仍旧切记不忘。我以为这种教训正是"寓禁于征"的反面的作用。

和"头悬梁，锥刺股"相媲美的苦读生的故事，使这个小虫的令名，也还传留在所谓书香人家的子弟耳里。

不过，如今想来，苦读虽好，企图这一点点光亮，从这个小虫子身上打算进到富贵功名的路途，却也未免抹煞风景了。我希望还是把它当一项时代参考的资料为佳。

欣喜着这个小虫子没有绝种——会飞的，会流的星子，夏夜里常常无言地为我画下灵感的符号；漂着我的心绪，现着，却不能再度寻觅的我所向往的那些路迹。

虽没有刺目的光明，可是它已经完成了使黑暗也成为裂隙的使命了。

五　蜈蚣

"百足之虫，死而不僵。"多半是说着它了。

首尾断置，不僵，又该怎样？这个问题我是颇有提出来讨论一下的兴致的。就算它有一百只足，或是一百对足罢，走起来也并不见得比那一条腿都没有的更快些。我想，这不僵的道理，是"并不在乎"吗？那么腿多的到底是生路也多之谓么；或者，是在观感上叫人知道它死了还有那么多摆设吗？

有着五毒之一台衔的它，其名恐怕不因足而显罢？

亏得鸡有一张嘴，便成了它的力敌，管它腿多腿少，死而不僵，或是僵而不死；管它台衔如何，有毒无毒，吃下去也并没有翘了辫子。所以我们倒不必斤斤斤责说"肉食者鄙"的话了。

六　蝉

今天开始听见它的声音，像一个阔别的友人，从远远的地方归来，虽还没有和它把晤，知道它已经立在我的门外了。也使我微微地感伤着：春天，挽留不住的春天，等到明年再会吧。

谁都厌烦它把长的日子拖着来了，它又把天气鼓噪得这么闷热。但谁曾注意过一个幼蛹，伏在地下，藏在树洞里……经过了几年，甚至于一二十年长久的蛰居的时日，才蜕生出来看见天地呢？一个小小的虫豸，它们也不能不忍负着这么沉重的一个运命的重担！

运命也并不一定是一出需要登场的戏剧哩。

鱼为了一点点饵食上了钩子，岸上的人笑了。孩子们只要拿一根长长的杆子，顶端涂些胶水，仰着头，循着声音，便将它们粘住了。它们并不贪求饵食，连孩子们都知道很难养活它们，因为它们不能受着缚束与囚笼里的日子，它们所需要的惟有空气与露水与自由。

人们常常说"自鸣"就近于得意，是一件招祸的事；但又把"不平则鸣"当作一种必然的道理。我看这个世界上顶好的还是作个哑巴，才合乎中庸之道吧？

话说回来，它之鸣，并非"得已"，螳螂搏着它，也并未作声，焉知道黄雀又跟在它后面呢？这种甲被乙吃掉，甲乙又都被丙吃掉的真实场面，可惜我还没有身临其境，不过想了想虫子也并不比人们更倒霉些罢了。

有时，听见一声长长的撕音，掠空而过，仰头望见一只鸟飞了过去，嘴里就衔着了一个它。这哀惨的声音，唤起了我的深痛的感觉。夏天并不因此而止，那些幼蛹，会从许多的地方生长起来，接踵地攀到树梢，继续地叫着，告诉我们：夏天是一个应当流汗的季候。

我很想把它叫作一个歌者，它的歌，是唱给我们流汗的劳动者的。

白杨礼赞

茅盾

1941

　　白杨树实在不是平凡的，我赞美白杨树！

　　汽车在望不到边际的高原上奔驰，扑入你的视野的，是黄绿错综的一条大毡子。黄的是土，未开垦的处女土，几十万年前由伟大的自然力堆积成功的黄土高原的外壳；绿的呢，是人类劳力战胜自然的成果，是麦田。和风吹送，翻起了一轮一轮的绿波——这时你会真心佩服昔人所造的两个字"麦浪"，若不是妙手偶得，便确是经过锤炼的语言的精华。黄与绿主宰着，无边无垠，坦荡如砥，这时如果不是宛若并肩的远山的连峰提醒了你（这些山峰凭你的肉眼来判断，就知道是在你脚底下的），你会忘记了汽车是在高原上行驶。这时你涌起来的感想也许是"雄壮"，也许是"伟大"，诸如此类的形容词；然而同时你的眼睛也许觉得有点倦怠，你对当前的"雄壮"或"伟大"闭了眼，而另一种的味儿在你心头潜滋暗长了——"单调"。可不是？单调，有一点儿吧？

　　然而刹那间，要是你猛抬眼看见了前面远远有一排——不，或者甚至只是三五株，一株，傲然地耸立，像哨兵似的树木的

160

话，那你的恹恹欲睡的情绪又将如何？我那时是惊奇地叫了一声的。

那就是白杨树，西北极普通的一种树，然而实在不是平凡的一种树。

那是力争上游的一种树，笔直的干，笔直的枝。它的干呢，通常是丈把高，像是加以人工似的，一丈以内绝无旁枝。它所有的丫枝呢，一律向上，而且紧紧靠拢，也像是加以人工似的，成为一束，绝无横斜逸出。它的宽大的叶子也是片片向上，几乎没有斜生的，更不用说倒垂了；它的皮，光滑而有银色的晕圈，微微泛出淡青色。这是虽在北方的风雪的压迫下却保持着倔强挺立的一种树。哪怕只有碗来粗细罢，它却努力向上发展，高到丈许，二丈，参天耸立，不折不挠，对抗着西北风。

这就是白杨树，西北极普通的一种树，然而决不是平凡的树！

它没有婆娑的姿态，没有屈曲盘旋的虬枝，也许你要说它不美丽。如果美是专指"婆娑"或"横斜逸出"之类而言，那么白杨树算不得树中的好女子；但是它却是伟岸，正直，朴质，严肃，也不缺乏温和，更不用提它的坚强不屈与挺拔，它是树中的伟丈夫！当你在积雪初融的高原上走过，看见平坦的大地上傲然挺立这么一株或一排白杨树，难道就觉得它只是树，难道你就不想到它的朴质，严肃，坚强不屈，至少也象征了北方的农民；难道你竟一点也不联想到，在敌后的广大土地上，到处有坚强不屈，就像这白杨树一样傲然挺立地守卫他们家乡的哨兵！难道你又不更远一点想到这样枝枝叶叶靠紧团结，力求上进的白杨树，宛然象征了今天在华北平原纵横决荡用血写出新中国历史的那种精神和意志。

白杨不是平凡的树。它在西北极普遍，不被人重视，就跟北方农民相似；它有极强的生命力，磨折不了，压迫不倒，也跟北方的农民相似。我赞美白杨树，就因为它不但象征了北方的农民，尤其象征了今天我们民族解放斗争中所不可缺的朴质，坚强，以及力求上进的精神。

让那些看不起民众，贱视民众，顽固的倒退的人们去赞美那贵族化的楠木（那也是直干秀颀的），去鄙视这极常见，极易生长的白杨罢，但是我要高声赞美白杨树！

银杏

郭沫若

银杏，我思念你，我不知道你为什么又叫公孙树。但一般人叫你是白果，那是容易理解的。

我知道，你的特征并不专在乎你有这和杏相仿佛的果实，核皮是纯白如银，核仁是富于营养——这不用说已经就足以为你的特征了。

但一般人并不知道你是有花植物中最古老的先进，你的花粉和胚珠具有着动物般的性态，你是完全由人力保存下来的奇珍。

自然界中已经是不能有你的存在了，但你依然挺立着，在太空中高唱着人间胜利的凯歌。

你这东方的圣者，你这中国人文的有生命的纪念塔，你是只有在中国才有呀，一般人似乎也并不知道。

我到过日本，日本也有你，但你分明是日本的华侨，你侨居在日本大约已有中国的文化侨居在日本那样久远了吧。

你是真应该称为中国的国树的呀，我是喜欢你，我特别地喜欢你。

但也并不是因为你是中国的特产，我才特别地喜欢，是因为你美，你真，你善。

你的株干是多么的端直，你的枝条是多么的蓬勃，你那折扇形的叶片是多么的青翠，多么澄洁，多么的精巧呀！

在暑天你为多少的庙宇戴上了巍峨的云冠，你也为多少的劳苦人撑出了清凉的华盖。

梧桐虽有你的端直而没有你的坚牢；

白杨虽有你的葱茏而没有你的庄重。

熏风会媚抚你，群鸟时来为你欢歌，上帝百神——假如是有上帝百神，我相信每当皓月流空，他们会在你脚下来聚会。

秋天到来，蝴蝶已经死了的时候，你的碧叶要翻成金黄，而且又会飞出满园的蝴蝶。

你不是一位巧妙的魔术师吗？但你丝毫也没有令人掩鼻的那种的江湖气息。

当你那解脱了一切，你那槎枒的枝干挺撑在太空中的时候，你对于寒风霜雪毫不避易。

那是多么的嶙峋而洒脱呀，恐怕自有佛法以来再也不会产生过像你这样的高僧。

你没有丝毫依阿取容的姿态，但你也并不荒伧，你的美德像音乐一样洋溢入荒，但你也并不骄傲，你的名讳似乎就是"超然"，你超在乎一切的草木之上，你超在乎一切之上，但你并不隐遁。

你果实不是可以滋养人，你的木质不是坚实的器材，就是你的落叶不也是绝好的引火的燃料吗？

可是我真有点奇怪了，奇怪的是中国人似乎大家都忘记了你，而且忘记得很久远，似乎是从古以来。

我在中国的经典中找不出你的名字，我没有读过中国的诗人咏赞过你的诗。我没有看见过中国的画家描写过你的画。

这究竟是怎么一回事呀，你是随中国文化以俱来的亘古的证人，你不也是以为奇怪吗？

银杏，中国人是忘记了你呀，大家虽然都在吃你的白果，都喜欢吃你的白果，但的确是忘记了你呀。

世间上也仅有不辨菽麦的人，但把你忘记得这样普遍，这样久远的例子，从来也不曾有过。

真的啦，陪都不是首善之区吗？但我就很少看见你的影子，为什么遍街都是洋槐，满园都是幽加里树呢？

我是怎样地思念你呀，银杏！我可希望你不要把中国忘记吧。

这事情是有点危险的，我怕你一不高兴，会从中国的地面上隐遁下去。

在中国的领空中会永远听不着你赞美生命的欢歌。

银杏，我真希望呀，希望中国人单为能更多吃你的白果，总有能更加爱慕你的一天。

树与柴火

废名

1946

　　我家有两个小孩子，他们都喜欢拣柴。每当大风天，他们两个，一个姐姐，一个弟弟，真是像火一般的喜悦，要母亲拿篮子给他们到外面树林里去拾枯枝。一会儿都是满篮的柴回来了，这时乃是成绩报告的喜悦，指着自己的篮子问母亲道："母亲，我拣得多不多？"

　　如果问我："小孩子顶喜欢做什么事情？"据我观察之所得，我便答道："小孩子顶喜欢拣柴。"我这样说时，我是十分的满足，因为我真道出我家小孩子的欢喜，没有附会和曲解的地方。天下的答案谁能像我的正确呢！

　　我做小孩子时也喜欢拣柴。我记得我那时喜欢看女子们在树林里扫落叶拿回去做柴烧。我觉得春天没有冬日的树林那么的繁华，仿佛一枚一枚的叶子都是一个一个的生命了。冬日的落叶，乃是生之跳舞。在春天里，我固然喜欢看树叶子，但在冬天里我才真是树叶子的情人似的。我又喜欢看乡下人在日落之时挑了一担'松毛'回家。松毛者，松叶之落地而枯黄者也，弄柴人早出晚归，大力者举一担松毛而肩之，庞大如两只巨兽，旁观者我之喜悦，真应该说此时落日不是落日而是朝阳了。为什么这样喜悦？现在我有时在路上遇见挑松毛的人，很觉得奇异，这有什么可喜悦的？人生之不相了解一至如此。

然而我看见我的女孩子喜欢跟着乡下的女伴一路去采松毛，我便总怀着一个招待客人的心情，伺候她出门，望着她归家了。

现在我想，人类有记忆，记忆之美，应莫如柴火。春华秋实都到哪里去了？所以我们看着火，应该是看春花，看夏叶，昨夜星辰，今朝露水，都是火之平生了。终于又是虚空，因为火烧了则无有也。庄周则说："火传也，不知其尽也。"

猫

老舍

1959

　　猫的性格实在有些古怪。说它老实吧，它的确有时候很乖。它会找个暖和地方，成天睡大觉，无忧无虑，什么事也不过问。可是，它决定要出去玩玩，就会出走一天一夜，任凭谁怎么呼唤，它也不肯回来。说它贪玩吧，的确是呀，要不怎么会一天一夜不回家呢？可是，及至它听到点老鼠的响动啊，它又多么尽职，闭息凝神，一连就是几个钟头，非把老鼠等出来不可！

　　它要是高兴，能比谁都温柔可亲：用身子蹭你的腿，把脖儿伸出来要求给抓痒，或是在你写稿子的时候，跳上桌来，在纸上踩印几朵小梅花。它还会丰富多腔地叫唤，长短不同，粗细各异，变化多端，力避单调。在不叫的时候，它还会咕噜咕噜地给自己解闷。这可都凭它的高兴。它若是不高兴啊，无论谁说多少好话，它一声也不出，连半个小梅花也不肯印在稿纸上！它倔强得很！

　　是，猫的确是倔强。看吧，大马戏团里什么狮子、老虎、大象、狗熊，甚至于笨驴，都能表演一些玩意儿，可是谁见过耍猫呢？（昨天才听说：苏联的某马戏团里确有耍猫的，我当然还没亲眼见过。）

这种小动物确是古怪。不管你多么善待它，它也不肯跟着你上街去逛逛。它什么都怕，总想藏起来。可是它又那么勇猛，不要说见着小虫和老鼠，就是遇上蛇也敢斗一斗。它的嘴往往被蜂儿或蝎子蜇得肿起来。

赶到猫儿们一讲起恋爱来，那就闹得一条街的人们都不能安睡。它们的叫声是那么尖锐刺耳，使人觉得世界上若是没有猫啊，一定会更平静一些。

可是，及至女猫生下两三个棉花团似的小猫啊，你又不恨它了。它是那么尽责地看护儿女，连上房兜兜风也不肯去了。

郎猫可不那么负责，它丝毫不关心儿女。它或睡大觉，或上房去乱叫，有机会就和邻居们打一架，身上的毛儿滚成了毡，满脸横七竖八都是伤痕，看起来实在不大体面。好在它没有照镜子的习惯，依然昂首阔步，大喊大叫，它匆忙地吃两口东西，就又去挑战开打。有时候，它两天两夜不回家，可是当你以为它可能已经远走高飞了，它却瘸着腿大败而归，直入厨房要东西吃。

过了满月的小猫们真是可爱，腿脚还不甚稳，可是已经学会淘气。妈妈的尾巴，一根鸡毛，都是它们的好玩具，要上没结没完。一玩起来，它们不知要摔多少跟头，但是跌倒即马上起来，再跑再跌。它们的头撞在门上，桌腿上，和彼此的头上。撞疼了也不哭。

它们的胆子越来越大，逐渐开辟新的游戏场所。它们到院子里来了。院中的花草可遭了殃。它们在花盆里摔跤，抱着花枝打秋千，所过之处，枝折花落。你不肯责打它们，它们是那么生气勃勃，天真可爱呀。可是，你也爱花。这个矛盾就不易处理。

现在，还有新的问题呢：老鼠已差不多都被消灭了，猫还有什么用处呢？而且，猫既吃不着老鼠，就会想办法去偷捉鸡雏或小鸭什么的开开荤。这难道不是问题么？

在我的朋友里颇有些位爱猫的。不知他们注意到这些问题没有？记得二十年前在重庆住着的时候，那里的猫很珍贵，须花钱去买。在当时，那里的老鼠是那么猖狂，小猫反倒须放在笼子里养着，以免被老鼠吃掉。据说，目前在重庆已很不容易见着老鼠。那么，那里的猫呢？是不是已经不放在笼子里，还是根本不养猫了呢？这须打听一下，以备参考。

也记得三十年前，在一艘法国轮船上，我吃过一次猫肉。事前，我并不知道那是什么肉，因为不识法文，看不懂菜单。猫肉并不难吃，虽不甚香美，可也没什么怪味道。是不是该把猫都送往法国轮船上去呢？我很难作出决定。

猫的地位的确降低了，而且发生了些小问题。可是，我并不为猫的命运多耽什么心思。想想看吧，要不是灭鼠运动得到了很大的成功，消除了巨害，猫的威风怎会减少了呢？两相比较，灭鼠比爱猫更重要得多，不是吗？我想，世界上总会有那么一天，一切都机械化了，不是连驴马也会有点问题吗？可是，谁能因耽忧驴马没有事做而放弃了机械化呢？

茶花赋

杨朔

1961

　　久在异国他乡，有时难免要怀念祖国的。怀念极了，我也曾想：要能画一幅画儿，画出祖国的面貌特色，时刻挂在眼前，有多好。我把这心思去跟一位擅长丹青的同志商量，求她画。她说："这可是个难题，画什么呢？画点零山碎水，一人一物，都不行。再说，颜色也难调。你就是调尽五颜六色，又怎么画得出祖国的面貌？"我想了想，也是，就搁下这桩心思。

　　今年二月，我从海外回来，一脚踏进昆明，心都醉了。我是北方人，论季节，北方也许正是搅天风雪，水瘦山寒，云南的春天却脚步儿勤，来得快，到处早像催生婆似的正在催动花事。

　　花事最盛的去处数着西山华庭寺。不到寺门，远远就闻见一股细细的清香，直渗进人的心肺。这是梅花，有红梅、白梅、绿梅，还有朱砂梅，一树一树的，每一树梅花都是一树诗。白玉兰花略微有点儿残，娇黄的迎春却正当时，那一片春色啊，比起滇池的水来不知还要深多少倍。

　　究其实这还不是最深的春色。且请看那一树，齐着华庭寺的廊檐一般高，油光碧绿的树叶中间托出千百朵重瓣的大花，那样红艳，每朵花都像一团烧得正旺的火焰。这就是有名的茶花。不见茶花，你是不容易懂得"春深似海"这句诗的妙处的。

想看茶花，正是好时候。我游过华庭寺，又冒着星星点点细雨游了一次黑龙潭，这都是看茶花的名胜地方。原以为茶花一定很少见，不想在游历当中，时时望见竹篱茅屋旁边会闪出一枝猩红的花来。听朋友说："这不算稀奇。要是在大理，差不多家家户户都养茶花。花期一到，各样品种的花儿争奇斗艳，那才美呢。"

我不觉对着茶花沉吟起来。茶花是美啊。凡是生活中美的事物都是劳动创造的。是谁白天黑夜，积年累月，拿自己的汗水浇着花，像抚育自己儿女一样抚育着花秧，终于培养出这样绝色的好花？应该感谢那为我们美化生活的人。

普之仁就是这样一位能工巧匠，我在翠湖边上会到他。翠湖的茶花多，开得也好，红彤彤的一大片，简直就是那一段彩云落到湖岸上。普之仁领我穿着茶花走，指点着告诉我这叫大玛瑙，那叫雪狮子；这是蝶翅，那是大紫袍……名目花色多得很。后来他攀着一棵茶树的小干枝说："这叫童子面，花期迟，刚打骨朵，开起来颜色深红，倒是最好看的。"

我就问："古语说：看花容易栽花难——栽培茶花一定也很难吧？"

普之仁答道："不很难，也不容易。茶花这东西有点特性，水壤气候，事事都得细心。又怕风，又怕晒，最喜欢半阴半阳。顶讨厌的是虫子。有一种钻心虫，钻进一条去，花就死了。一年四季，不知得操多少心呢。"

我又问道："一棵茶花活不长吧？"

普之仁说："活的可长啦。华庭寺有棵松子鳞，是明朝的，五百多年了，一开花，能开一千多朵。"

172

我不觉噢了一声：想不到华庭寺见的那棵茶花来历这样大。

普之仁误会我的意思，赶紧说："你不信么？大理地面还有一棵更老的呢，听老人讲，上千年了，开起花来，满树数不清数，都叫万朵茶。树干子那样粗，几个人都搂不过来。"说着他伸出两臂，做个搂抱的姿势。

我热切地望着他的手，那双手满是茧子，沾着新鲜的泥土。我又望着他的脸，他的眼角刻着很深的皱纹，不必多问他的身世，猜得出他是个曾经忧患的中年人。如果他离开你，走进人丛里去，立刻便消逝了，再也不容易寻到他——他就是这样一个极其普通的劳动者。然而正是这样的人，整月整年，劳心劳力，拿出全部精力培植着花木，美化我们的生活。美就是这样创造出来的。

正在这时，恰巧有一群小孩也来看茶花，一个个仰着鲜红的小脸，甜蜜蜜地笑着，唧唧喳喳叫个不休。

我说："童子面茶花开了。"

普之仁愣了愣，立时省悟过来，笑着说："真的呢，再没有比这种童子面更好看的茶花了。"

一个念头忽然跳进我的脑子，我得到一幅画的构思。如果用最浓最艳的朱红，画一大朵含露乍开的童子面茶花，岂不正可以象征着祖国的面貌？我把这个简单的构思记下来，寄给远在国外的那位丹青能手，也许她肯再斟酌一番，为我画一幅画儿吧。

听听那冷雨

余光中

1974

惊蛰一过，春寒加剧。先是料料峭峭，继而雨季开始，时而淋淋漓漓，时而淅淅沥沥，天潮潮地湿湿，即连在梦里，也似乎把伞撑着。而就凭一把伞，躲过一阵潇潇的冷雨，也躲不过整个雨季。连思想也都是潮润润的。每天回家，曲折穿过金门街到厦门街迷宫式的长巷短巷，雨里风里，走入霏霏令人更想入非非。想这样子的台北凄凄切切完全是黑白片的味道，想整个中国整部中国的历史无非是一张黑白片子，片头到片尾，一直是这样下着雨的。这种感觉，不知道是不是从安东尼奥尼那里来的。不过那一块土地是久违了，二十五年，四分之一的世纪，即使有雨，也隔着千山万山，千伞万伞。二十五年，一切都断了，只有气候，只有气象报告还牵连在一起，大寒流从那块土地上弥天卷来，这种酷冷吾与古大陆分担。不能扑进她怀里，被她的裙边扫一扫吧也算是安慰孺慕之情。

这样想时，严寒里竟有一点温暖的感觉了。这样想时，他希望这些狭长的巷子永远延伸下去，他的思路也可以延伸下去，不是金门街到厦门街，而是金门到厦门。他是厦门人，至少是广义的厦门人，二十年来，不住在厦门，住在厦门街，算是嘲弄吧，也算是安慰。不过说到广义，他同样也是广义的江南人，常州人，南京人，川娃儿，五陵少年。杏花春雨江南，那是他的少年时代了。再过半个月就是清明。安东尼奥尼的镜头摇过去，摇过去又摇过来。残山剩水犹如是。皇天后土犹如是。纭纭黔首纷纷黎民从北到南犹如是。那里面是中国吗？那里面当然还是中国永远是中国。只是杏花春雨已不再，牧童遥指已不再，剑门细雨渭城轻尘也都已不再。然则他日思夜梦的那片土地，究竟在哪里呢。

在报纸的头条标题里吗，还是香港的谣言里，还是傅聪的黑键白键马思聪的跳弓拨弦，还是安东尼奥尼的镜底勒马洲的望中？还是呢，故宫博物院的壁头和玻璃柜内，京戏的锣鼓声中太白和东坡的韵里？

杏花。春雨。江南。六个方块字，或许那片土就在那里面。而无论赤县也好神州也好中国也好，变来变去，只要仓颉的灵感不灭，美丽的中文不老，那形象，那磁石一般的向心力当必然长在。因为一个方块字是一个天地。太初有字，于是汉族的心灵他祖先的回忆和希望便有了寄托。譬如凭空写一个"雨"字，点点滴滴，滂滂沱沱，淅淅沥沥淅淅沥沥，一切云情雨意，就宛然其中了。视觉上的这种美感，岂是什么rain[①]也好pluie[②]也好所能满足？翻开一部"辞源"或"辞海"，金木水火土，各成世界，而一入"雨"部，古神州的天颜千变万化，便悉在望中，美丽的霜雪云霞，骇人的雷电霹雹，展露的无非是神的好脾气与坏脾气，气象台百读不厌、门外汉百思不解的百科全书。

---

① rain：意为雨，雨水。

② pluie：法语，意为雨。

听听，那冷雨。看看，那冷雨。嗅嗅闻闻，那冷雨，舔舔吧，那冷雨。雨下在他的伞上这城市百万人的伞上雨衣上屋上天线上雨下在基隆港在防波堤海峡的船上，清明这季雨。雨是女性，应该最富于感性。雨气空蒙而迷幻，细细嗅嗅，清清爽爽新新，有一点点薄荷的香味，浓的时候，竟发出草和树沐发后特有的淡淡的土腥气，也许那竟是蚯蚓和蜗牛的腥气吧，毕竟是惊蛰了啊。也许地上的地下的生命也许古中国层层叠叠的记忆皆蠢蠢而蠕，也许是植物的潜意识和梦吧，那腥气。

第三次去美国，在高高的丹佛他山居了两年。美国的西部，多山多沙漠，千里干旱，天，蓝似盎格鲁-撒克逊人的眼睛，地，红如印第安人的肌肤，云，却是罕见的白鸟，落基山簇簇耀目的雪峰上，很少飘云牵雾。一来高，二来干，三来森林线以上，杉柏也止步，中国诗词里"荡胸生层云"，或是"商略黄昏雨"的意趣，是落基山上难睹的景象。落基山岭之胜，在石，在雪。那些奇岩怪石，相叠互倚，砌一场惊心动魄的雕塑展览，给太阳和千里的风看。那雪，白得虚虚幻幻，冷得清清醒醒，那股皑皑不绝一仰难尽的气势，压得人呼吸困难，心寒眸酸。不过要领略"白云回望合，青霭入看无"的境界，仍须回来中国。台湾湿度很高，最饶云气氤氲雨意迷离的情调。两度夜宿溪头，树香沁鼻，宵寒袭肘，枕着润碧湿翠苍苍交叠的山影和万籁都歇的岑寂，仙人一样睡去。山中一夜饱雨，次晨醒来，在旭日未升的原始幽静中，冲着隔夜的寒气，踏着满地的断柯折枝和仍在流泻的细股雨水，一径探入森林的秘密，曲曲弯弯，步上山去。溪头的山，树密雾浓，蓊郁的水汽从谷底冉冉升起，时稠时稀，蒸腾多姿，幻化无定，只能从雾破云开的空处，窥见乍现即隐的一峰半壑，要纵览全貌，几乎是不可能的。至少入山两次，只能在白茫

176

茫里和溪头诸峰玩捉迷藏的游戏。回到台北，世人问起，除了笑而不答心自闲，故作神秘之外，实际的印象，也无非山在虚无之间罢了。云缭烟绕，山隐水迢的中国风景，由来予人宋画的韵味。那天下也许是赵家的天下，那山水却是米家的山水。而究竟，是米氏父子下笔像中国的山水，还是中国的山水上纸像宋画，恐怕是谁也说不清楚了吧？

雨不但可嗅，可亲，更可以听。听听那冷雨。听雨，只要不是石破天惊的台风暴雨，在听觉上总是一种美感。大陆上的秋天，无论是疏雨滴梧桐，或是骤雨打荷叶，听去总有一点凄凉，凄清，凄楚，于今在岛上回味，则在凄楚之外，再笼上一层凄迷了，饶你多少豪情侠气，怕也经不起三番五次的风吹雨打。一打少年听雨，红烛昏沉。两打中年听雨，客舟中，江阔云低。三打白头听雨在僧庐下，这便是亡宋之痛，一颗敏感心灵的一生：楼上，江上，庙里，用冷冷的雨珠子串成。十年前，他曾在一场摧心折骨的鬼雨中迷失了自己。雨，该是一滴湿漓漓的灵魂，窗外在喊谁。

雨打在树上和瓦上，韵律都清脆可听。尤其是铿铿敲在屋瓦上，那古老的音乐，属于中国。王禹偁在黄冈，破如椽的大竹为屋瓦。据说住在竹楼上面，急雨声如瀑布，密雪声比碎玉，而无论鼓琴，咏诗，下棋，投壶，共鸣的效果都特别好。这样岂不像住在竹筒里面，任何细脆的声响，怕都会加倍夸大，反而令人耳朵过敏吧。

雨天的屋瓦，浮漾湿湿的流光，灰而温柔，迎光则微明，背光则幽暗，对于视觉，是一种低沉的安慰。至于雨敲在鳞鳞千瓣的瓦上，由远而近，轻轻重重轻轻，夹着一股股的细流沿瓦槽与屋檐潺潺泻下，各种敲击音与滑音密织成网，谁的千指百指在按摩耳轮。"下雨了"，温柔的灰美人来了，她冰冰的纤手在屋顶拂弄着无数的黑键啊灰键，把晌午一下子奏成了黄昏。

在古老的大陆上，千屋万户是如此。二十多年前，初来这岛上，日式的瓦屋亦是如此。先是天暗了下来，城市像罩在一块巨幅的毛玻璃里，阴影在户内延长复加深。然后凉凉的水意弥漫在空间，风自每一个角落里旋起，感觉得到，每一个屋顶上呼吸沉重都覆着灰云。雨来了，最轻的敲打乐敲打这城市。苍茫的屋顶，远远近近，一张张敲过去，古老的琴，那细细密密的节奏，单调里自有一种柔婉与亲切，滴滴点点滴滴，似幻似真，若孩时在摇篮里，一曲耳熟的童谣摇摇欲睡，母亲吟哦鼻音与喉音。或是在江南的泽国水乡，一大筐绿油油的桑叶被啮于千百头蚕，细细琐琐屑屑，口器与口器咀咀嚼嚼。雨来了，雨来的时候瓦这么说，一片瓦说千亿片瓦说，说轻轻地奏吧沉沉地弹，徐徐地叩吧挞挞地打，间间歇歇敲一个雨季，即兴演奏从惊蛰到清明，在零落的坟上冷冷奏挽歌，一片瓦吟千亿片瓦吟。

在日式的古屋里听雨，听四月，霏霏不绝的黄梅雨，朝夕不断，旬月绵延，湿黏黏的苔藓从石阶下一直侵到他舌底，心底。到七月，听台风台雨在古屋顶一夜盲奏，千噚 ① 海底的热浪沸沸被狂风挟来，掀翻整个太平洋只为向他的矮屋檐重重压下，整个海在他的蜗壳上哗哗泻过。不然便是雷雨夜，白烟一般的纱帐里听羯鼓一通又一通，滔天的暴雨滂滂沛沛扑来，强劲的电琵琶忐忐忑忑忐忐忑忑，弹动屋瓦的惊悸腾腾欲掀起。不然便是斜斜的西北雨斜斜，刷在窗玻璃上，鞭在墙上打在阔大的芭蕉叶上，一阵寒濑泻过，秋意便弥漫日式的庭院了。

---

① 噚（xún）：英制长度单位，1 噚约等于1.83米。

在日式的古屋里听雨，从春雨绵绵听到秋雨潇潇，从少年听到中年，听听那冷雨。雨是一种单调而耐听的音乐是室内乐是室外乐，户内听听，户外听听，冷冷，那音乐。雨是一种回忆的音乐，听听那冷雨，回忆江南的雨下得满地是江湖下在桥上和船上，也下在四川在秧田和蛙塘下肥了嘉陵江下湿布谷咕咕的啼声，雨是潮潮润润的音乐下在渴望的唇上舐舐吧那冷雨。

因为雨是最最原始的敲打乐从记忆的彼端敲起。瓦是最最低沉的乐器灰蒙蒙的温柔覆盖着听雨的人，瓦是音乐的雨伞撑起。但不久公寓的时代来临，台北你怎么一下子长高了，瓦的音乐竟成了绝响。千片万片的瓦翩翩，美丽的灰蝴蝶纷纷飞走，飞入历史的记忆。现在雨下下来下在水泥的屋顶和墙上，没有音韵的雨季。树也砍光了，那月桂，那枫树，柳树和擎天的巨椰，雨来的时候不再有丛叶嘈嘈切切，闪动湿湿的绿光迎接。鸟声减了啾啾，蛙声沉了咯咯，秋天的虫吟也减了唧唧。二十世纪七十年代的台北不需要这些，一个乐队接一个乐队便遣散尽了。要听鸡叫，只有去诗经的韵里寻找。现在只剩下一张黑白片，黑白的默片。

正如马车的时代去后，三轮车的时代也去了。曾经在雨夜，三轮车的油布篷挂起，送她回家的途中，篷里的世界小得多可爱，而且躲在警察的辖区以外，雨衣的口袋越大越好，盛得下他的一只手里握一只纤纤的手。台湾的雨季这么长，该有人发明一种宽宽的双人雨衣，一人分穿一只袖子，此外的部分就不必分得太苛。而无论工业如何发达，一时似乎还废不了雨伞。只要雨不倾盆，风不横吹，撑一把伞在雨中仍不失古典的韵味。任雨点敲在黑布伞或是透明的塑胶伞上，将骨柄一旋，雨珠向四方喷溅，伞缘便旋成了一圈飞檐。跟女友共一把雨伞，该是一种美丽的合作吧。最好是初恋，有点兴奋，更有点不好意思，若即若离之间，雨不妨下大一点。真正初恋，恐怕是兴奋得不需要伞的，手牵手在雨中狂奔而去，把年轻的长发和肌肤交给漫天的淋淋漓漓，然后向对方的唇上颊上尝凉凉甜甜的雨水。不过那要非常年轻且激情，同时，也只能发生在法国的新潮片里吧。

大多数的雨伞想不会为约会张开。上班下班，上学放学，菜市来回的途中。现实的伞，灰色的星期三。握着雨伞。他听那冷雨打在伞上。索性更冷一些就好了，他想。索性把湿湿的灰雨冻成干干爽爽的白雨，六角形的结晶体在无风的空中回回旋旋地降下来。等须眉和肩头白尽时，伸手一拂就落了。二十五年，没有受故乡白雨的祝福，或许发上下一点白霜是一种变相的自我补偿吧。一位英雄，经得起多少次雨季？他的额头是水成岩削成还是火成岩？他的心底究竟有多厚的苔藓？厦门街的雨巷走了二十年与记忆等长，一座无瓦的公寓在巷底等他，一盏灯在楼上的雨窗子里，等他回去，向晚餐后的沉思冥想去整理青苔深深的记忆。

前尘隔海。古屋不再。听听那冷雨。

丑石

贾平凹

1981

　　我常常遗憾我家门前的那块丑石呢：它黑黝黝地卧在那里，牛似的模样；谁也不知道是什么时候留在这里的，谁也不去理会它。只是麦收时节，门前摊了麦子，奶奶总是要说：这块丑石，多碍地面哟，多时把它搬走吧。于是，伯父家盖房，想以它垒山墙，但苦于它极不规则，没棱角儿，也没平面儿；用錾破开吧，又懒得花那么大气力，因为河滩并不甚远，随便去掮一块回来，哪一块也比它强。房盖起来，压铺台阶，伯父也没有看上它。有一年，来了一个石匠，为我家洗一台石磨，奶奶又说：用这块丑石吧，省得从远处搬动。石匠看了看，摇着头，嫌它石质太细，也不采用。

　　它不像汉白玉那样的细腻，可以凿下刻字雕花，也不像大青石那样的光滑，可以供来浣纱捶布；它静静地卧在那里，院边的槐荫没有庇覆它，花儿也不再在它身边生长。荒草便繁衍出来，枝蔓上下，慢慢地，竟锈上了绿苔、黑斑。我们这些做孩子的，也讨厌起它来，曾合伙要搬走它，但力气又不足；虽时时咒骂它，嫌弃它，也无可奈何，只好任它留在那里去了。

稍稍能安慰我们的，是在那石上有一个不大不小的坑凹儿，雨天就盛满了水。常常雨过三天了，地上已经干燥，那石凹里水儿还有，鸡儿便去那里渴饮。每每到了十五的夜晚，我们盼着满月出来，就爬到其上，翘望天边；奶奶总是要骂的，害怕我们摔下来。果然那一次就摔了下来，磕破了我的膝盖呢。

　　人都骂它是丑石，它真是丑得不能再丑的丑石了。

　　终有一日，村子里来了一个天文学家。他在我家门前路过，突然发现了这块石头，眼光立即就拉直了。他再没有走去，就住了下来；以后又来了好些人，说这是一块陨石，从天上落下来已经有二三百年了，是一件了不起的东西。不久便来了车，小心翼翼地将它运走了。

　　这使我们都很惊奇！这又怪又丑的石头，原来是天上的呢！它补过天，在天上发过热，闪过光，我们的先祖或许仰望过它，它给了他们光明，向往，憧憬；而它落下来了，在污土里，荒草里，一躺就是几百年了？！

　　奶奶说："真看不出！它那么不一般，却怎么连墙也垒不成，台阶也垒不成呢？"

　　"它是太丑了。"天文学家说。

　　"真的，是太丑了。"

　　"可这正是它的美！"天文学家说，"它是以丑为美的。"

　　"以丑为美？"

　　"是的，丑到极处，便是美到极处。正因为它不是一般的顽石，当然不能去做墙，做台阶，不能去雕刻，捶布。它不是做这些玩意儿的，所以常常就遭到一般世俗的讥讽。"

　　奶奶脸红了，我也脸红了。

　　我感到自己的可耻，也感到了丑石的伟大；我甚至怨恨它这么多年竟会默默地忍受着这一切，而我又立即深深地感到它那种不屈于误解的寂寞的生存的伟大。

紫藤萝瀑布

宗璞

1982

我不由得停住了脚步。

未见过开得这样盛的藤萝，只见一片辉煌的淡紫色，像一条瀑布，从空中垂下，不见其发端，也不见其终极，只是深深浅浅的紫，仿佛在流动，在欢笑，在不停地生长。

紫色的大条幅上，泛着点点银光，就像迸溅的水花。仔细看时，才知那是每一朵紫花中的最浅淡的部分，在和阳光互相挑逗。

这里春红已谢，没有赏花的人群，也没有蜂围蝶阵。有的就是这一树闪光的、盛开的藤萝。花朵儿一串挨着一串、一朵接着一朵，彼此推着挤着，好不活泼热闹！

"我在开花！"它们在笑。

"我在开花！"它们嚷嚷。

每一穗花都是上面的盛开、下面的待放。颜色便上浅下深，好像那紫色沉淀下来了，沉淀在最嫩最小的花苞里。每一朵盛开的花像是一个张满了的小小的帆，帆下带着尖底的舱。船舱鼓鼓的，又像一个忍俊不禁的笑容，就要绽开似的。那里装的是什么仙露琼浆？我凑上去，想摘一朵。

但是我没有摘。我没有摘花的习惯。我只是伫立凝望，觉得这一条紫藤萝瀑布不只在我眼前，也在我心上缓缓流过。

流着流着，它带走了这些时一直压在我心上的焦虑和悲痛，那是关于生死谜、手足情的。我浸在这繁密的花朵的光辉中，别的一切暂时都不存在，有的只是精神的宁静和生的喜悦。

这里除了光彩，还有淡淡的芳香，香气似乎也是浅紫色的，梦幻一般轻轻地笼罩着我。忽然记起十多年前家门外也曾有过一大株紫藤萝，它依傍一株枯槐爬得很高，但花朵从来都稀落，东一穗西一串伶仃地挂在树梢，好像在察言观色，试探什么。后来索性连那稀零的花串也没有了。

园中别的紫藤花架也都拆掉，改种了果树。那时的说法是，花和生活腐化有什么必然关系。我曾遗憾地想：这里再看不见藤萝花了。

过了这么多年，藤萝又开花了，而且开得这样盛，这样密，紫色的瀑布遮住了粗壮的盘虬卧龙般的枝干，不断地流着、流着，流向人的心底。

花和人都会遇到各种各样的不幸，但是生命的长河是无止境的。我抚摸了一下那小小的紫色的花舱，那里满装生命的酒酿，它张满了帆，在这闪光的花的河流上航行。它是万花中的一朵，也正是由每一个一朵，组成了万花灿烂的流动的瀑布。

在这浅紫色的光辉和浅紫色的芳香中，我不觉加快了脚步。

昆明的雨

汪曾祺

1984

宁坤要我给他画一张画，要有昆明的特点。我想了一些时候，画了一幅，右上角画了一片倒挂着的浓绿的仙人掌，末端开出一朵金黄色的花。左下画了几朵青头菌和牛肝菌。题了这样几行字：

"昆明人家常于门头挂仙人掌一片以辟邪，仙人掌悬空倒挂，尚能存活开花。于此可见仙人掌生命之顽强，亦可见昆明雨季空气之湿润。雨季则有青头菌、牛肝菌，味极鲜腴。"

我想念昆明的雨。

我以前不知道有所谓的雨季。"雨季"，是到昆明以后才有了具体感受的。

我不记得昆明的雨季有多长，从几月到几月，好像是相当长的。但是并不使人厌烦。因为是下下停停、停停下下，不是连绵不断，下起来没完。而且并不使人气闷。我觉得昆明雨季气压不低，人很舒服。

昆明的雨季是明亮的、丰满的，使人动情的。城春草木深，孟夏草木长。昆明的雨季，是浓绿的。草木的枝叶里的水分都到了饱和状态，显示出过分的、近于夸张的旺盛。

我的那张画是写实的。我确实亲眼看见过倒挂着还能开花的仙人掌。旧日昆明人家门头上用以辟邪的多是这样一些东西：一面小镜子，周围画着八卦，下面便是一片仙人掌，——在仙人掌上扎一个洞，用麻线穿了，挂在钉子上。昆明仙人掌多，且极肥大。有些人家在菜园的周围种了一圈仙人掌以代替篱笆。——种了仙人掌，猪羊便不敢进园吃菜了。仙人掌有刺，猪和羊怕扎。

昆明菌子极多。雨季逛菜市场，随时可以看到各种菌子。最多，也最便宜的是牛肝菌。牛肝菌下来的时候，家家饭馆卖炒牛肝菌，连西南联大食堂的桌子上都可以有一碗。牛肝菌色如牛肝，滑，嫩，鲜，香，很好吃。炒牛肝菌须多放蒜，否则容易使人晕倒。青头菌比牛肝菌略贵。这种菌子炒熟了也还是浅绿色的，格调比牛肝菌高。菌中之王是鸡㙡，味道鲜浓，无可方比。鸡㙡是名贵的山珍，但并不真的贵得惊人。一盘红烧鸡㙡的价钱和一碗黄焖鸡不相上下，因为这东西在云南并不难得。有一个笑话：有人从昆明坐火车到呈贡，在车上看到地上有一棵鸡㙡，他跳下去把鸡㙡捡了，紧赶两步，还能爬上火车。这笑话用意在说明昆明到呈贡的火车之慢，但也说明鸡㙡随处可见。有一种菌子，中吃不中看，叫作干巴菌。乍一看那样子，真叫人怀疑：这种东西也能吃？！颜色深褐带绿，有点像一堆半干的牛粪或一个被踩破了的马蜂窝。里头还有许多草茎、松毛，乱七八糟！可是下点功夫，把草茎松毛择净，撕成蟹腿肉粗细的丝，和青辣椒同炒，入口便会使你张目结舌：这东西这么好吃？！还有一种菌子，中看不中吃，叫鸡油菌。都是一般大小，有一块银圆那样大溜圆，颜色浅黄，恰似鸡油一样。这种菌子只能做菜时配色用，没甚味道。

雨季的果子，是杨梅。卖杨梅的都是苗族女孩子，戴一顶小花帽子，穿着扳尖的绣了满帮花的鞋，坐在人家阶石的一角，不时吆唤一声："卖杨梅——"，声音娇娇的。她们的声音使得昆明雨季的空气更加柔和了。昆明的杨梅很大，有一个乒乓球那样大，颜色黑红黑红的，叫作"火炭梅"。这个名字起得真好，真是像一球烧得炽红的火炭！一点都不酸！我吃过苏州洞庭山的杨梅、井冈山的杨梅，好像都比不上昆明的火炭梅。雨季的花是缅桂花。缅桂花即白兰花，北京叫作"把儿兰"（这个名字真不好听）。云南把这种花叫作缅桂花，可能最初这种花是从缅甸传入的，而花的香味又有点像桂花，其实这跟桂花实在没有什么关系。——不过话又说回来，别处叫它白兰、把儿兰，它和兰花也挨不上呀，也不过是因为它很香，香得像兰花。我在家乡看到的白兰多是一人高，昆明的缅桂是大树！我在若园巷二号住过，院里有一棵大缅桂，密密的叶子，把四周房间都映绿了。缅桂盛开的时候，房东（是一个五十多岁的寡妇）就和她的一个养女，搭了梯子上去摘，每天要摘下来好些，拿到花市上去卖。她大概是怕房客们乱摘她的花，时常给各家送去一些。有时送来一个七寸盘子，里面摆得满满的缅桂花！带着雨珠的缅桂花使我的心软软的，不是怀人，不是思乡。

　　雨，有时是会引起人一点淡淡的乡愁的。李商隐的《夜雨寄北》是为许多久客的游子而写的。我有一天在积雨少住的早晨和德熙从联大新校舍到莲花池去。看了池里的满池清水，看了作比丘尼装的陈圆圆的石像（传说陈圆圆随吴三桂到云南后出家，暮年投莲花池而死），雨又下起来了。莲花池边有一条小街，有一个小酒店，我们走进去，要了一碟猪头肉，半市斤酒（装在上了绿釉的土瓷杯里），坐了下来，雨下大了。酒店有几只鸡，都把脑袋反插在翅膀下面，一只脚着地，一动也不动地在檐下站着。酒店院子里有一架大木香花，昆明木香花很多。有的小河沿岸都是木香，但是这样大的木香却不多见。一棵木香，爬在架上，把院子遮得严严的。密匝匝的细碎的绿叶，数不清的半开的白花和饱涨的花骨朵，都被雨水淋得湿透了。我们走不了，就这样一直坐到午后。四十年后，我还忘不了那天的情味，写了一首诗：

> 莲花池外少行人，
> 野店苔痕一寸深。
> 浊酒一杯天过午，
> 木香花湿雨沉沉。

我想念昆明的雨。

故乡的食物

汪曾祺　　　　　　　　　　　　　1986

炒米和焦屑

小时读《板桥家书》"天寒冰冻时暮，穷亲戚朋友到门，先泡一大碗炒米送手中，佐以酱姜一小碟，最是暖老温贫之具"，觉得很亲切。郑板桥是兴化人，我的家乡是高邮，风气相似。这样的感情，是外地人们不易领会的。炒米是各地都有的。但是很多地方都做成了炒米糖。这是很便宜的食品。孩子买了，咯咯地嚼着。四川有"炒米糖开水"，车站码头都有得卖，那是泡着吃的。但四川的炒米糖似也是专业的作坊做的，不像我们那里。我们那里也有炒米糖，像别处一样，切成长方形的一块一块。也有搓成圆球的，叫作"欢喜团"。那也是作坊里做的。但通常所说的炒米，是不加糖黏结的，是"散装"的；而且不是作坊里做出来，是自己家里炒的。

说是自己家里炒，其实是请了人来炒的。炒炒米也要点手艺，并不是人人都会的。入了冬，大概是过了冬至吧，有人背了一面大筛子，手执长柄的铁铲，大街小巷地走，这就是炒炒米

190

的。有时带一个助手，多半是个半大孩子，是帮他烧火的。请到家里来，管一顿饭，给几个钱，炒一天。或二斗，或半石；像我们家人口多，一次得炒一石糯米。炒炒米都是把一年所需一次炒齐，没有零零碎碎炒的。过了这个季节，再找炒炒米的也找不着。一炒炒米，就让人觉得，快要过年了。

装炒米的坛子是固定的，这个坛子就叫"炒米坛子"，不作别的用途。舀炒米的东西也是固定的，一般人家大都是用一个香烟罐头。我的祖母用的是一个"柚子壳"。柚子，——我们那里柚子不多见，从顶上开一个洞，把里面的瓤掏出来，再塞上米糠，风干，就成了一个硬壳的钵状的东西。她用这个柚子壳用了一辈子。

我父亲有一个很怪的朋友，叫张仲陶。他很有学问，曾教我读过《项羽本纪》。他薄有田产，不治生业，整天在家研究易经，算卦。他算卦用蓍草。全城只有他一个人用蓍草算卦。据说他有几卦算得极灵。有一家，丢了一只金戒指，怀疑是女佣人偷了。这女佣人蒙了冤枉，来求张先生算一卦。张先生算了，说戒指没有丢，在你们家炒米坛盖子上。一找，果然。我小时就不大相信，算卦怎么能算得这样准，怎么能算得出在炒米坛盖子上呢？不过他的这一卦说明了一件事，即我们那里炒米坛子是几乎家家都有的。

炒米这东西实在说不上有什么好吃。家常预备，不过取其方便。用开水一泡，马上就可以吃。在没有什么东西好吃的时候，泡一碗，可代早晚茶。来了平常的客人，泡一碗，也算是点心。郑板桥说"穷亲戚朋友到门，先泡一大碗炒米送手中"，也是说其省事，比下一碗挂面还要简单。炒米是吃不饱人的。一大碗，其实没有多少东西。我们那里吃泡炒米，一般是抓上一把白糖，如板桥所说"佐以酱姜一小碟",也有,少。我现在岁数大了,如有人请我吃泡炒米,我倒宁愿来一小碟酱生姜,——最好滴几滴香油,那倒是还有点意思的。另外还有一种吃法,用猪油煎两个嫩荷包蛋——我们那里叫作"蛋瘪子",抓一把炒米和在一起吃。这种食品是只有"惯宝宝"才能吃得到的。谁家要是老给孩子吃这种东西,街坊就会有议论的。

我们那里还有一种可以急就的食品,叫作"焦屑"。糊锅巴磨成碎末,就是焦屑。我们那里,餐餐吃米饭,顿顿有锅巴。把饭铲出来,锅巴用小火烘焦,起出来,卷成一卷,存着。锅巴是不会坏的,不发馊,不长霉。攒够一定的数量,就用一具小石磨磨碎,放起来。焦屑也像炒米一样。用开水冲冲,就能吃了。焦屑调匀后成糊状,有点像北方的炒面,但比炒面爽口。

我们那里的人家预备炒米和焦屑,除了方便,原来还有一层意思,是应急。在不能正常煮饭时,可以用来充饥。这很有点像古代行军用的"糒"。有一年,记不得是哪一年,总之是我还小,还在上小学,党军(国民革命军)和联军(孙传芳的军队)在我们县境内开了仗,很多人都躲进了红十字会。不知道出于一种什么信念,大家都以为红十字会是哪一方的军队都不能打进去的,进了红十字会就安全了。红十字会设在炼阳观,这是一个道士观。我们一家带了一点行李进了炼阳观。祖母指挥着,特别关照,把一坛炒米和一坛焦屑带了去。我对这种打破常规的生活极感兴趣。晚上,爬到吕祖楼上去,看双方军队枪炮的火光在东北面不知什么地方一阵一阵地亮着,觉得有点紧张,也觉得好玩。很多人家住在一起,不能煮饭,这一晚上,我们是冲炒米、泡焦屑度过的。没有床铺,我把几个道士诵经用的蒲团拼起来,在上面睡了一夜。这实在是我小时候度过的一个浪漫主义的夜晚。

第二天，没事了，大家就都回家了。

炒米和焦屑和我家乡的贫穷和长期的动乱是有关系的。

端午的鸭蛋

家乡的端午，很多风俗和外地一样。

系百索子。五色的丝线拧成小绳，系在手腕上。丝线是掉色的，洗脸时沾了水，手腕上就印得红一道绿一道的。

做香角子。丝丝缠成小粽子，里头装了香面，一个一个串起来，挂在帐钩上。

贴五毒。红纸剪成五毒，贴在门槛上。

贴符。这符是城隍庙送来的。城隍庙的老道士还是我的寄名干爹，他每年端午节前就派小道士送符来，还有两把小纸扇。符送来了，就贴在堂屋的门楣上。一尺来长的黄色、蓝色的纸条，上面用朱笔画些莫名其妙的道道，这就能辟邪么？

喝雄黄酒。用酒和的雄黄在孩子的额头上画一个王字，这是很多地方都有的。

有一个风俗不知别处有不：放黄烟子。黄烟子是大小如北方的麻雷子的炮仗，只是里面灌的不是硝药，而是雄黄。点着后不响，只是冒出一股黄烟，能冒好一会。把点着的黄烟子丢在橱柜下面，说是可以熏五毒。小孩子点了黄烟子，常把它的一头抵在板壁上写虎字。写黄烟虎字笔画不能断，所以我们那里的孩子都会写草书的"一笔虎"。

还有一个风俗，是端午节的午饭要吃"十二红"，就是十二道红颜色的菜。十二红里我只记得有炒红苋菜、油爆虾、咸鸭蛋，其余的都记不清，数不出了。也许十二红只是一个名目，不一定真凑足十二样。不过午饭的菜都是红的，这一点是我没有记错的，而且，苋菜、虾、鸭蛋，一定是有的。这三样，在我的家乡，都不贵，多数人家是吃得起的。

我的家乡是水乡。出鸭。高邮大麻鸭是著名的鸭种。鸭多，鸭蛋也多。高邮人也善于腌鸭蛋。高邮咸鸭蛋于是出了名。我在苏南、浙江，每逢有人问起我的籍贯，回答之后，对方就会肃然起敬："哦！你们那里出咸鸭蛋！"上海的卖腌腊的店铺里也卖咸鸭蛋，必用纸条特别标明："高邮咸蛋"。高邮还出双黄鸭蛋。别处鸭蛋也偶有双黄的，但不如高邮的多，可以成批输出。双黄鸭蛋味道其实无特别处。还不就是个鸭蛋！只是切开之后，里面圆圆的两个黄，使人惊奇不已。我对异乡人称道高邮鸭蛋，是不大高兴的，好像我们那穷地方就出鸭蛋似的！不过高邮的咸鸭蛋，确实是好，我走的地方不少，所食鸭蛋多矣，但和我家乡的完全不能相比！曾经沧海难为水，他乡咸鸭蛋，我实在瞧不上。袁枚的《随园食单·小菜单》有"腌蛋"一条。袁子才这个人我不喜欢，他的《食单》好些菜的做法是听来的，他自己并不会做菜。但是《腌蛋》这一条我看后却觉得很亲切，而且"与有荣焉"。文不长，录如下：

"腌蛋以高邮为佳，颜色细而油多，高文端公最喜食之。席间，先夹取以敬客，放盘中。总宜切开带壳，黄白兼用；不可存黄去白，使味不全，油亦走散。"

高邮咸蛋的特点是质细而油多。蛋白柔嫩，不似别处的发干、发粉，入口如嚼石灰。油多尤为别处所不及。鸭蛋的吃法，如袁子才所说，带壳切开，是一种，那是席间待客的办法。平常食用，一般都是敲破"空头"用筷子挖着吃。筷子头一扎下去，吱——红油就冒出来了。高邮咸蛋的黄是通红的。苏北有一道名菜，叫作"朱砂豆腐"，就是用高邮鸭蛋黄炒的豆腐。我在北京吃的咸鸭蛋，蛋黄是浅黄色的，这叫什么咸鸭蛋呢！

端午节，我们那里的孩子兴挂"鸭蛋络子"。头一天，就由姑姑或姐姐用彩色丝线打好了络子。端午一早，鸭蛋煮熟了，由孩子自己去挑一个，鸭蛋有什么可挑的呢？有！一要挑淡青壳的。鸭蛋壳有白的和淡青的两种。二要挑形状好看的。别说鸭蛋都是一样的，细看却不同。有的样子蠢，有的秀气。挑好了，装在络子里，挂在大襟的纽扣上。这有什么好看呢？然而它是孩子心爱的饰物。鸭蛋络子挂了多半天，什么时候孩子一高兴，就把络子里的鸭蛋掏出来，吃了。端午的鸭蛋，新腌不久，只有一点淡淡的咸味，白嘴吃也可以。

孩子吃鸭蛋是很小心的。除了敲去空头，不把蛋壳碰破。蛋黄蛋白吃光了，用清水把鸭蛋壳里面洗净，晚上捉了萤火虫来，装在蛋壳里，空头的地方糊一层薄罗。萤火虫在鸭蛋壳里一闪一闪地亮，好看极了！

小时读囊萤映雪故事，觉得东晋的车胤用练囊盛了几十只萤火虫，照了读书，还不如用鸭蛋壳来装萤火虫。不过用萤火虫照亮来读书，而且一夜读到天亮，这能行么？车胤读的是手写的卷子，字大，若是读现在的新五号字，大概是不行的。

咸菜慈姑汤

一到下雪天，我们家就喝咸菜汤，不知是什么道理。是因为雪天买不到青菜？那也不见得。除非大雪三日，卖菜的出不了门，否则他们总还会上市卖菜的。这大概只是一种习惯。一早起来，看见飘雪花了，我就知道：今天中午是咸菜汤！

咸菜是青菜腌的。我们那里过去不种白菜，偶有卖的，叫作"黄芽菜"，是外地运去的，很名贵。一般黄芽菜炒肉丝，是上等菜。平常吃的，都是青菜，青菜似油菜，但高大得多。入秋，腌菜，这时青菜正肥。把青菜成担的买来，洗净，晾去水气，下缸。一层菜，一层盐，码实，即成。随吃随取，可以一直吃到第二年春天。

腌了四五天的新咸菜很好吃，不咸，细、嫩、脆、甜，难可比拟。

咸菜汤是咸菜切碎了煮成的。到了下雪的天气，咸菜已经腌得很咸了，而且已经发酸，咸菜汤的颜色是暗绿的。没有吃惯的人，是不容易引起食欲的。

咸菜汤里有时加了慈姑片，那就是咸菜慈姑汤。或者叫慈姑咸菜汤，都可以。

我小时候对慈姑实在没有好感。这东西有一种苦味。民国二十年，我们家乡闹大水，各种作物减产，只有慈姑却丰收。那一年我吃了很多慈姑，而且是不去慈姑的嘴子的，真难吃。

我十九岁离乡，辗转漂流，三四十年没有吃到慈姑，并不想。

前好几年，春节后数日，我到沈从文老师家去拜年，他留我吃饭，师母张兆和炒了一盘慈姑肉片。沈先生吃了两片慈姑，说："这个好！格比土豆高。"我承认他这话。吃菜讲究"格"的高低，这种语言正是沈老师的语言。他是对什么事物都讲"格"的，包括对于慈姑、土豆。

因为久违，我对慈姑有了感情。前几年，北京的菜市场在春节前后有卖慈姑的。我见到，必要买一点回来加肉炒了。家里人都不怎么爱吃。所有的慈姑，都由我一个人"包圆儿"了。

北方人不识慈姑。我买慈姑，总要有人问我："这是什么？"——"慈姑。"——"慈姑是什么？"这可不好回答。

北京的慈姑卖得很贵，价钱和"洞子货"（温室所产）的西红柿、野鸡脖韭菜差不多。

我很想喝一碗咸菜慈姑汤。

我想念家乡的雪。

虎头鲨、昂嗤鱼、砗螯、螺蛳、蚬子

苏州人特重塘鳢鱼。上海人也是，一提起塘鳢鱼，眉飞色舞。塘鳢鱼是什么鱼？我向往之久矣。到苏州，曾想尝尝塘鳢鱼，未能如愿。后来我知道：塘鳢鱼就是虎头鲨，嘻！

塘鳢鱼亦称土步鱼。《随园食单》："杭州以土鱼为上品，而金陵人贱之，目为虎头蛇，可发一笑。"虎头蛇即虎头鲨。这种鱼样子不好看，而且有点凶恶。浑身紫褐色，有细碎黑斑，头大而多骨，鳍如蝶翅。这种鱼在我们那里也是贱鱼，是不能上席的。苏州人做塘鳢鱼有清炒、椒盐多法。我们家乡通常的吃法是氽汤，加醋、胡椒。虎头鲨氽汤，鱼肉极细嫩，松而不散，汤味极鲜，开胃。

昂嗤鱼的样子也很怪，头扁嘴阔，有点像鲇鱼，无鳞，皮色黄，有浅黑色的不规整的大斑。无背鳍，而背上有一根很硬的尖锐的骨刺。用手捏起这根骨刺，它就发出昂嗤昂嗤小小的声音。这声音是怎么发出来的，我一直没弄明白。这种鱼是由这种声音得名的。它的学名是什么，只有去问鱼类学专家了。这种鱼没有很大的，七八寸长的，就算难得的了。这种鱼也很贱，连乡下人也看不起。我的一个亲戚在农村插队，见到昂嗤鱼，买了一些，农民都笑他："买这种鱼干什么！"昂嗤鱼其实是很好吃的。昂嗤鱼通常也是奶汤。虎头鲨是醋汤，昂嗤鱼不加醋，汤白如牛乳，是所谓"奶汤"。昂嗤鱼也极细嫩，鳃边的两块蒜瓣肉有大拇指大，堪称至味。有一年，北京一家鱼店不知从哪里运来一些昂嗤鱼，无人问津。顾客都不识这是啥鱼。有一位卖鱼的老师傅倒知道："这是昂嗤。"我看到，高兴极了，买了十来条。回家一做，满不是那么一回事！昂嗤要吃活的（虎头鲨也是活杀）。长途转运，又在冷库里冰了一些日子，肉质变硬，鲜味全失，一点意思都没有！

砗螯，我的家乡叫馋螯，砗螯是扬州人的叫法。我在大连见到花蛤，我以为就是砗螯，不是。形状很相似，入口全不同。花蛤肉粗而硬，咬不动。砗螯极柔软细嫩。砗螯好像是淡水里产的，但味道却似海鲜。有点像蛎黄，但比蛎黄味道清爽。比青蛤、蚶子味厚。砗螯可清炒、烧豆腐，或与咸肉同煮。砗螯烧乌青菜（江南人叫塌苦菜），风味绝佳。乌青菜如是经霜而现拔的，尤美。我不食砗螯四十五年矣。

砗螯壳稍呈三角形，质坚，白如细瓷，而有各种颜色的弧形花斑，有浅紫的，有暗红的，有赭石，墨蓝的，很好看。家里买了砗螯，挖出砗螯肉，我们就从一堆砗螯壳里去挑选，挑到好的，洗净了留起来玩。砗螯壳的铰合部有两个突出的尖嘴子，把尖嘴子在糙石上磨磨，不一会就磨出两个小圆洞，含在嘴里吹，呜呜地响，且有细细颤音，如风吹窗纸。

螺蛳处处有之。我们家乡清明吃螺蛳，谓可以明目。用五香煮熟螺蛳，分给孩子，一人半碗，由他们自己用竹签挑着吃，孩子吃了螺蛳，用小竹弓把螺蛳壳射到屋顶上，喀啦喀啦地响。夏天"检漏"，瓦匠总要扫下好些螺蛳壳。这种小弓不作别的用处，就叫作螺蛳弓，我在小说《戴东匠》里对螺蛳弓有较详细的描写。

蚬子是我所见过的贝类里最小的了，只有一粒瓜子大。蚬子是剥了壳卖的。剥蚬子的人家附近堆了好多蚬子壳，像一个坟头。蚬子炒韭菜，很下饭。这种东西非常便宜，为小户人家的恩物。

有一年修运河堤。按工程规定，有一段堤面应铺碎石，包工的贪污了款子，在堤面铺了一层蚬子壳。前来检收的委员，坐在汽车里，向外一看，白花花的一片，还抽着雪茄烟，连说："很好！很好！"

我的家乡富水产。鱼之中名贵的是鳊鱼、白鱼（尤重翘嘴白）、鲇花鱼（即鳜鱼），谓之"鳊、白、鲇"。虾有青虾、白虾。蟹极肥。以无特点。故不及。

野鸭、鹌鹑、斑鸠、鹨

过去我们那里野鸭子很多。水乡，野鸭子自然多。秋冬之际，天上有时"过"野鸭子，黑乎乎的一大片，在地上可以听到它们鼓翅的声音，呼呼的，好像刮大风。野鸭子是枪打的（野鸭肉里常常有很细的铁砂子，吃时要小心），但打野鸭子的人自己不进城来卖。卖野鸭子有专门的摊子。有时卖鱼的也卖野鸭子，把一个养活鱼的木盆翻过来，野鸭一对一对地摆在盆底，卖野鸭子是不用秤约的，都是一对一对地卖。野鸭子是有一定分量的。依分量大小，有一定的名称，如"对鸭""八鸭"。哪一种有多大分量，我现在已经记不清了。卖野鸭子都是带毛的。卖野鸭子的可以代客当场去毛，拔野鸭毛是不能用开水烫的。野鸭子皮薄，一烫，皮就破了。干拔。卖野鸭子的把一只鸭子放入一个麻袋里，一手提鸭，一手拔毛，一会儿就拔净了。——放在麻袋里拔，是防止鸭毛飞散。代客拔毛，不另收费，卖野鸭子的只要那一点鸭毛。——野鸭毛是值钱的。

野鸭的吃法通常是切块红烧。清炖大概也可以吧，我没有吃过。野鸭子肉的特点是：细、"酥"，不像家鸭每每肉老。野鸭烧咸菜是我们那里的家常菜。里面的咸菜尤其是佐粥的妙品。

现在我们那里的野鸭子很少了。前几年我回乡一次，偶有，卖得很贵。原因据说是因为县里对各乡水利作了全面综合治理，过去的水荡子、荒滩少了，野鸭子无处栖息。而且，野鸭子过去是吃收割后遗撒在田里的谷粒的，现在收割得很干净，颗粒归仓，野鸭子没有什么可吃的，不来了。

鹌鹑是网捕的。我们那里吃鹌鹑的人家少，因为这东西只有由乡下的亲戚送来，市面上没有卖的。鹌鹑大都是用五香卤了吃。也有用油炸了的。鹌鹑能斗，但我们那里无斗鹌鹑的风气。

我看见过猎人打斑鸠。我在读初中的时候。午饭后，我到学校后面的野地里去玩。野地里有小河，有野蔷薇，有金黄色的茼蒿花，有苍耳（苍耳子有小钩刺，能挂在衣裤上，我们管它叫"万把钩"），有才抽穗的芦获。在一片树林里，我发现一个猎人。我们那里猎人很少，我从来没有见过猎人，但是我一看见他，就知道：他是一个猎人。这个猎人给我一个非常猛厉的印象。他穿了一身黑，下面却缠了鲜红的绑腿。他很瘦。他的眼睛黑，而冷。他握着枪。他在干什么？树林上面飞过一只斑鸠。他在追逐这只斑鸠。斑鸠分明已经发现猎人了。它想逃脱。斑鸠飞到北面，在树上落一落，猎人一步一步往北走。斑鸠连忙往南面飞，猎人扬头看了一眼，斑鸠落定了，猎人又一步一步往南走，非常冷静。这是一场无声的，然而非常紧张的，坚持的较量。斑鸠来回飞，猎人来回走。我很奇怪，为什么斑鸠不往树林外面飞。这样几个来回，斑鸠慌了神了，它飞得不稳了，歪歪倒倒的，失去了原来均匀的节奏。忽然，砰，——枪声一响，斑鸠应声而落。猎人走过去，拾起斑鸠，看了看，装在猎袋里。他的眼睛很黑，很冷。

我在小说《异秉》里提到王二的熏烧摊子上，春天，卖一种叫作"䴗"的野味。䴗这种东西我在别处没看见过。"䴗"这个字很多人也不认得。多数字典里不收。《辞海》里倒有这个字，标音为（duò又读zhuà）。zhuà与我乡读音较近，但我们那里是读入声的，这只有用国际音标才标得出来。即使用国际音标标出，在不知道"短促急收藏"的北方人也是读不出来的。《辞海》"䴗"字条下注云"见䴗鸠"，似以为"䴗"即"䴗鸠"。而在"䴗鸠"条下注云："鸟名。雉属。即'沙鸡'。"这就不对了。沙鸡我是见过的，吃过的。内蒙古、张家口多出沙鸡。《尔雅·释鸟》郭璞注："出北方沙漠地"，不错。北京冬季偶尔也有卖的。沙鸡嘴短而红，腿也短。我们那里的䴗却是水鸟，嘴长，腿也长。䴗的滋味和沙鸡有天渊之别。沙鸡肉较粗，略有酸味；䴗肉极细，非常香。我一辈子没有吃过比䴗更香的野味。

蒌蒿、枸杞、荠菜、马齿苋

小说《大淖记事》："春初水暖，沙洲上冒出很多紫红色的芦芽和灰绿色的蒌蒿，很快就是一片翠绿了。"我在书页下方加了一条注："蒌蒿是生于水边的野草，粗如笔管，有节，生狭长的小叶，初生二寸来高，叫作'蒌蒿薹子'，加肉炒食极清香。……"蒌蒿的蒌字，我小时不知怎么写，后来偶然看了一本什么书，才知道的。这个字音"吕"。我小学有一个同班同学，姓吕，我们就给他起了个外号，叫"蒌蒿薹子"（蒌蒿薹子家开了一爿糖坊，小学毕业后未升学，我们看见他坐在糖坊里当小老板，觉得很滑稽）。但我查了几本字典，"蒌"都音"楼"，我有点恍惚了。"楼""吕"一声之转。许多从"娄"的字都读"吕"，如"屡""缕""褛"……这本来无所谓，读"楼"读"吕"，关系不大。但字典上都说蒌蒿是蒿之一种，即白蒿，我却有点不以为然。我小说里写的蒌蒿和蒿其实不相干。读苏东坡《惠崇春江晚景》诗："竹外桃花三两枝，春江水暖鸭先知。蒌蒿满地芦芽短，正是河豚欲上时。"此蒌蒿生于水边，与芦芽为伴，分明是我的家乡人所吃的蒌蒿，非白蒿。或者"即白蒿"的蒌蒿别是一种，未可知矣。深望懂诗、懂植物学，也懂吃的博雅君子有以教我。

我的小说注文中所说的"极清香"，很不具体。嗅觉和味觉是很难比方，无法具体的。昔人以为荔枝味似软枣，实在是风马牛不相及。我所谓"清香"，即食时如坐在河边闻到新涨的春水的气味。这是实话，并非故作玄言。

枸杞到处都有。开花后结长圆形的小浆果，即枸杞子。我们叫它"狗 nǎi zi"，形状颇像。本地产的枸杞子没有入药的，大概不如宁夏产的好。枸杞是多年生植物。春天，冒出嫩叶，即枸杞头。枸杞头是容易采到的。偶尔也有近城的乡村的女孩子采了，放在竹篮里叫卖："枸杞头来！……"枸杞头可下油盐炒食；或用开水焯了，切碎，加香油，酱油、醋，凉拌了吃。那滋味，也只能说"极清香"。春天吃枸杞头，云可以清火，如北方人吃苣荬菜一样。

"三月三，荠菜花赛牡丹。"俗谓是日以荠菜花置灶上，则蚂蚁不上锅台。

北京也偶有荠菜卖。菜市上卖的是园子里种的，茎白叶大，颜色较野生者浅淡，无香气。农贸市场间有南方的老太太挑了野生的来卖，则又过于细瘦，如一团乱发，制熟后强硬扎嘴。总不如南方野生的有味。

江南人惯用荠菜包春卷，包馄饨，甚佳。我们家乡有用来包春卷的，用来包馄饨的没有，——我们家乡没有"菜肉馄饨"。一般是凉拌。荠菜焯熟剁碎，界首茶干切细丁，入虾米，同拌。这道菜是可以上酒席作凉菜的。酒席上的凉拌荠菜都用手抟成一座尖塔，临吃推倒。

马齿苋现在很少有人吃。古代这是相当重要的菜蔬。苋分人苋、马苋。人苋即今苋菜，马苋即马齿苋。我们祖母每于夏天摘肥嫩的马齿苋晾干，过年时作馅包包子。她是吃长斋的，这种包子只有她一个人吃。我有时从她的盘子里拿一个，蘸了香油吃，挺香。马齿苋有点淡淡的酸味。

马齿苋开花，花瓣如一小囊。我们有时捉了一个哑巴知了——知了是应该会叫的，捉住一个哑巴，多么扫兴！于是就摘了两个马齿苋的花瓣套住它的眼睛，——马齿苋花瓣套知了眼睛正合适，一撒手，这知了就拼命往高处飞，一直飞到看不见！

三年严重困难，我在张家口沙岭子吃过不少马齿苋。那时候，这是宝物！

北平漫笔

林海音

1987

秋的气味

秋天来了，很自然地想起那条街——西单牌楼。

无论从哪个方向来，到了西单牌楼，秋天，黄昏，先闻见的是街上的气味。炒栗子的香味弥漫在繁盛的行人群中，赶快朝向那熟悉的地方看去，和兰号的伙计正在门前炒栗子。和兰号是卖西点的，炒栗子也并不出名，但是因为它在街的转角上，首当其冲，就不由得就近去买。

来一斤吧！热栗子刚炒出来，要等一等，倒在笸中筛去裹糖汁的砂子。在等待称包的时候，另有一种清香的味儿从身边飘过，原来眼前街角摆的几个水果摊子上，啊！枣、葡萄、海棠、柿子、梨、石榴……全都上市了。香味多半是梨和葡萄散发出来的。沙营的葡萄，黄而透明，一出两截，水都不流，所以有"冰糖包"的外号。京白梨，细而嫩，一点儿渣儿都没有。"鸭儿广"柔软得赛豆腐。枣是最普通的水果，郎家园是最出名的产地，于是无枣不郎家园了。老虎眼，葫芦枣，酸枣，各有各的形状和味道。"喝了蜜的柿子"要等到冬季，秋天上市的是青皮的脆柿子，脆柿子要高桩儿的才更甜。海棠红着半个脸，石榴笑得露出一排粉红色的牙齿。这些都是秋之果。

抱着一包热栗子和一些水果，从西单向宣武门走去，想着回到家里在窗前的方桌上，就着暮色中的一点光亮，家人围坐着剥食这些好吃的东西的快乐，脚步不由得加快了。身后响起了当当的电车声，五路车快到宣武门的终点了。过了绒线胡同，空气中又传来了烤肉的香味，是安儿胡同口儿上，那间低矮窄狭的烤肉宛上人了。

门前挂着清真的记号，他们是北平许多著名的清真馆中的一个，秋天开始，北平就是清真馆子的天下了。矮而胖的老五，在案子上切牛羊肉，他的哥哥老大，在门口招呼座儿，他的两个身体健康、眼睛明亮、充分表现出伊斯兰教青年精神的儿子，在一旁帮着和学习着剔肉和切肉的技术。炙子上烟雾弥漫，使原来就不明的灯更暗了些，但是在这间低矮、烟雾的小屋里，却另有一股温暖而亲切的感觉，使人很想进去，站在炙子边举起那两根大筷子。

老五是公平的，所以给人格外亲切的感觉。它原来只是一间包子铺，供卖附近居民和路过的劳动者一些羊肉包子。渐渐地，烤肉出了名，但它并不因此改变对主顾的态度。比如说，他们只有两个炙子，总共也不过能围上一二十人，但是一到黄昏，一批批的客人来了，坐也没地方坐，一时也轮不上吃，老五会告诉客人，再等二十几位，或者三十几位，那么客人就会到西单牌楼去绕个弯儿，再回来就差不多了。没有登记簿，他们却是丝毫不差地记住了前来后到的次序。没有争先，不可能插队，一切听凭老大的安排，他并没有因为来客是坐汽车的或是拉洋车的，而有什么区别，这就是他的公平和亲切。

一边手里切肉一边嘴里算账，是老五的本事，也是艺术。一碗肉，一碟葱，一条黄瓜，他都一一唱着钱数加上去，没有虚报，价钱公道。在那里，房子虽然狭小，却吃得舒服。老五的笑容并不多，但他给你的是诚朴的感觉，在那儿不会有吃得意气这种事发生。

秋天在北方的故都，足以代表季节变换的气味的，就是牛羊肉的膻和炒栗子的香了！

男人之禁地

很少——简直没有——看见有男人到那种店铺去买东西的。做的是妇女的生意，可是店里的伙计全是男人。小孩的时候，随着母亲去的是前门外煤市街的那家，离六必居不远，冲天的招牌，写着大大的"花汉冲"的字样，名是香粉店，卖的除了妇女化妆品以外，还有全部女红所需用品。

母亲去了，无非是买这些东西：玻璃盖方金的月中桂香粉，天蓝色瓶子广生行双妹嘿的雪花膏（我一直记着这个不明字义的一"嘿"字，后来才知道它是译英文商标 mark 的广东造字），猪胰子（通常是买给宋妈用的）。到了冬天，就会买几个瓯子油（以蛤蜊壳为容器的油膏），分给孩子们每人一个，有着玩具和化妆品两重意义。此外，母亲还要买一些女红用的东西：十字绣线，绒鞋面，钩针等等，这些东西男人怎么会去买呢？

母亲不会用两根竹针织毛线，但是她很会用钩针织。她织得最多的是毛线鞋，冬天给我们织墨盒套。绣十字布也是她的拿手，照着那复杂而美丽的十字花样本，数着细小的格子，一针针，一排排地绣下去。有一阵子，家里的枕头套，妈妈的钱袋，妹妹的围嘴儿，全是用十字布绣花的。

随母亲到香粉店的时期过去了，紧接着是自己也去了。女孩子总是离不开绣花线吧！小学三年级，就有缝纫课了。记得当时男生是在一间工作室里上手工课，耍的不是锯子就是锉子；女生是到后面图书室里上缝纫课，第一次用绣线学"拉锁"，红绣线把一块白布拉得抽抽皱皱的，后来我们学做婴儿的蒲包鞋，钉上亮片，滚上细绦子，这些都要到像花汉冲这类的店去买。

花汉冲在女学生的眼里，是嫌老派了些，我们是到绒线胡同的瑞玉兴去买。瑞玉兴是西南城出名的绒线店，三间门面的楼，它的东西摩登些。

我一直是女红的喜爱者，这也许和母亲有关系，她那些书本夹了各色丝线。端午节用丝线缠的粽子，毛线钩的各种鞋帽，使得我浸涵于精巧、色彩、种种缝纫之美里，所以养成了家事中偏爱女红甚于其他的习惯。

在瑞玉兴选择绣线是一种快乐。粗粗的日本绣线最惹人喜爱，不一定要用它，但喜欢买两支带回去。也喜欢选购一些花样儿，用替写纸揩在白府绸上，满心要绣一对枕头给自己用，但是五屉柜的抽屉里，总有半途而废的未完成的杰作。手工的制品，不是一朝一夕可以完成的，从一堆碎布，一卷纠缠不清的绣线里，也可以看出一个女孩子有没有恒心和耐性吧！我就是那种没有恒心和耐性的。每一件女红做出来，总是有缺点，比如毛衣的肩头织肥了，枕头的四角缝斜了，手套一大一小，十字布的格子数错了行，对不上花，抽纱的手绢只完成了三面等等。

但是瑞玉兴却是个难忘的店铺，想到为了配某种颜色的丝线，伙计耐心地从楼上搬来了许多小竹帘卷的丝线，以供挑选，虽然只花两角钱买一小支，他们也会把客人送到门口，那才是没处找的耐心哪！

换取灯儿的

"换洋取灯儿啊！"

"换榾子儿呀！"

很多年来，就是个熟悉的叫唤声，它不一定是出自某一个人，叫唤声也各有不同，每天清晨在胡同里，可以看见一个穿着褴褛的老妇，背着一个筐子，举步蹒跚。冬天的情景，尤其记得清楚，她头上戴着一顶不合体的、哪儿捡来的毛线帽子，手上戴着露出手指头的手套，寒风吹得她流出了一些清鼻涕。生活看来是很艰苦的。

是的，她们原是不必工作就可以食稟粟的人，今天清室没有了，一切荣华优渥的日子都像梦一样永远永远地去了，留下来的是面对着现实的生活！

像换洋取灯的老妇，可以说还是勇于以自己的劳力换取生活的人，她不必费很大的力气和本钱，只要每天早晨背着一个空筐子以及一些火柴、榾子儿、刨花就够了，然后她沿着小胡同这样地叫唤着。

家里的废物：烂纸、破布条、旧鞋……一切可以扔到垃圾堆里的东西，都归宋妈收起来，所以从"换洋取灯儿的"换来的东西也都归宋妈。

一堆烂纸破布，就是宋妈和换洋取灯儿的老妇争执的焦点，甚至连一盒火柴、十颗榾子儿的生意都讲不成也说不定呢！

丹凤牌的火柴，红头儿，盒外贴着砂纸，一擦就送出火星，一盘也就值一个铜子儿。榾子儿是像桂圆核儿一样的一种植物的实，砸碎它，泡在水里，浸出黏液，凝滞如胶。刨花是薄木片，作用和榧子儿一样，都是旧式妇女梳头时用的，等于今天妇女做发后的"喷胶水"。

这是一笔小而又小的生意，换人家里的最破最烂的小东西，来取得自己最低的生活，王孙没落，可以想见。

而归宋妈的那几颗榧子儿呢，她也当宝贝一样，家里的一烂纸如果多了，她也就会攒了更多的洋火和榧子儿，洋火让人捎回乡下她的家里。榧子儿装在一只妹妹的洋袜子里（另一只一定是破得不能再缝了，换了榧子儿）。

宋妈是个干净利落的人，她每天早晨起来把头梳得又光又亮，抹上了泡好的刨花或榧子儿，胶住了，做一天事也不会散落下来。

火柴的名字，那古老的城里，很多很多年来，都是被称作"洋取灯儿"，好像到了今天，我都没有改过口来。

"换洋取灯儿的"老妇人，大概只有一个命运最好的，很小就听说，四大名旦尚小云的母亲是"换洋取灯儿的"。有一年，尚小云的母亲死了，出殡时沿途许多人围观，我们住在附近，得见这位老妇人的死后哀荣。在舞台上婀娜多姿的尚小云，丧服上是一个连片胡子的脸，街上的人都指点着说，那是一个怎样的孝子，并且说那死者是一个怎样出身的有福的老太太。

在小说里，也读过唯有的一篇描写一个这样女人的恋爱故事，记得是许地山写的《春桃》，希望我没有记错。

看华表

不知为什么，每次经过天安门前的华表时，从来不肯放过它，总要看一看。如果正挤在电车（记得吧，三路和五路都打这里经过）里经过，也要从人缝里向车窗外追着看；坐着洋车经过，更要仰起头来，转着脖子，远看，近看，回头看，一直到看不见为止。

假使是在华表前的石板路上散步（多么平坦、宽大、洁净的石板！），到了华表前，一定会放慢了步子，流连鉴赏。从华表的下面向上望去，便体会到"一柱擎天"的伟观。啊！无云的碧空，衬着雕琢细致、比例匀称的白玉石的华表，正是自然美和人工美的伟大的结合。她的背后衬的是朱红色的天安门的墙，这一幅图，布局的美丽，颜色的鲜明，印在脑中，是不会消失的。

有趣的是，夏天的黄昏，华表下面的石座上，成为纳凉人的最理想的地方。石座光滑洁净，坐上去，想必是凉森森的十分舒服。地方高敞，赏鉴过往漂亮的男女（许多是去游附近的中山公园），像在体育场的贵宾席上一样。华表旁，有一排马缨花，它的甜香随着清风扑鼻而来，更是一种享受。

我爱看华表，和它的所在地也很有关系，因为天安门不但是北平（北京）的市中心，而且正是通往东西南城的要行。往返东西城时，到了天安门就会感觉到离目的地不远了。往南去前门，正好从华表左面不远转向公安街去。庄严美丽的华表站在这里，正像是一座里程碑，它告诉你，无论到什么地方，都不远了。

说它是里程碑，也许不算错，古时的华表，原是木制的，它又名表木，是以表王者纳谏，亦以表识衢路，正是一个有意义的象征啊！

蓝布褂儿

竹布褂儿，黑裙子，北平的女学生。

一位在南方生长的画家，有一年初次到北平。住了几天之后，他说，在上海住了这许多年，画了这许多年，他不喜欢一切蓝颜色的布。但是这次到了北平，竟一下子改变了他的看法，蓝色的布是那么可爱，北平满街骑车的女学生，穿了各种蓝色的制服，是那么可爱！

　　刚一上中学时，最高兴的是换上了中学女生的制服，夏天的竹布褂，是月白色——极浅极浅的蓝，烫得平平整整；下面是一条短齐膝盖头的印度绸的黑裙子，长筒麻纱袜子，配上一双刷得一干二净的篮球鞋。用的不是手提的书包，而是把一叠书用一条捆书带捆起来。短头发，斜分，少的一边撩在耳朵后，多的一边让它半垂在鬓边，快盖住半只眼睛了。三五成群，或骑车或走路。哪条街上有个女子中学，那条街就显得活泼和快乐，那是女学生的青春气息烘托出来的。

　　北平女学生冬天穿长棉袍，外面要罩一件蓝布大褂，这回是深蓝色。谁穿新大褂每人要过来打三下，这是规矩。但是那洗得起了白碴儿的旧衣服也很好，因为它们是老伙伴，穿着也合身。记得要上体育课的日子吗？棉袍下面露出半截白色剔绒的长运动裤来，实在是很难看，但是因为人人这么穿，也就不觉得丑了。

　　阴丹士林布出世以后，女学生更是如狂地喜爱它。阴丹士林本是人造染料的一种名称，原有各种颜色，但是人们嘴里常常说的"阴丹士林色"多是指的青蓝色。它的颜色比其他布，更为鲜亮，穿一件阴丹士林大褂，令人觉得特别干净，平整。比深蓝浅些的"毛蓝"色，我最喜欢，夏秋或春夏之交，总是穿这个颜色的。

　　事实上，蓝布是淳朴的北方服装特色。在北平住的人，不分年龄、性别、职业、阶级，一年四季每人都有几件蓝布服装。

爷爷穿着缎面的灰鼠皮袍，外面罩着蓝布大褂；妈妈的绸里绸面的丝棉袍外面，罩的是蓝布大褂；店铺柜台里的掌柜的，穿的布棉袍外面，罩的也是蓝布大褂，头上还扣着瓜皮小帽；教授穿的蓝布大褂的大襟上，多插了一支自来水笔，头上是藏青色法国小帽，学术气氛！

阴丹士林布做成的衣服，洗几次之后，缝线就变成很明显的白色了，那是因为阴丹士林布不褪色而线褪色的缘故。这可以证明衣料确是阴丹士林布，但却不知为什么一直没有阴丹士林线，忽然想起守着窗前方桌上缝衣服的大姑娘来了。一次订婚失败而终身未嫁的大姑娘，便以给人缝衣服，靠微薄的收入，养活自己和母亲。我们家姊妹多，到了秋深添制衣服的时候，妈妈总是买来大量的阴丹士林布，宋妈和妈妈两人做不来，总要叫我去把大姑娘找来。到了大姑娘家，大姑娘正守着窗儿缝衣服，她的老妈妈驼着背，咳嗽着，在屋里的小煤球炉上烙饼呢！

大姑娘到了我家里，总要呆一下午，妈妈和她商量裁剪，因为孩子们是一年年地长高了。然后她抱着一大包裁好了的衣服回去赶做。

那年离开北平经过上海，住在娴的家里等船。有一天上街买东西，我习惯地穿着蓝布大褂，但是她却教我换一件呢旗袍，因为穿了蓝布大褂上街买东西，会受店员歧视。在"只认衣裳不认人"的"洋场"，"自取其辱"是没人同情的啊！

排队的小演员

听复兴剧校叶复润的戏，身旁有人告诉我，当年富连成科班里也找不出一个像叶复润这样小年纪，便有这样成就的小老生。

听说叶复润只有十四足岁，但无论是唱功还是做派，都超越了一般"小孩戏剧家"的成绩。但是在那一群孩子里，他却特别显得瘦弱，娇小。固然唱老生的外形要"清瘦"才有味道，但是对于一个正在发育期的小孩子，毕竟是不健康的。剧校当局是不是注意到每一个发育期的孩子的健康呢？

这使我不由得想起当年家住在虎坊桥大街上的情景。

虎坊桥大街是南城一条重要的大街，尤其在迁都南京前的北京，它更是通往许多繁荣地区的必经之路。幼年幸运地曾在这条街上住了几年，也是家里最热闹的时期。这条大街上有小学、会馆、理发馆、药铺、棺材铺、印书馆，还有一个造就了无数平剧[①]人才的富连成科班。

富连成只在我家对面再往西几步的一个大门里。每天晚饭前后的时候，他们要到前门外的广和楼去唱戏。坐科的孩子按矮高排队，领头儿的是位最高的大师兄，他是个唱花脸的，头上剃着月亮门儿。夏天，他们都穿着月白竹布大褂儿，老肥老肥的，袖子大概要比手长出半尺多。天冷加上件黑马褂儿，仍然是老肥老肥的，袖子比手长出半尺多！

他们出了大门向东走几步，就该穿过马路，而正好就经过我家门前。看起来，一个个是呆板的、迟钝的、麻木的，谁又想到他们到了台上就能演出那样灵活、美丽、勇武的角色呢！

那时的富连成在广和楼演出，这是一家女性不能进去的戏院，而我那时跟着大人们听戏的区域是城南游艺园，或者开明戏院、第一舞台。很早就对于富连成有印象，实在是看他们每天由我家门前经过的关系。等到后来富连成风靡了北平的男女学生，

---

① 平剧：即京剧。因当时北京叫北平，所以称平剧。

我也不免想到，在那一队我幼年所见到的可怜的孩子群里，不就有李盛藻吗？刘盛莲吗？杨盛春吗？

富连成是以严厉出名的，但是等到以新式学校制度的戏曲学校出现以后，富连成虽仍以旧式教育出名，但是有些地方也不能不改进了。戏曲学校用大汽车接送学生到戏院以后，富连成的排队步行也就不复再见。否则的话，学生戏迷们岂不要每天跟着他们的队伍到戏院去？

而我们那时也搬离开虎坊桥，城南游艺园成了屠宰场，我们听戏的区域也转移到哈尔飞、吉祥，以及长安和新新等戏院了。

陈谷子、烂芝麻

如姐来了电话，她笑说："怎么，又写北平哪！陈谷子，烂芝麻全掏出来啦！连换洋取灯儿的都写呀！除了我，别人看吗？"

我漫写北平，是因为多么想念她，写一写我对那地方的情感，情感发泄在格子稿纸上，苦思的心情就会好些。它不是写要负责的考据或掌故，因此我敢"大胆地假设"。比如我说花汉冲在煤市街，就有细心的读者给了我"小心地求证"，他画了一张地图，红蓝分明地指示给我说，花汉冲是在煤市街隔一条街的珠宝市，并且画了花汉冲的左邻谦祥益布店，右邻九华金店。如姐，谁说没有读者呢？不过读者并不是欣赏我的小文，而是借此也勾起他们的乡思罢了！

很巧的，我向一位老先生请教一些北平的事情时，他回信来说："……早知道这些陈谷子、烂芝麻是有用的话，那咱们多带几本这一类的图书，该是多么好呢？"

原来我所写的，数来数去，全是陈谷子、烂芝麻呀！但是我是多么喜欢这些呢!

陈谷子、烂芝麻,是北平人说话的形容语汇,比如闲话家常,提起早年旧事,最后总不免要说:"唉!左不是陈谷子、烂芝麻!"言其陈旧和琐碎。

真正北平味道的谈话,加入一些现成的形容语汇,非常合适和俏皮,这是北平话除了发音正确以外的一个特点,我最喜欢听。想象那形容的巧妙,真是可爱,这种形容语汇,很多是用"歇后语"说出来,但是像"陈谷子、烂芝麻"便是直接的形容语,不用歇后语的。

做事故意拖延迟滞,北平人用"蹭棱子"来形容,蹭是摩擦,棱是物之棱角。比如妈妈嘱咐孩子去做一件事,孩子不愿意去,却不明说,只是拖延,妈妈看出来了,就可以责备说:"你倒是去不去?别在这儿尽跟我蹭棱子!"

或者做事痛快的某甲对某乙说:"要去咱们就痛痛快快儿地去,我可不喜欢蹭棱子!"

听一个说话没有条理的人述说一件事的时候,他反复地说来说去时,便想起这句北平话:

"车轱辘话——来回地说。"

轱辘是车轮。那车轮压来压去,地上显出重复的痕迹,一个人说话翻来覆去,不正是那个样子吗?但是它也运用在形容一个人在某甲和某乙间说一件事,口气反复不明。如:"您瞧,他跟您那么说,跟我可这么说!反正车轱辘话,来回说吧!"

负债很多的人,北平人喜欢这样形容:"我该了一屁股两肋的债呀!"

我每逢听到这样形容时,便想象那人债务缠身的痛苦和他焦急的样子。一屁股两肋,不知会说俏皮话儿的北平人是怎么琢磨出来的，而为什么这样形容时，就会使人想到债务之多呢？

文津街

常自夸说，在北平，我闭着眼都能走回家，其实，手边没有一张北平市区图，有些原来熟悉的街道和胡同，竟也连不起来了。只是走过那些街道所引起的情绪，却是不容易忘记的。就说，冬日雪后初晴，路过架在北海和中海的金鳌玉蝀桥吧，看雪盖满在桥两边的冰面上，一片白，闪着太阳的微微的金光，漪澜堂到五龙亭的冰面上，正有人穿着冰鞋滑过去，飘逸优美的姿态，年轻同伴的朝气和快乐，觉得虽在冬日，也因这幅雪漫冰面的风景，不由得引发起我活跃的心情，赶快回家去，取了冰鞋也来滑一会儿！

在北平的市街里，很喜欢傍着旧紫禁城一带的地方，蔚蓝晴朗的天空下，看朱红的墙；因为唯有在这一带才看得见。家住在南长街的几年，出门时无论是要到东、西、南、北城去，都会看见这样朱红的墙。要到东北的方向去，洋车就会经过北长街转向东去，到了文津街了，故宫的后门，对着景山的前门，是一条皇宫的街，总是静静的，没有车马喧哗，引发起的是思古之幽情。

景山俗称煤山，是在神武门外旧宫城的背面，很少人到这里来逛，人们都涌到附近的北海去了。就像在中山公园隔壁的太庙一样，黄昏时，人们都挤进中山公园乘凉，太庙冷清清的；只有几个不嫌寂寞的人，才到太庙的参天古松下品茗，或者静默地观看那几只灰鹤（人们都挤在中山公园里看孔雀开屏了）。

景山也实在没有什么可"逛"的，山有五峰，峰各有亭，站在中峰上，可以看故宫平面图，倒是有趣的，古建筑很整齐庄严，四个角楼，静静地站在暮霭中，皇帝没有了，他的卧室，他的书房，他的一切，凭块儿八毛的门票就可以一览无遗了。

做小学生的时候，高年级的旅行，可以远到西山八大处，低年级的就在城里转，景山是目标之一，很小很小的时候，就年年一次排队到景山去，站在刚上山坡的那棵不算高大的树下，听老师讲解：一个明朝末年的皇帝——思宗，他殉国死在这棵树上。怎么死的？上吊。啊！一个皇帝上吊了！小学生把这件事紧紧地记在心中。后来每逢过文津街，便兴起那思古的幽情，恐怕和幼小心灵中所刻印下来的那几次历史凭吊，很有关系吧！

挤老米

读了朱介凡先生的"晒暖"，说到北方话的"晒老爷儿""挤老米"，又使我回了一次冬日北方的童年。

冬天在北方，并不一定是冷得让人就想在屋里烤火炉。天晴，早上的太阳光晒到墙边，再普照大地，不由得就想离开火炉，还是去接受大自然所给予的温暖吧！

通常是墙角边摆着几个小板凳，坐着弟弟妹妹们，穿着外罩蓝布大褂的棉袍，打着皮包头的毛窝，宋妈在哄他们玩儿。她手里不闲着，不是搓麻绳纳鞋底（想起她那针锥子要扎进鞋底子以前，先在头发里划两下的姿态来了），就是缝骆驼鞍儿的鞋帮子。不知怎么，在北方，妇女有做不完的针线活儿，无分冬夏。

离开了北平，无论到什么地方，都莫辨东西，因为我习惯的是古老方正的北平城，她的方向正确，老爷儿（就是太阳）早上是正正地从每家的西墙照起，玻璃窗四边，还有一圈窗户格，糊的是东昌纸，太阳的光线和暖意都可以透进屋里来。在满窗朝日的方桌前，看着妈妈照镜子梳头，把刨花的胶液用小刷子抿到她的光洁的头发上。小几上的水仙花也被太阳照到了。它就要在年前年后开放的。长方形的水仙花盆里，水中透出雨花台的各色晶莹的彩石来。或者，喜欢摆弄植物的爸爸，他在冬日，用一只清洁的浅瓷盆，铺上一层棉花和水，撒上一些麦粒，每天在阳光照射下，看它渐渐发芽苗长，生出翠绿秀丽的青苗来，也是冬日屋中玩赏的乐趣。

孩子们的生活当然大部分是在学校。小学生很少烤火炉（中学女学生最爱烤火炉），下课休息十分钟都跑到教室外，操场上。男孩子便成群地涌到有太阳照着的墙边去挤老米，他们挤来挤去，嘴里大声喊着：

挤呀！挤呀！

挤老米呀！

挤出屎来喂喂你呀！

这样又粗又脏的话，女孩子是不肯随便乱喊的。

直到上课铃响了，大家才从墙边撤退，他们已经是浑身暖和，不但一点寒意没有了，摘下来毛线帽子，光头上也许还冒着白色的热气儿呢！

卖冻儿

如果说北平样样我都喜欢，并不尽然。在这冬寒天气，不由得想起了很早便进入我的记忆中的一种人物，因为这种人物并非偶然见到的，而是很久以来就有的，便是北平的一些乞丐。

回忆应当是些美好的事情，乞丐未免令人扫兴，然而它毕竟是在我生活中所常见到的人物，也因为那些人物，曾给了我某些想法。

记得有一篇西洋小说，描写一个贫苦的小孩子，因为母亲害病不能工作，他便出来乞讨，当他向过路人讲出原委的时候，路人不信，他便带着人到他家里去看看，路人一见果然母病在床，便慷慨解囊了。小孩子的母亲从此便"弄真成假"，天天假病在床，叫小孩子到路上去带人回来"参观"。这是以小孩和病来骗取人类同情心的故事。这种事情什么时候，什么地方都可以发生的，像在台北街头，妇人教小孩缠住路人买奖券，便是类似的作风。这些使我想起北平一种名为"卖冻儿"的乞丐。

冬寒腊月，天气冷得泼水成冰，"卖冻儿"的（都是男乞丐）出世了，蓬着头发，一脸一身的滋泥儿，光着两条腿，在膝盖的地方，捆上一圈戏报子纸。身上也一样，光着脊梁，裹着一层戏报子纸，外面再披上一两块破麻包。然后，缩着脖子，哆里哆嗦的，牙打着战儿，逢人伸出手来乞讨。以寒冷天衣来博取人的同情与施舍。然而在记忆中，我从小便害怕看那样子，不但不能引起我的同情，反而是憎恶。这种乞丐便名为"卖冻儿"。

最讨厌的是宋妈，我如果爱美不肯多穿衣服，她便要讽刺我：

"你这是干吗？卖冻儿呀？还不穿衣服去！"

"卖冻儿"由于一种乞丐的类型，而成了一句北平通用的俏皮话儿了。

卖冻儿的身上裹的戏报子纸，都是从公共广告牌上揭下来的，各戏园子的戏报子，通常都是用白纸红绿墨写成的，每天贴上一张，过些日子，也相当厚了，揭下来，裹在腿上身上，据说也有保温作用。

至于拿着一把破布掸子在人身上乱掸一阵的乞妇，名"掸孙儿"；以砖击胸行乞的，名为"擂砖"，这等等类型乞丐，我记忆虽清晰，可也是属于陈谷子烂芝麻，说多了未免令人扫兴，还是不去回忆他们吧！

台上、台下

礼拜六的下午，我常常被大人带到城南游艺园去。门票只要两毛（我是挤在大人的腋下进去的，不要票）。进去就可以有无数的玩处，唱京戏的大戏场，当然是最主要的，可是那里的文明戏，也一样地使我发生兴趣，小鸣钟，张笑影的"锯碗丁""春阿氏"，都是我喜爱看的戏。

文明戏场的对面，仿佛就是魔术场，看着穿燕尾服的变戏法儿的，随着音乐的旋律走着一颠一跳前进后退的特殊台步，一面从空空的大礼帽中掏出那么多的东西：花手绢、万国旗、面包、活兔子、金鱼缸，这时乐声大奏，掌声四起，在我小小心灵中，只感到无限的愉悦！觉得世界真可爱，无中生有的东西这么多！

我从小就是一个喜欢找新鲜刺激的孩子，喜欢在平凡的事物中给自己找一些思想的娱乐，所以，在那样大的一个城南游艺园里，不光是听听戏，社会众生相，也都可以在这天地里看到：美丽、享受、欺骗、势利、罪恶……但是在一个无忧无虑的小女孩的观感中，她又能体会到什么呢？

有些事物，在我的记忆中，是清晰得如在目前一样，在大戏场的木板屏风后面的角落里，茶房正从一大盆滚烫的开水里，拧起一大把毛巾，送到客座上来。当戏台上是不重要的过场时，茶房便要表演"扔手巾把儿"的绝技了，楼下的茶房，站在观众群中惹人注目的地位，把一大捆热手巾，忽下子，扔给楼上的茶房，或者是由后座扔到前座去，客人擦过脸收集了再扔下来，扔回去。这样扔来扔去，万无一失，也能博得满堂喝彩，观众中会冒出一嗓子："好手巾把儿！"

但是观众与茶房之间的纠纷，恐怕每天每场都不可免，而且也真乱哄。当那位女茶房硬把果碟摆上来，而我们硬不要的时候，真是一场无味的争执。茶房看见客人带了小孩子，更不肯把果碟拿走了。可不是，我轻轻地，偷偷地，把一颗糖花生放进嘴吃，再来一颗，再来一颗，再来一颗，等到大人发现时，去了大半碟儿了，这时不买也得买了。

茶，在这种场合里也很要紧。要了一壶茶的大老爷，可神气了，总得发发威风，茶壶盖儿敲得呱呱山响，为的是茶房来迟了，大爷没热茶喝，回头怎么捧角儿喊好儿呢！包厢里的老爷们发起脾气来更有劲儿，他们把茶壶扔飞出去，茶房还得过来赔不是。那时的社会，卑贱与尊贵，是强烈地对比着。

在那样的环境里：台上锣鼓喧天，上场门和下场门都站满了不相干的人，饮场的、检场的、打煤气灯的、换广告的，在演员中穿来穿去。台下则是烟雾弥漫，扔手巾把儿的，要茶钱的，卖玉兰花的，飞茶壶的，怪声叫好的，呼儿唤女的，乱成一片。我却在这乱哄哄的场面下，悠然自得。我觉得在我的周围，是这么热闹，这么自由自在。

一张地图

瑞君、亦穆夫妇老远地跑来了，一进门瑞君就快乐而兴奋地说：

"猜，给你带什么来了？"

一边说着，她打开了手提包。

我无从猜起，她已经把一叠纸拿出来了：

"喏！"她递给了我。

打开来，啊！一张崭新的北平全图！

"希望你看了图，能把文津街、景山前街连起来，把东西南北方向也弄清楚。"

"已经有细心的读者告诉我了，"我惭愧（但这个惭愧是快乐的）地说，"并且使我在回忆中去了一次北平图书馆和北海前面的团城。"

在灯下，我们几个头便挤在这张地图上，指着，说着。熟悉的地方，无边的回忆。

"喏，"瑞妹说，"曾在黄化门住很多年，北城的地理我才熟。"

于是她说起黄化门离帘子库很近，她每天上学坐洋车，都是坐停在帘子库的老尹的洋车。老尹当初是前清帘子库的总管，现在可在帘子库门口拉洋车。她们坐他的车，总喜欢问他哪一个门是当初的帘子库，皇宫里每年要用多少帘子？怎么个收藏法？他也得意地说给她们听，温习着他那些一去不回的老日子。

在北平，残留下来的这样的人物和故事，不知有多少。我也想起在我曾工作过的大学里的一个人物。校园后的花房里，住着一个"花儿把式"（新名词：园丁。说俗点儿：花儿匠），他整日与花为伍，花是他的生命。据说他原是清皇室的一位公子哥儿，生平就爱养花，不想民国后，面对现实生活，他落魄得没办法，最后在大学里找到一个园丁的工作，总算是花儿给了他求生的路子，虽说惨，却也有些诗意。

整个晚上，我们凭着一张地图都在说北平。客人走后，家人睡了，我又独自展开了地图，细细地看着每条街，每条胡同，回忆是无法记出详细年月的，常常会由一条小胡同，一个不相干的感触，把思路牵回到自己的童年，想起我的住室，我的小床，我的玩具和伴侣……一环跟着一环，故事既无关系，年月也不衔接，思想就是这么个奇妙的东西。

第二天晏起了，原来就容易发疼的眼睛，因为看太久那细小的地图上的字，就更疼了！

浪掷

张晓风

开学的时候，我要他们把自己形容一下，因为我是他们的导师，想多知道他们一点。

大一的孩子，新从成功岭^①下来，从某一点上看来，也只像高四罢了，他们倒是很合作，一个一个把自己尽其所能地描述了一番。

等他们说完了，我忽然觉得惊讶不可置信，他们中间照我来看分成两类，有一类说："我从前爱玩，不太用功，从现在起，我想要好好读点书。"另一类则说："我从前就只知道读书，从现在起我要好好参加些社团，或者去郊游。"

奇怪的是，两者都有轻微的追悔和遗憾。

我于是想起一段三十多年前的旧事，那时流行一首电影插曲（大约是叫《渔光曲》吧），阿姨舅舅都热心播唱，我虽小，听到"月儿弯弯照九州"觉得是可以同意的，却对其中另一句大为疑惑。

---

① 成功岭：中国台湾大学生军事集训的地方。

224

"舅舅，为什么要唱'小妹妹青春水里丢'呢？"

"因为她是渔家女嘛，渔家女打鱼不能去上学，当然就浪费青春啦！"

我当时只知道自己心里立刻不服气起来，但因年纪太小，不会说理由，不知怎么吵，只好不说话，但心中那股不服倒也可怕，可以埋藏三十多年。

等读中学听到"春色恼人"，又不死心地去问，春天这么好，为什么反而好到令人生恼，别人也答不上来，那讨厌的甚至眨眨狎邪的眼光，暗示春天给人的恼和"性"有关。但是实情一定不是这样的，一定另有一番道理，那道理我隐约知道，却说不出来。

更大以后，读《浮士德》，那些埋藏许久的问句都汇拢过来，我隐隐知道那里有一番解释了。

年老的浮士德，坐对满屋子自己做了一生的学问，在典籍册页的阴影中他乍乍瞥见窗外的四月，歌声传来，是庆祝复活节的喧哗队伍。那一霎间，他懊悔了，他觉得自己的一生都抛掷了，他以为只要再让他年轻一次，一切都会改观。中国元杂剧里老旦上场照例都要说一句"花有重开日，人无再少年"（说得淡然而确定，也不知看剧的人惊不惊动），而浮士德却以灵魂押注，换来第二度的少年，以及"因身为少年才有资格拥有的种种可能"。可怜的浮士德，学究天人，却不知道生命是一桩太好的东西，好到你无论选择什么方式度过，都像是一种浪费。

生命有如一枚神话世界里的珍珠，出于砂砾，归于砂砾，晶光莹润的只是中间这一段短短的幻象啊！然而，使我们颠之倒之甘之苦之的不正是这短短的一段吗？珍珠和生命还有另一个类同之处，那就是你倾家荡产去买一粒珍珠是可以的，但反过来你要拿珍珠换衣换食却是荒谬的。就连镶成珠坠挂在美人胸前也是无奈的，无非使两者合作一场"慢动作的人老珠黄"罢了。珍珠只是它圆灿含彩的自己，你只能束手无策地看着它，你只能欢喜或喟然——因为你及时赶上了它出于砂砾且必然还原为砂砾之间的这一段灿然。

而浮士德不知道——或者执意不知道，他要的是另一次"可能"。像一个不知是由于技术不好或是运气不好的赌徒，总以为只要再让他玩一盘，他准能翻本。三十多年前想跟舅舅辩的一句话我现在终于懂得该怎么说了，打鱼的女子如果算是浪掷青春的话，挑柴的女子岂不也是吗？读书的名义虽好听，而令人眼目为之昏眊，脊骨为之佝偻，还不该算是青春的虚掷吗？此外，一场刻骨的爱情就不算烟云过眼吗？一番功名利禄就不算滚滚尘埃吗？不是啊，青春太好，好到你无论怎么过都觉浪掷，回头一看，都要生悔。

"春色恼人"那句话现在也懂了，世上的事最不怕的应该就是"兵来有将可挡，水来以土能掩"，只要有对策就不怕对方出招。怕就怕在一个人正小小心心地和现实生活斗阵，打成平手之际，忽然阵外冒出一个叫"宇宙大化"的对手，他斜里杀出一记叫"春天"的绝招，身为人类的我们真是措手不及。对着排天倒海而来的桃红柳绿，对着蚀骨的花香，夺魂的阳光，生命的豪奢绝艳怎能不令我们张皇无措，当此之际，真是不做什么既要懊悔——做了什么也要懊悔。春色之教人气恼跺脚，就是气在我们无招以对啊！

回头来想我导师班上的学生，聪明颖悟，却不免一半为自己的用功后悔，一半为自己的爱玩后悔——只因年轻啊，只因太年轻啊！以为只要换一个方式，一切就扭转过来而无憾了。孩子们，不是啊，真的不是这样的！生命太完美，青春太完美，甚至连一场匆匆的春天都太完美，完美到像喜庆节日里一个孩子手上的气球，飞了会哭，破了会哭，就连一日日空瘪下去也是要令人哀哭的啊！

所以，年轻的孩子，连这个简单的道理你难道也看不出来吗？生命是一个大债主，我们怎么混都是他的积欠户，既然如此，干脆宽下心来，来个"债多不愁"吧！既然青春是一场"无论做什么都觉是浪掷"的憾意，何不反过来想想，那么，也几乎等于"无论诚恳地做了什么都不必言悔"，因为你或读书或玩，或作战，或打鱼，恰恰好就是另一个人叹气说他遗憾没做成的。

——然而，是这样的吗？不是这样的吗？在生命的面前我可以大发职业病做一个把别人都看作孩子的教师吗？抑或我仍然只是一个太年轻的蒙童，一个不信不服欲有所辩而又语焉不详的蒙童呢？

寒风吹彻

刘亮程

1996

雪落在那些年雪落过的地方，我已经不注意它们了。比落雪更重要的事情开始降临到生活中。三十岁的我，似乎对这个冬天的来临漠不关心，却又好像一直在倾听落雪的声音，期待着又一场雪悄无声息地覆盖村庄和田野。

我静坐在屋子里，火炉上烤着几片馍馍，一小碟咸菜放在炉旁的木凳上，屋里光线暗淡。许久以后我还记起我在这样的一个雪天，围抱火炉，吃咸菜啃馍馍想着一些人和事情，想得深远而入神。柴火在炉中啪啪地燃烧着，炉火通红，我的手和脸都烤得发烫了，脊背却依旧凉飕飕的。寒风正从我看不见的一道门缝吹进来。冬天又一次来到村里，来到我的家。我把怕冻的东西一一搬进屋子，糊好窗户，挂上去年冬天的棉门帘，寒风还是进来了。它比我更熟悉墙上的每一道细微裂缝。

就在前一天，我似乎已经预感到大雪来临。我劈好足够烧半个月的柴火，整齐地码在窗台下。把院子扫得干干净净，无意中像在迎接一位久违的贵宾——把生活中的一些事情扫到一边，腾出干净的一片地方来让雪落下。下午我还走出村子，到田野里转了一圈。我没顾上割回来的一地葵花秆，将在大雪中站一个冬天。每年下雪之前，都会发现有一两件顾不上干完的事而被搁一个冬天。冬天，有多少人放下一年的事情，像我一样用自己那只冰手，从头到尾地抚摸自己的一生。

屋子里更暗了，我看不见雪。但我知道雪在落，漫天地落。落在房顶和柴垛上，落在扫干净的院子里，落在远远近近的路上。我要等雪落定了再出去。我再不像以往，每逢第一场雪，都会怀着莫名的兴奋，站在屋檐下观看好一阵，或光着头钻进大雪中，好像有意要让雪知道世上有我这样一个人，却不知道寒冷早已盯住了自己活蹦乱跳的年轻生命。

经过许多个冬天之后，我才渐渐明白自己再躲不过雪，无论我蜷缩在屋子里，还是远在冬天的另一个地方，纷纷扬扬的雪，都会落在我正经历的一段岁月里。当一个人的岁月像荒野一样敞开时，他便再无法照管好自己。

就像现在，我紧围着火炉，努力想烤热自己。我的一根骨头，却露在屋外的寒风中，隐隐作痛。那是我多年前冻坏的一根骨头，我再不能像捡一根牛骨头一样，把它捡回到火炉旁烤热。它永远地冻坏在那段天亮前的雪路上了。

那个冬天我十四岁，赶着牛车去沙漠里拉柴火。那时一村人都是靠长在沙漠里的一种叫梭梭的灌木取暖过冬。因为不断砍挖，有柴火的地方越来越远。往往要用一天半夜时间才能拉回一车柴火。每次去拉柴火，都是母亲半夜起来做好饭，装好水和馍馍，然后叫醒我。有时父亲也会起来帮我套好车。我对寒冷的认识是从那些夜晚开始的。

牛车一走出村子，寒冷便从四面八方拥围而来，把你从家里带出的那点温暖搜刮得一干二净，让你浑身上下只剩下寒冷。

那个夜晚并不比其他夜晚更冷。

只是我一个人赶着牛车进沙漠。以往牛车一出村，就会听到远远近近的雪路上其他牛车的走动声，赶车人隐约的吆喝声。只要紧赶一阵路，便会追上一辆，或好几辆去拉柴的牛车，一长串，缓行在铅灰色的冬夜里。那种夜晚天再冷也不觉得。因为寒风在吹好几个人，同村的、邻村的、认识和不认识的好几架牛车在这条夜路上抵挡着寒冷。

而这次，一野的寒风吹着我一个人。似乎寒冷把其他一切都收拾掉了。现在全部地对付我。

我披着羊皮大衣，一动不动趴在牛车里，不敢大声吆喝牛，免得让更多的寒冷发现我。从那个夜晚我懂得了隐藏温暖——在凛冽的寒风中，身体中那点温暖正一步步退守到一个隐秘得连我自己都难以找到的深远处——我把这点隐深的温暖节俭地用于此后多年的爱情和生活。我的亲人们说我是个很冷的人，不是的，我把仅有的温暖全给了你们。

许多年后有一股寒风，从我自以为火热温暖的从未被寒冷浸入的内心深处阵阵袭来时，我才发现穿再厚的棉衣也没用了。生命本身有一个冬天，它已经来临。

天亮后，牛车终于到达有柴火的地方。我的一条腿却被冻僵了，失去了感觉。我试探着用另一条腿跳下车，拄着一根柴火棒活动了一阵，又点了一堆火烤了一会儿，勉强可以行走了，腿上的一块骨头却生疼起来，是我从未体验过的一种疼，像一根根针刺在骨头上又狠命往骨髓里钻——这种疼感一直延续到以后所有的冬天以及夏季里阴冷的日子。

太阳落地时，我装着半车柴火回到家里，父亲一见就问我：怎么拉了这点柴，不够两天烧的。我没吭声。也没向家里说腿冻坏的事。

我想很快会暖和过来。

那个冬天要是稍短些，家里的火炉要是稍旺些，我要是稍把这条腿当回事些，或许我能暖和过来。可是现在不行了。隔着多少个季节，今夜的我，围抱火炉，再也暖不热那个遥远冬天的我，那个在上学路上不慎掉进冰窟窿，浑身是冰往回跑的我，那个跺着冻僵的双脚，捂着耳朵在一扇门外焦急等待的我……我再不能把他们唤回到这个温暖的火炉旁。我准备了许多柴火，是准备给这个冬天的。我才三十岁，肯定能走过冬天。

但在我周围，肯定有个别人不能像我一样度过冬天。他们被留住了。冬天总是一年一年地弄冷一个人，先是一条腿、一块骨头、一副表情、一种心境……尔后整个人生。

我曾在一个寒冷的早晨，把一个浑身结满冰霜的路人让进屋子，给他倒了一杯热茶。那是个上了年纪的人，身上带着许多个冬天的寒冷，当他坐在我的火炉旁时，炉火须臾间变得苍白。我没有问他的名字，在火炉的另一边，我感觉到迎面逼来的一个老人的透骨寒气。

他一句话不说。我想他的话肯定全冻硬了，得过一阵才能化开。

大约坐了半个时辰，他站起来，朝我点了一下头，开门走了。我以为他暖和过来了。

第二天下午，听人说村西边冻死了一个人。我跑过去，看见这个上了年纪的人躺在路边，半边脸埋在雪中。

我第一次看到一个人被冻死。

我不敢相信他已经死了。他的生命中肯定还深藏着一点温暖，只是我们看不见。一个人最后的微弱挣扎我们看不见，呼唤和呻吟我们听不见。

我们认为他死了。彻底地冻僵了。

他的身上怎么能留住一点点温暖呢。靠什么去留住。他的烂了几个洞、棉花露在外面的旧棉衣？底磨得快通、一边帮已经脱落的那双鞋？还有他的比多少个冬天加起来还要寒冷的心境……

落在一个人一生中的雪，我们不能全部看见。每个人都在自己的生命中，孤独地过冬。我们帮不了谁。我的一小炉火，对这个贫寒一生的人来说，显然微不足道。他的寒冷太巨大。

我有一个姑妈，住在河那边的村庄里，许多年前的那些个冬天，我们兄弟几个常手牵手走过封冻的玛河去看望她。每次临别前，姑妈总要说一句：天热了让你妈过来喧喧。

姑妈年老多病，她总担心自己过不了冬天。天一冷她便足不出户，偎在一间矮土屋里，抱着火炉，等待春天来临。

一个人老的时候，是那么渴望春天来临。尽管春天来了她没有一片要抽芽的叶子，没有半瓣要开放的花朵。春天只是来到大地上，来到别人的生命中。但她还是渴望春天，她害怕寒冷。

我一直没有忘记姑妈的这句话，也不止一次地把它转告给母亲。母亲只是望望我，又忙着做她的活。母亲不是一个人在过冬，她有五六个没长大的孩子，她要拉扯着他们度过冬天，不让一个孩子受冷。她和姑妈一样期盼着春天。

……天热了，母亲会带着我们，蹚过河，到对岸的村子里看望姑妈。姑妈也会走出蜗居一冬的土屋，在院子里晒着暖暖的太阳和我们说说笑笑……多少年过去了，我们一直没有等到这个春天。好像姑妈那句话中的"天"一直没有热。

姑妈死在几年后的一个冬天。我回家过年，记得是大年初四，我陪着母亲沿一条即将解冻的马路往回走。母亲在那段路上告诉我姑妈去世的事。她说："你姑妈死掉了。"

母亲说得那么平淡，像在说一件跟死亡无关的事情。

"怎么死的？"我似乎问得更平淡。

母亲没有直接回答我。她只是说："你大哥和你弟弟过去帮助料理了后事。"

此后的好一阵，我们再没说这事，只顾静静地走路。快到家门口时，母亲说了句：天热了。

我抬头看了看母亲，她的身上正冒着热气，或许是走路的缘故，不过天气真的转热了。对母亲来说，这个冬天已经过去了。

"天热了过来喧喧。"我又想起姑妈的这句话。这个春天再不属于姑妈了。她熬过了许多个冬天还是被这个冬天留住了。我想起爷爷奶奶也是分别死在几年前的冬天。母亲还活着。我们在世上的亲人会越来越少。我告诉自己，不管天冷天热，我们都常过来和母亲坐坐。

母亲拉扯大她的七个儿女。她老了。我们长高长大的七个儿女，或许能为母亲挡住一丝的寒冷。每当儿女们回到家里，母亲都会特别高兴，家里也顿时平添热闹的气氛。

但母亲斑白的双鬓分明让我感到她一个人的冬天已经来临，那些雪开始不退、冰霜开始不融化——无论春天来了，还是儿女们的孝心和温暖备至。

随着三十年的人生距离，我感受着母亲独自在冬天的透心寒冷。我无能为力。

雪越下越大。天彻底黑透了。

我围抱着火炉，烤热漫长一生的一个时刻。我知道这一时刻之外，我其余的岁月，我的亲人们的岁月，远在屋外的大雪中，被寒风吹彻。

病隙碎笔（节选）

史铁生

2002

一

我是史铁生——很小的时候我就觉得这话有点怪，好像我除了是我还可以是别的什么。这感觉一直不能消灭，独处时尤为挥之不去，终于想懂：史铁生是别人眼中的我，我并非全是史铁生。

多数情况下，我被史铁生减化和美化着。减化在所难免。美化或出于他人的善意，或出于我的伪装，还可能出于某种文体的积习——中国人喜爱赞歌。因而史铁生以外，还有着更为丰富、更为混沌的我。这样的我，连我也常看他是个谜团。我肯定他在，但要把他全部捉拿归案却非易事。总之，他远非坐在轮椅上、边缘清晰齐整的那一个中年男人。白昼有一种魔力，常使人为了一个姓名的牵挂而拘谨、犹豫，甚至于慌不择路。一俟白昼的魔法遁去，夜的自由到来，姓名脱落为一张扁平的画皮，剩下的东西才渐渐与我重合，虽似朦胧缥缈了，却真实起来。这无论对于独处，还是对于写作，都是必要的心理环境。

234

二

我的第一位堂兄出生时，有位粗通阴阳的亲戚算得这一年五行缺铁，所以史家这一辈男性的名中都跟着有了一个铁字，堂兄弟们现在都活得健康，唯我七病八歪终于还是缺铁，每日口服针注，勉强保持住铁的入耗平衡。好在"铁"之后父母为我选择了"生"字，当初一定也未经意，现在看看倒像是我屡病不死的保佑。

此名俗极，全中国的"铁生"怕没有几十万？笔墨谋生之后，有了再取个雅名的机会，但想想，单一副雅皮倒怕不伦不类，内里是什么终归还是什么，多一事不如少一事。有个老同学对我说过：初闻此名未见此人时，料"铁生"者必赤膊秃头。我问他可曾认得一个这样的铁生？不，他说这想象毫无根据煞是离奇。我却明白：赤膊秃头是粗鲁和愚顽常有的形象。我当时心就一惊：至少让他说对一半！粗鲁若嫌不足，愚顽是一定不折不扣的。一惊之时尚在年少，不敢说已有自知之明，但潜意识不受束缚，一针见血什么都看得清楚。

三

铁，一种浑然未炼之物，隔了48年回头看去，这铁生真是把人性中可能的愚顽都备齐了来的，贪、嗔、痴一样不少，骨子里的蛮横并怯懦，好虚荣，要面子，以及不懂装懂，因而有时就难免狡猾，如是之类随便点上几样不怕他会没有。

不过这一个铁生，最根本的性质我看是两条，一为自卑（怕），二为欲念横生（要）。谁先谁后似不分明，细想，还是要在前面，要而唯恐不得，怕便深重。譬如，想得到某女之青睐，却担心没有相应的本事，自卑即从中来。当然，此一铁生并不早熟到一落生就专注了异性，但确乎一睁眼就看见了异己。他想要一棵树的影子，要不到手。他想要母亲永不离开，却遭到断喝。他希望众人都对他喝彩，但众人视他为一粒尘埃。我看着史铁生幼时的照片，常于心底酿出一股冷笑：将来有他的罪受。

四

说真的他不能算笨，有着上等的理解力和下等的记忆力（评价电脑的优劣通常也是看这两项指标），这样综合起来，他的智商正是中等——我保证没有低估，也不想夸大。

记忆力低下可能与他是喝豆浆而非喝牛奶长大的有关。我小时候不仅喝不起很多牛奶，而且不爱喝牛奶，牛奶好不容易买回来了可我偏要喝豆浆。卖豆浆的是个麻子老头，他表示过喜欢我。倘所有的孩子都像我一样爱喝豆浆，我想那老头一定更要喜欢。

说不定记忆力不好的孩子长大了适合写一点小说和散文之类。倒不是说他一定就写得好，而是说，干别的大半更糟。记忆力不好的孩子偏要学数学，学化学，学外语，肯定是自找没趣，这跟偏要喝豆浆不一样。幸好，写小说写散文并不严格地要求记忆，记忆模糊倒赢得印象、气氛、直觉、梦想和寻觅，于是乎利于虚构，利于神游，缺点是也利于胡说白道。

五

散文是什么？我的意见是：没法说它是什么，只可能说它不是什么。因此它存在于一切有定论的事物之外，准确说，是存在于一切事物的定论之外。在白昼筹谋已定的种种规则笼罩不到的地方，若仍漂泊着一些无家可归的思绪，那大半就是散文了——写出来是，不写出来也是。但它不是收容所，它一旦被收容成某种规范，它便是什么了。可它的本色在于不是什么，就是说它从不停留，唯行走是其家园。它终于走到哪儿去谁也说不清。我甚至有个近乎促狭的意见：一篇文章，如果你认不出它是什么（文体），它就是散文。譬如你有些文思，不知该把它弄成史诗还是做成广告，你就把它写成散文。可是，倘有一天，人们夸奖你写的是纯正的散文，那你可要小心，它恐怕是又走进某种定论之内了。

小说呢？依我看小说走到今天，只比散文更多着虚构。

六

我其实未必合适当作家，只不过命运把我弄到这一条（近似的）路上来了。左右苍茫时，总也得有条路走，这路又不能再用腿去蹚，便用笔去找。而这样的找，后来发现利于此一铁生，利于世间一颗最为躁动的心走向宁静。

我的写作因此与文学关系疏浅，或者竟是无关也可能。我只是走得不明不白，不由得唠叨；走得孤单寂寞，四下里张望；走得触目惊心，便向着不知所终的方向祈祷。我仅仅算一个写作者吧，与任何"学"都不沾边儿。学，是挺讲究的东西，尤其需要公认。数学、哲学、美学，还有文学，都不是打打闹闹的事。写作不然，没那么多规矩，痴人说梦也可，捕风捉影也行，满腹狐疑终无所归都能算数。当然，文责自负。

七

写作救了史铁生和我，要不这辈子干什么去呢？当然也可以干点别的，比如画彩蛋，我画过，实在是不喜欢。我喜欢体育，喜欢足球、篮球、田径、爬山，喜欢到荒野里去看看野兽，但这对于史铁生都已不可能。写作为生是一件被逼无奈的事。开始时我这样劝他：你死也就死了，你写也就写了，你就走一步说一步吧。这样，居然挣到了一些钱，还有了一点名声。这个愚顽的铁生，从未纯洁到不喜欢这两样东西，况且钱可以供养"沉重的肉身"，名则用以支持住孱弱的虚荣。待他孱弱的心渐渐强壮了些的时候，我确实看见了名的荒唐一面，不过也别过河拆桥，我记得在我们最绝望的时候它伸出过善良的手。

我的写作说到底是为谋生。但分出几个层面，先为衣食住行，然后不够了，看见价值和虚荣，然后又不够了，却看见荒唐。荒唐就够了么？所以被送上这不见终点的路。

八

史铁生和我，最大的缺点是有时侯不由得撒谎。好在我们还有一个最大的优点：诚实。这不矛盾。我们从不同时撒谎。我撒谎的时候他会悄悄地在我心上拧一把。他撒谎的时候我也以相似的方式通知他。我们都不是不撒谎的人。我们都不是没有撒过谎的人。我们都不是能够保证不再撒谎的人。但我们都会因为对方的撒谎而恼怒，因为对方的指责而羞愧。恼怒和羞愧，有时弄得我们寝食难安，半夜起来互相埋怨。

公开的诚实当然最好，但这对于我们，眼下还难做到。那就退而求其次——保持私下的诚实，这样至少可以把自己看得清楚。把自己看看清楚也许是首要的。但是，真能把自己看清楚吗？至少我们有此强烈的愿望。我是谁？以及史铁生到底何物？一直是我们所关注的。

公开的诚实为什么困难？史铁生和我之间的诚实何以要容易些？我们一致相信，这里面肯定有着曲折并有趣的逻辑。

提醒幸福

毕淑敏

2004

我们从小就习惯了在提醒中过日子。天气刚有一丝风吹草动，妈妈就说，别忘了多穿衣服。才相识了一个朋友，爸爸就说，小心他是个骗子。你取得了一点成功，还没容得乐出声来，所有关切着你的人一起说，别骄傲！你沉浸在欢快中的时候，自己不停地对自己说：千万不可太高兴，苦难也许马上就要降临……

我们已经习惯于提醒，提醒的后缀词，总是灾祸，灾祸似乎成了提醒的专利，把提醒也染得充满了淡淡的贬义。我们已经习惯了在提醒中过日子。看得见的恐惧和看不见的恐惧始终像乌鸦盘旋在头顶。

在皓月当空的良宵，提醒会走出来对你说：注意风暴。于是我们忽略了皎洁的月光，急急忙忙做好风暴来临前的一切准备。当我们大睁着眼睛枕戈待旦之时，风暴却像迟归的羊群，不知在哪里徘徊。当我们实在忍受不了等待灾难的煎熬时，我们甚至会恶意地祈盼风暴早些到来。在许多夜晚，风暴始终没有降临，我们辜负了冰冷如银的月光。

风暴终于姗姗地来了。我们怅然发现，所做的准备多半是没有用的。事先能够抵御的风险毕竟有限，世上无法预计的灾难却是无限的。战胜灾难靠的更多的是临门一脚，先前的惴惴不安帮不上忙。

当风暴的尾巴终于远去，我们守住零乱的家园。气还没有喘匀，新的提醒又智慧地响起来，我们又开始对未来充满恐惧的期待。

人生总是有灾难。其实大多数人早已练就了对灾难的从容，我们只是还没有学会灾难间隙的快活。我们太多注重了自己警觉苦难，我们太忽视提醒幸福。请从此注意幸福！幸福也需要提醒吗？

提醒注意跌倒……提醒注意路滑……提醒受骗上当……提醒荣辱不惊……先哲们提醒了我们一万零一次，却不提醒我们幸福。

也许他们认为幸福不提醒也跑不了的。也许他们以为好的东西你自会珍惜，犯不上谆谆告诫。也许他们太崇尚血与火，觉得幸福无足挂齿。他们总是站在危崖上，指点我们逃离未来的苦难。但避去苦难之后的时间是什么？

那就是幸福啊！

享受幸福是需要学习的，当幸福即将来临的时刻需要提醒。人可以自然而然地学会感官的享乐，人却无法天生地掌握幸福的韵律。灵魂的快意同器官的舒适像一对孪生兄弟，时而相傍相依，时而南辕北辙。

幸福是一种心灵的震颤。它像会倾听音乐的耳朵一样，需要不断地训练。

简言之，幸福就是没有痛苦的时刻。它出现的频率并不像我们想象的那样少。

人们常常只是在幸福的金马车已经驶过去很远，捡起地上的金鬃毛说，原来我见过它。

人们喜爱回味幸福的标本，却忽略幸福披着露水散发清香的时刻。那时候我们往往步履匆匆，瞻前顾后不知在忙着什么。

世上有预报台风的，有预报蝗虫的，有预报瘟疫的，有预报地震的。没有人预报幸福。其实幸福和世界万物一样，有它的征兆。

幸福常常是朦胧的，很有节制地向我们喷洒甘霖。你不要总希冀轰轰烈烈的幸福，它多半只是悄悄地扑面而来。你也不要企图把水龙头拧得更大，使幸福很快地流失。而需静静地以平和之心，体验幸福的真谛。

幸福绝大多数是朴素的。它不会像信号弹似的，在很高的天际闪烁红色的光芒。它披着本色外衣，亲切温暖地包裹起我们。

幸福不喜欢喧嚣浮华，常常在暗淡中降临。贫困中相濡以沫的一块糕饼，患难中心心相印的一个眼神，父亲一次粗糙的抚摸，女友一个温馨的字条……这都是千金难买的幸福啊。像一粒粒缀在旧绸子上的红宝石，在凄凉中愈发熠熠夺目。

幸福有时会同我们开一个玩笑，乔装打扮而来。机遇、友情、成功、团圆……

它们都酷似幸福，但它们并不等同于幸福。幸福会借了它们的衣裙，袅袅婷婷而来，走得近了，揭去帏幔，才发觉它有钢铁般的内核。幸福有时会很短暂，不像苦难似的笼罩天空。如果把人生的苦难和幸福分置天平两端，苦难体积庞大，幸福可能只是一块小小的矿石。但指针一定要向幸福这一侧倾斜，因为它有生命的黄金。

幸福有梯形的切面，它可以扩大也可以缩小，就看你是否珍惜。

我们要提高对于幸福的警惕，当它到来的时刻，激情地享受每一分钟。据科学家研究，有意注意的结果比无意要好得多。

当春天来临的时候，我们要对自己说，这是春天啦！心里就会泛起茸茸的绿意。

幸福的时候，我们要对自己说，请记住这一刻！幸福就会长久地伴随我们。那我们岂不是拥有了更多的幸福！

　　所以，丰收的季节，先不要去想可能的灾年，我们还有漫长的冬季来得及考虑这件事。我们要和朋友们跳舞唱歌，渲染喜悦。既然种子已经回报了汗水，我们就有权沉浸幸福。不要管以后的风霜雨雪，让我们先把麦子磨成面粉，烘一个香喷喷的面包。

　　所以，当我们从天涯海角相聚在一起的时候，请不要踌躇片刻后的别离。在今后漫长的岁月里，有无数孤寂的夜晚可以独自品尝愁绪。现在的每一分钟，都让它像纯净的酒精，燃烧成幸福的淡蓝色火焰，不留一丝渣滓。让我们一起举杯，说：我们幸福。

　　所以，当我们守候在年迈的父母膝下时，哪怕他们鬓发苍苍，哪怕他们垂垂老矣，你都要有勇气对自己说：我很幸福。因为天地无常，总有一天你会失去他们，会无限追悔此刻的时光。

　　幸福并不与财富地位声望婚姻同步，这只是你心灵的感觉。

　　所以，当我们一无所有的时候，我们也能够说：我很幸福。因为我们还有健康的身体。当我们不再享有健康的时候，那些最勇敢的人可以依然微笑着说：我很幸福。因为我还有一颗健康的心。甚至当我们连心也不再存在的时候，那些人类最优秀的分子仍旧可以对宇宙大声说：我很幸福。因为我曾经生活过。

　　常常提醒自己注意幸福，就像在寒冷的日子里经常看看太阳，心就不知不觉暖洋洋亮光光。

我的世界下雪了

迟子建

2005

　　沿着堤坝向南走，可以看到一带蜿蜒起伏的山峦。春夏时节，那山是绿色的。当然，这绿也不是纯粹的绿，其中仍夹杂着点点的白色，那是白桦树荡漾在松林中的几点笑窝。山脚下，有一条清澈而宽阔的河流——呼玛河。从河岸到堤坝，是一片茂密的柳树丛和几百棵高大的青杨。那些青杨间距很广、错落有致地四散开来，为这带风景平添了几分动人的风韵。初春的时候，残雪消融，矮株的柳树红了枝条，而高大的青杨则绿了身躯，那些青杨就像是站在河岸的穿着绿蓑衣的渔民，而那丝丝柳枝，有如一群漫游在他们脚下的红鱼。

　　如果是沿着河岸向南走的话，你仍然可以看到山峦、柳树丛和青杨，不过在岸边还可以看到一块又一块的庄稼地和在那里劳作的农人的身影。如果你乐意，可以停下脚来问问他们今年的庄稼长势如何，他们会热情地告诉你，哪种庄稼长势喜人，哪种庄稼缺了雨水，哪种庄稼又遭了虫灾。他们跟你说话的时候，偎在他们身旁的先前还跟你汪汪叫着的狗，立刻就停止了吠叫，它会摇着尾巴，歪着头听你和它的主人友好地交谈。而那谈话始终是

244

有流水声相伴着的，河水"哗——哗——"地流着，就像一位腰肢纤细、身材修长的白衣少女，正躺在那里懒洋洋地小睡着，而河水发出的如歌的行板就是她均匀的呼吸。

当然，我是从一个漫步者的角度描述我故乡居室窗外的风景的。如果你坐在书房的南窗前观赏山峦、柳树丛和河流，那就是另一番情境了。通常情况下，河水看上去只是浅浅细细的一条亮线，但是到了涨水的季节，而月亮又格外的圆润皎洁的话，河流就被映照得焕发出勃勃金光，明亮得就像镶嵌在大地上的一道闪电。而山峦和柳树丛呢，它们也会因着观察角度的变化而改变了容颜，山显得低了些，山峦与天相接所呈现的剪影也就更为明显，它那妖娆的曲线一览无余；柳树丛呢，它们缥缈得就像岸边的一片芦苇，而那些高大的青杨，由于你看不清它们身上那些纵横的枝丫和漫溢着的鲜润的绿色，则很有点武士的味道了，显得那么的浑厚、苍劲和威严。

如果把老天比喻为一个画师的话，那么它春夏时节为大自然涂抹的是如梦似幻的温柔之色；到了秋天，它的画风发生了巨变，它借着秋霜的手，把山峦点染得一派绚丽，那灿烂的金黄色成为这个季节的主色调，让人想起凡·高的画。但这种绚丽持续不了多久，随着冷空气频频地入侵，落叶飘零，山色骤然变得暗淡陈旧了。但这种暗淡也不会让你的心灰暗很久，伴随着雪花那轻歌曼舞的脚步，山峦迎来了另一次的灿烂，它披上一件银白的棉袍，于苍茫中呈现着端庄、宁静的圣洁之美。

我之所以喜欢回到故乡，就是因为在这里，我的眼睛、心灵与双足都有理想的漫步之处。从我的居室到达我所描述的风景点，只需三五分钟。我通常选择黄昏的时候去散步。去的时候是由北向南，或走堤坝，或沿着河岸行走。如果在堤坝上行走，就会遇见赶着羊群归家的老汉，那些羊在堤坝的慢坡上边走边啃噬青草，仍是不忍归栏的样子。我还常看见一个放鸭归来的老婆婆，她那一群黑鸭子，是由两只大白鹅领路的。大白鹅高昂着脖子，很骄傲地走在最前面，而那众多的黑鸭子，则低眉顺眼地跟在后面。

比之堤坝，我更喜欢沿着河岸漫步，我喜欢河水中那漫卷的夕照。夕阳最美的落脚点，就是河面了。进了水中的夕阳比夕阳本身还要辉煌。当然，水中还有山峦和河柳的投影。让人觉得水面就是一幅画，点染着画面的，有夕阳、树木、云朵和微风。微风是通过水波来渲染画面的，微风吹皱了河水，那些涌起的水波就顺势将河面的夕阳、云朵和树木的投影给揉碎了，使水面的色彩在瞬间剥离，有了立体感，看上去像是一幅现代派的名画。

我爱看这样的画面，所以如果没有微风相助，水面波澜不兴的话，我会弯腰捡起几颗鹅卵石，投向河面，这时水中的画就会骤然发生改变，我会坐在河滩上，安安静静地看上一刻。当然，我不敢坐久，不是怕河滩阴森的凉气侵蚀我，而是那些蚊子会络绎不绝地飞来，围着我嗡嗡地叫，我可不想拿自己的血当它们的晚餐。

在书房写作累了，只需抬眼一望，山峦就映入眼帘了。都说青山悦目，其实沉积了冬雪的白山也是悦目的。白山看上去有如一只只来自天庭的白象。当然，从窗口还可以尽情地观察飞来飞去的云。云不仅形态变幻快，它的色彩也是多变的。刚才看着还是铅灰的一团浓云，它飘着飘着，就分裂成几片船形的云了，而且色彩也变得莹白了。如果天空是一张白纸的话，云彩就是泼向这里的墨了。这墨有时浓重，有时浅淡，可见云彩在作画的时候是富有探索精神的。

无论冬夏，如果月色撩人，我会关掉卧室的灯，将窗帘拉开，躺在床上赏月。月光透过窗棂漫进屋子，将床照得泛出暖融融的白光，沐浴着月光的我就有在云中漫步的曼妙的感觉。在刚刚过去的中秋节里，我就是躺在床上赏月的。那天浓云密布，白天的时候，先是落了一些冷冷的雨，午后开始，初冬的第一场小雪悄然降临了。看着雪花如蝴蝶一样在空中飞舞，我以为晚上的月亮一定是不得见了。然而到了七时许，月亮忽然在东方的云层中露出几道亮光，似乎在为它午夜的隆重出场做着昭示。八点多，云层薄了，在云中滚来滚去的月亮会在刹那间一露真容。九点多，由西南而飞向东北方向的庞大云层就像百万大军一样越过银河，绝大部分消失了踪影，月亮完满地现身了。也许是经过了白天雨与雪的洗礼，它明净清澈极了。我躺在床上，看着它，沐浴着它那丝绸一样的光芒，感觉好时光在轻轻敲着我的额头，心里有一种极其温存和幸福的感觉。过了一会儿，又一批云彩出现了，不过那是一片极薄的云，它们似乎是专为月亮准备的彩衣，因为它们簇拥着月亮的时候，月亮用它的芳心，将白云照得泛出彩色的光晕，彩云一团连着一团地出现，此时的月亮看上去就像一个巨大的蜜橙，让人觉得它荡漾出的清辉，是洋溢着浓郁的甜香气的。午夜时分，云彩全然不见了，走到中天的明月就像掉入了一池湖水中，那天空竟比白日的晴空看上去还要碧蓝。这样一轮经历了风雨和霜雪的中秋月，实在是难得一遇。看过了这样一轮月亮，那个夜晚的梦中就都是光明了。

　　我还记得2002年正月初二的那一天，我和爱人应邀到城西的弟弟家去吃饭，我们没有乘车从城里走，而是上了堤坝，绕着小城步行而去。那天下着雪，落雪的天气通常是比较温暖的，好像雪花用它柔弱的身体抵挡了寒流。堤坝上一个行人都没有，只有我们俩，手挽着手，踏着雪无言地走着。山峦在雪中看上去模模糊糊的，而堤坝下的河流，也已隐遁了踪迹，被厚厚的冰雪覆盖了。河岸的柳树和青杨，在飞雪中看上去影影绰绰的，天与地显得是如此的苍茫，又如此的亲切。

走着走着，我忽然落下了眼泪，明明知道过年落泪是不吉祥的，可我不能自持，那种无与伦比的美好滋生了我的伤感情绪。三个月后，爱人别我而去，那年的冬天再回到故乡时，走在白雪茫茫的堤坝上的，就只是我一人了。那时我恍然明白，那天我为何会流泪，因为天与地都在暗示我，那美好的情感将别你而去，你将被这亘古的苍凉永远环绕着！

所幸青山和流水仍在，河柳与青杨仍在，明月也仍在，我的目光和心灵都有可栖息的地方，我的笔也有最动情的触点。所以我仍然喜欢在黄昏时漫步，喜欢看水中的落日，喜欢看风中的落叶，喜欢看雪中的山峦。我不惧怕苍老，因为我愿意青丝变成白发的时候，月光会与我的发丝相融为一体。让月光分不清它是月光呢还是白发；让我分不清生长在我头上的，是白发呢还是月光。

几天前的一个夜晚，我做了一个有关大雪的梦。我独自来到了一个白雪纷飞的地方，到处是房屋，但道路上一个行人也看不见。有的只是空中漫卷的雪花。雪花拍打我的脸，那么的凉爽，那么的滋润，那么的亲切。梦醒之时，窗外正是沉沉暗夜，我回忆起一年之中，不论什么季节，我都要做关于雪花的梦，哪怕窗外是一派鸟语花香。看来环绕着我的，注定是一个清凉而又忧伤、浪漫而又寒冷的世界。我心有所动，迫切地想在白纸上写下一行字。我伸手去开床头的灯，没有打亮它，想必夜晚时停电了；我便打开手机，借着它微弱的光亮，抓过一支笔，在一张打字纸上把那句最能表达我思想和情感的话写了出来，然后又回到床上，继续我的梦。

那句话是：我的世界下雪了。

是的，我的世界下雪了……

怀念母亲

季羡林

2006

　　我一生有两个母亲：一个是生我的母亲，一个是我的祖国母亲。我对这两个母亲怀着同样崇高的敬意和同样真挚的爱慕。

　　我六岁离开我的生母，到城里去住。中间曾回故乡两次，都是奔丧，只在母亲身边待了几天，仍然回到城里。在我读大学二年级的时候，母亲弃养，只活了四十多岁。我痛哭了几天，食不下咽，寝不安席。从此我就成了没有母亲的孤儿。一个缺少母爱的孩子，是灵魂不全的人。我怀着不全的灵魂，抱终天之恨。一想到母亲，就泪流不止，数十年如一日。

　　后来我到德国留学，住在一座叫哥廷根的孤寂小城，不知道为什么，母亲频来入梦。我的祖国母亲，我是第一次离开她。不知道为什么，我这个母亲也频来入梦。

　　为了说明当时的感情，我从初到哥廷根的日记中摘抄几段：

1935年11月16日

　　不久外面就黑起来了。我觉得这黄昏的时候最有意思。我不开灯，只沉默地站在窗前，看暗夜渐渐织上天空，织上对面的屋顶。一切都沉在朦胧的薄暗中。我的心往往在沉静到不能再沉静的氛围里，活动起来。这活动是轻微的，我简直不知道有这样的活动。我想到故乡，故乡里的老朋友，心里有点酸酸的，有点凄凉。然而这凄凉却并不同普通的凄凉一样，是甜蜜的，浓浓的，有说不出的味道，浓浓地糊在心头。

11月18日

从好几天以前，房东太太就向我说，她的儿子今天家来，从学校回家来，她高兴得不得了。……但儿子只是不来，她的神色有点沮丧。她又说，晚上还有一趟车，说不定他会来的。我看了她的神情，想到自己的在故乡地下卧着的母亲，我真想哭！我现在才知道，古今中外的母亲都是一样的！

11月20日

我现在还真是想家，想故国，想故国里的朋友。我有时简直想得不能忍耐。

11月28日

我仰在沙发上，听风声在窗外过路。风里夹着雨。天色阴得如黑夜。心里思潮起伏，又想起故国了。

我从初到哥廷根的日记里，引用了这几段。实际上，类似的地方还有不少，从这几段中也可见一斑了。一想到我的母亲和祖国母亲，我就心潮腾涌，留在国外的念头连影儿都没有。几个月以后，我写了一篇散文，题目叫《寻梦》。开头一段是：

夜里梦到母亲，我哭着醒来。醒来再想捉住这梦的时候，梦却早不知道飞到什么地方去了。

下面描绘在梦里见到母亲的情景。最后一段是：

天哪！连一个清清楚楚的梦都不给我吗？我怅望灰天，在泪光里，幻出母亲的面影。

我在国内的时候，只怀念，也只有可能怀念一个母亲。到国外以后，在我的怀念中增添了祖国母亲。这种怀念，在初到哥廷根的时候异常强烈，以后也没有断过。这种怀念，一直伴随我度过了在欧洲的十一年。

万里江山如是

李修文

2019

　　西和县的社火，真是好看。先看那广大而漫长的仪仗：好似每个人的一生，不知道在何时，也不知道在何地，福祸从天而降，是死是活顿时便要见了分晓——在漫山的尘沙中，锣鼓之声骤然响起，直直地刺破尘沙，冲入了云霄，再狠狠地坠入了谷底，就像冰雹砸开了封冻的黄河，就像人心在神迹前狂乱地蹦跳，这一场人世，横竖不管地扑面而来，足足有上千人之多，全都画上了脸谱，列成了见首不见尾的长龙。开道的是青龙白虎，殿后的是关公周仓，再看其间，高跷之上，纸伞飞转，银枪高悬，开山斧当空，方天画戟刺向了满目河山；又看旱船和纸马之侧，折扇被抛上半空，小媳妇跌入了阴曹地府，大花轿横冲直撞，大海上的八仙突然抢走了许仙的新娘。

　　这是尘世之大，所有的苦楚都在现形，都在嘶吼，都在重新做人；这也是尘世之小，做人做妖，作魔作障，他们总归要抱住人迹罕至之处的一小堆烈火。

　　虽说正是春寒料峭的时节，但是，因为寸步不离地跑前跑后，我的全身上下都湿透了，却恨不得被大卸八块，各自奔向仪

253

仗分散之后的那些热腾腾的所在：彩旗在烟尘里招展，锣鼓队好似世间所有一意求死的人全都聚在了一处，瓦岗寨的好汉们举杯痛饮，寒窑里的王宝钏将一盆清水当作了菱花镜；再去打探更多的风沙厮磨之处：这里在结义和指腹为婚，那里在对阵和一刀两断，还有几十盏花灯，白日里被点燃，再互相绞缠，几百回合争斗下来，却没有一盏灯火熄灭；更有高跷上的丑角们，悉数扮作了暗夜里的流寇：一个虚与委蛇，一个便拔出了兵刃，或是旋转飞奔，或是突然匍匐，却没有一个真正倒地不起。

也不知道从什么时候开始，冷不防地，羞惭攫住了我：这山川里，每个人都在拼死拼活，唯有我，跑前跑后也不过是隔岸观火——这一年，恰好是我的本命年。还在春节里，我便得到通知，可能的活路和生计连连被取消，和去年一样，接下来的一年里，我仍然要继续做一个废物。但是，作为一个废物，我却哑口无言，反倒一遍接一遍地说服着自己：没用的，你就认了吧。于是，我干脆出了门，不知道奔逃到哪里去，却开始了一意奔逃，第一站，便是这西和县。这时的我还不知道，这不过是我的奔逃刚刚掀开了序幕，这不过是万里江山在我眼前刚刚掀开了序幕。

这西和县里的巨大羞惭，一两句哪里能道得明白呢？黄昏降临的时候，一簇一簇的，那些山川里的烈火终于稍稍黯淡了下来，就好像，苦心已被验证，真相已然大白，所有的身体都在挣扎里证明了无辜，接下来，他们仍然有资格接受苦厄和幸福；风也渐渐小了，夜色一点点加重，脸谱背后的脸平静了，旱船背后的旱船也和奔涌的河水握手言和了，山川甚至被隐约的月光照耀，数以千计的人们端坐下来，安静地等待。我并不知道他们到底在等待什么，但是，他们在等待。

并未过去多久，等待戛然而止，在烟尘和山冈的深处，锣响了三声，铙又响了三声，像是儿女在眼前摔倒，像是母亲按住了疼痛的肚腹，所有的人都屏住了呼吸；而后，安静的白蛇在瞬间里苏醒，安静的沉香奔出了黄昏，齐刷刷，硬生生，入库的刀兵全都飞进而出，寡言的人们陷入了纪律，箭矢一般狂乱，箭矢一般奔走，站定，聚集，人挨人，人挤人，倏忽里，一条人间的长龙便又横亘在了大地上；再看烟尘和山冈的深处，锣再响了三声，铙又响了三声，而后，是菩萨，是魔王，都要显出真身——唢呐是饿着肚子，半人高的大鼓是吃饱了饭，锣是亲戚，铙是穷亲戚，全都要活，全都要在死里拼出一场活——另外一支上千人的队伍终于出现在了退无可退之处。如此，浩劫来了，生机也来了。

天可怜见，心意碰上了，命也就撞上了。我并不知道，这两条长龙之间有没有一争高下的约定，但遇见了，即是盟约定下了；遇见了，头便要割下，债便要还上：两条长龙，就此开始了拼死拼活——你拔剑，我抽刀；你飞扑，我闪躲；你是蔷薇花，我是曼陀罗。单看那脸谱：吊眼环眼雌雄眼，瓦眉兽眉卧蚕眉。再看那争斗里的秧歌、旱船和高跷：衣襟缺了，彩纸烂了，跷木开始分岔了，可是，该举步的，寸土不让；该腾挪的，嘶喊几近了哭喊；该送去当头一击的，率先挨过一击之后，摇身一变，化作了阴鸷的虎狼。而后，火把举起来了，火光照亮了大地上的唐三藏和杜丽娘，还有激战里的张翼德和花木兰，不仅他们，牛郎和织女，陈世美和秦香莲，法海和白娘子，没有一个人能够脱身——银河倒悬，江水倒灌，天大的冤屈已经铸成了铁案，他们唯有在此处摔杯为号，又在彼处双泪涟涟；在此处痛断肝肠，又在彼处将肝肠全都扯断。而阵仗依然无休无止，也许，这一生，他们全都要深陷在这无人之境里了：衣襟更加残破，彩纸似有似无，跷木说话间便要四分五裂，可是，营盘还在，旗帜还在，它们在，死活就还在，拼死拼活就还在。别的不说，只说那旗帜，假使在天有灵，你们只管去看，看那一字长蛇旗和二龙出水旗，看那七星北斗旗、九宫遮阳旗和十面埋伏旗，无一面不仍然赤裸地招展，无一面不在继续催逼着崭新的浩劫和生机。

只是，满山飘荡的旗帜有所不知，在鏖战面前，在死活面前，我终归是拔脚而逃了：对于一个没有战场的人来说，所有的号角声都是羞辱。所以，再三环顾之后，跑出去两步又折返回来之后，我痛下了决心，转过身去，狂奔着，将所有的鏖战与死活都丢在了身后。可是，等我跑上了相隔遥远处的一座山冈，回头看，满心里还是不甘愿——我不甘愿我在这里——我甘愿我在割头与还债的队伍里，在那里厮杀，又在那里抢亲；在那里呱呱坠地，又在那里驾鹤西去。不像现在，明明重新开始了奔跑，明明在奔跑里对自己接连说了好几句：也许，一片看不见的战场正在某个地方等待着自己？渐渐又颓丧下来，停止了步子，任由大风裹挟着自己，一步步，缓慢地朝前走。

那么，接着往下奔逃吧。有好多回，在小旅馆里过夜的时候，在小火车站里等车的时候，针扎般的痛悔突然袭来，我也曾经想过，赶紧做负心人，将这说不清道不明的浪游一把推开。终究还是没有，看着雨水敲打屋顶，看着流星坠落在林间，一如既往地，我还是将自己认作了戴罪之身，既然不想坐上公堂，既然不想被判无能之罪，那么，我就接着再往下奔逃吧。

终于来到了黑龙江畔。终于等到了黑龙江开江的一日。这一日，天刚蒙蒙亮，在木刻楞里沉睡的我，猛然被一阵巨大的震颤所惊醒，踉跄着奔出了木刻楞，这才看见：黑龙江已经不是一条江，而是一座尘世，冰块与冰排在这座尘世里建立了崭新的城邦和国家：冰块铸成的洞窟和穹顶，冰排建造的尖塔和角斗场，各自沉默，互相对峙，就像来到了灾难的前夕，即使站在岸边，彻骨的凉意也一把将我抓住，不自禁地打起了冷战。我还来不及镇定，江中的后浪开始挤压前浪，前浪挤压冰块和冰排，最靠近堤岸的冰排无处可去，一边发出狮子吼，一边撞向堤岸。我终于明白过来，正是这撞击发出的震颤才将我惊醒，又几乎让世间所有的物象陷入了惊骇和止息：风停了，白桦树不再摇晃，整个大地都在震颤里变得自身难保。

即使世间所有的物象全都俯首称臣，那场注定了的灾难也终归无法避免——没有任何迹象，最大的一块冰排发起了攻击，乱世开始了：那块最大的冰排，直直扑向了矗立于众冰之上的君王般的冰山，这可如何了得？群臣开始了救驾，洞窟和穹顶，尖塔和角斗场，全都飞奔而来，碾压着将那块冰排围住，一转眼，就将它截断为了两截。然而，杀敌三千，自伤八百，冰块们垒造而成的洞窟断开了一条裂缝，尖塔上，足足有半人高的冰凌一根根扑簌而落，再在冰面上化作了碎片。哪里知道，那夭亡的豪杰绝非孤家寡人，刹那间，它的死唤醒了更多的怒不可遏，一块块冰排，咆哮着，怒吼着，齐齐撞向了穹顶、尖塔和角斗场，后浪前浪全都弃暗投明，成了一块块冰排的蛮力和靠山——如此，任他常胜将军，还是顶戴花翎，只好吞下苦水，被撕裂，被咬噬，被千刀万剐，最终轰然崩塌，沉入江水，再也无法现身。

就算远远地站在岸上，寒气也一寸寸迫近了我，不仅仅是凉意，而是刀剑快要抵达咽喉的寒气，那寒气，像是生造出了另一番河山，再将此刻里的我、白桦林和广大无边的田野认作了臣民。不知道是天大的恩赐还是飞来横祸，我们全都缄口不言，眺望着江中的那座冰山，就像正在朝觐刚刚建成的首都。

不曾想到的是，有一个人，在我背后，大呼小叫着奔跑了过来，如此，这寒凉的国土上，在天色尚早之时，竟然硬生生闯入了一个外寇。我转过身去，面向对方，看着他离我越来越近，形容也就越来越清晰：那个人，破衣烂衫，胡子拉碴，真可算得上蓬头垢面，而且，可能是跑得太快，脸上全是岸边的柳条抽打过去之后留下的口子。见到我，那个人并未跟我打一声招呼，而像是跟我熟识了很久，并肩站住，再拉扯着我，继续对着黑龙江大呼小叫，又指指点点——每当江中的城邦和国家发生一次新的动乱，他的惊呼声便响过了奔流声。但是，我认真地听了好一阵子，却听不出完整的一句话。那个人倒是一切如故，疯癫着，嗯嗯呀呀着，一次次冲向江水，快要落入江中之时，又准确地退回到了我身边。如此反复了好多回，终于，等到他再一次退回到我身边，我便不得不一把抓住了他，再去问他究竟所从何来。

那个人，果真是有几分疯癫，但却绝不是明白无误的疯子，趁着江水暂时恢复平静，一场新的暴乱正在孕育，在不时飞溅过来的水花里，他对我说起了自己姓甚名谁。原来，他是三十公里外的一家酿酒厂的工人，七年前生了根本活不下去的病，也没钱治，干脆就没进过医院一天，但是，他从未放弃过自己给自己治疗。说起来，那治疗的法子，实在是再也简单不过——但凡刚刚落生的物事，他都追着去看，去吸它们身上的精气，破壳的鸡仔，破土的麦苗，第一缸酿出的酒，又比如眼前这条动了雷霆之怒的黑龙江。就这么一年年过下来，直到今天，他也没有死。

我岂能相信那个人的轻描淡写呢？而且，这黑龙江，古来有之，年复一年地滔滔东去，在哪一段，他才能够吸上他要的第一口精气？不承想，对方却一把攥住了我的胳膊，再对我说：你不要不信，这黑龙江啊，年年死，又年年生——被冰冻住，就是它死了；开江的时候，就是它又活了过来。现在，没有错，就是现在，冰块撞上了冰块，冰排撞上了冰排，它们其实不是别的，它们就是黑龙江散出的第一口精气。所以，每一年，黑龙江开江的时候，他都要跟着冰块和冰排，不要命地向前跑，它们涌到哪里，他就跟着跑到哪里，只因为，它们就是药，是他一年中喝下过的最猛的药。

我似乎听懂了那个人的话，却也颇费了一阵子去思量。这时候，他却再次不成语调地叫喊了起来，我便跟他一起，重新去眺望江水里那犬牙交错的国度——数十块木橡状的沉重冰排，并作一起，在冷酷的君王面前，再一次揭竿而起，在转瞬的时间里，它们磨洗了刀刃，坚固了心意，用肉身，用命运，面朝那座岿然不动的冰山横贯而去。整个大地，再一次发出了震颤。震颤一起，我身边的那个人便又不要命地叫喊了起来，那叫喊声甚至变成了匕首，再飞奔入江，加入了造反的队伍。再看那个人的脸，在接连叫喊的驱使下，他的五官都变形了，眼神却愈加狂乱，这狂乱又使得叫喊声愈加模糊难辨，像是在打气，又像是在一遍复一遍地重复着开江号子。我定了定神，再去见证江中的造反：在数十骁将的自取灭亡之下，冰山之侧的河道终于被撞开了一条口子，骁将们犹如疾风卷地，孤军深入，这才发现，它们早已被团团包围。

既然如此，埋骨何须桑梓地？在激浪的加持之下，数十块冰排杀红了眼睛，拔出了插在胸膛上的刀子，重新并作一处，只朝一处用力——一记，两记，三记；一条命，两条命，三条命——终于，冷酷的君王开始连连后退，喽啰们也一哄而散，其后，校尉和驸马顶了上来，元帅和宰相也顶了上来。但是没有用，骁将们不是在绣花，不是在请客吃饭，它们是在拼命，是在拿自己的命去换黑龙江的命，如此，还有谁能取消这必然到来的胜利？在持续的震颤中，在雷声般的低吼中，我听见了身边那个人的哭声，但我已然知晓了对方因何而哭：在这一场自取灭亡的身边，我自己的眼眶也早已红了。然而，惨烈的拼杀还在继续，拼杀的结果，却是出乎了我和身边人的意料：校尉和驸马早已沉入了江水；元帅和宰相正在坍塌；那君王，这才开始一夫当关——在天大的压迫之中，它竟然小小地往前了一步，就这么一步，大义退缩了，正道崩坏了——赤贫的骁将们，天不假年，一块块，全都在硬生生的抵挡里应声而裂，徒留下了余恨未消的冷冻江山。

随即，震颤消失了，整个江面都陷入了沉默，唯有那得胜的君王，冷眼打量着不发一言的江水，打量着自己依然算得上广阔的国土。它绝然不会想到，不在他处，就在它的脚下，哽咽的江水已经开始了觉悟：过命弟兄的死，为的就是此刻，为的就是让它知道，不管后浪与前浪，不管冰块、冰排还是冰山，唯有将它们全都消融于它，唯有一个完整的它，才能真正算作是黑龙江的主人。

好吧，觉悟降临了，致命的反扑也就开始了：好似一条长龙被电流击中，冰山脚下的江水，突然间抬起了头，只要它抬起了头，大义和正道便都来了。岸边的白桦林重新开始了摇晃，大风，一场大风从天而降，先是变成石头铸成的手臂，推动着江水，又变成万千条鞭子，抽打着江水，所有的江水都疼痛难忍，直至忍无可忍，猛然间，就像一千头狮子从水底跳跃了出来，全都站上了风头与浪尖，摇头，摆尾，低低地哀叫，只差一点点机缘，改朝换代便要近在眼前了。而那最后的一点机缘说到就到——大风变得更加暴烈，远远的天际处传来了咆哮，巨浪正在像真理一般向着所有的死敌碾压过来，越来越近了，越来越近了，而那一千头狮子仍然摇头，摆尾，低低地哀叫。终于，时间到了，真理的道路势必要更加宽阔，势必要更美，好吧，什么都不等了，伴随着巨浪，一千头狮子跃上了半空，再直直地向前，无数的前定与结局，一一便要水落石出了。

浪头从半空里降下的时候，黑龙江里的一切都归作了空，归作了无，又归作了无中生有：仅仅只在须臾之间，那座冰山，那一尊冷酷的君王，便已经片甲不留，但是，它却认取了前身，成了完整的江水的一部分；再看那江水，绝无半点倨傲，只存侥幸之心，埋着头，携带着残冰，缓缓地，心如磐石地，继续向前奔流，就好像，它早已知道，崭新的劫难，就在看得见的前方，一如我身边的那个人，目睹着最后的浪头降落，目睹着黑龙江暂时迎来了坦途，哇的一声，他号啕大哭了起来。我没有去劝说他，而是任由他哭，我知道，他的哭泣，就是他吸下的精气，而我呢？我能吸下的第一口精气又躲藏在何时何地呢？

那个人，哭了一阵子，突然想起了什么，和来时一样，也没跟我打一声招呼，拔脚就狂奔了起来，一边奔跑，他一边又面朝江水开始了大呼小叫。但是，看着他跑远，我却仍然不曾上前劝阻，那是因为，只要他的奔跑不停止，只要还在开江期内，黑龙江里的欲仙欲死就还会再等着他去目睹，去见证——他的追随和奔跑，不光是认命，更是不认命。那么好吧，亲爱的弟兄，我就和你一样呼喊起来吧，我，被你用奔跑抛下的这个人，照旧还深陷在无能之罪里欲辩无词，只能用呼喊来祝你一路顺风。

离开了黑龙江，苏州兖州，荆州霸州，失魂落魄地，我又踏足了不少地方。小旅馆里，又或小火车站里，睡着了，又或清醒的时候，黑龙江总是在我眼前清晰地流淌和奔涌，黑龙江边的那个陌路人总是在我身边跑过来跑过去。时间久了，我便忍不住，也像他一样，一边奔跑，一边睁大了眼睛遍寻能够吸气之处。有一回，在河北，朔风刚冷，在一条干涸的河流边上，我奔跑了小半夜。这小半夜，我的耳朵边上，巨浪一直在隐约地奔涌，就好像，黑龙江已经来到了我的身边，只要我跑下去，第一口精气就会被我摄入，无能之罪就会被我推开。可是，正在此时，我却接到了一个出版大佬的电话，出版大佬径直告诉我，他已经看过了我发给他的还没写完的长篇小说，恕他直言，这小说就是一堆垃圾。

实际上，电话对面的人说得一点都没错，那部没写完的长篇小说，我也认为它就是一堆垃圾，所以，放下电话的时候，我的耳边早就没了激浪奔涌的声音，颓然旁顾了好半天之后，我在河滩里坐下，再对自己说：没有用的，你是一个废物，你就认了吧。

终于来到了广西的甘蔗林。终于来到了在上万亩的甘蔗林里迷路的一整天。这一天的清晨，天还没有亮，小旅馆里，做梦的时候，我完整地梦见了一个故事，激动着醒了过来，竟然发现，梦里见到的一切，醒了之后也都记得清清楚楚。这故事，和小城之外上万亩的甘蔗林有关，但说来惭愧，我来到这小城已经半个月还多，却从未踏进漫无边际的甘蔗林一步，一念之下，我便再也无法安睡，恨不得立刻就置身在了甘蔗林里。于是，我干脆起了床，在弥天大雾里，小心翼翼地一步步试探着出了城。等我来到甘蔗林的旁边，前一晚的月亮还未落下，当空里的鱼肚白若有似无，黎明虽说已经到来，但是雾气却又将它往后延迟了不少，我却什么也顾不上，随便找了一处地界钻进甘蔗林，深吸一口气，埋头，开始了漫长的奔跑。

"……美不是别的什么，而是我们刚好可以承受的恐怖的开始。"漫长的奔跑结束之后，当我站定在甘蔗们的身边，又弯腰去气喘吁吁地呼吸，里尔克的诗句顿时便在头脑里挥之不去。但是，这恐怖并不是恐怖片式的恐怖，这恐怖，指向的是人的无能——在此处，当甘蔗们不再是一棵一棵，而是铺天盖地，它们便不仅仅是甘蔗了，它们是善知识，是玉宇呈祥，是天上的神迹来到了人间。因此，和在这世上被示现的别的神迹一样，它们真是叫人欢喜：至高的造化一直都没有丢弃大地上的我们，我们竟然有机缘和如此庄严的法相并肩在一起；它们也真是叫人害怕：我们配得上如此浩大的所在吗？在如此浩大的所在里，混沌与玄妙，忍耐与指望，我们到底要怎么做，才不会被它们压垮，再将它们一一指认、一一领受呢？

这甘蔗林里只有甘蔗，但是，人间的一切也尽在这甘蔗林里：地底里的煤块，烈火里的真金，取经的道路，蜜蜂盘旋的花蕊，第一场雪，白纸上的黑字，等等等等，及至世间所有饱蘸了蜜糖与苦水的正确，全都在这里，因为它们全都像甘蔗林一样正确。此时此地，无边无际的甘蔗林，不过是它们无边无际的化身。

真是美啊。弥天大雾暂时还没有消散的迹象，但这就是甘蔗林该有的模样：甘蔗们明明都在，雾气却又护卫和隔离着它们，就好像，它们所在的地方，是仙草所在的地方，也是传国玉玺所在的地方，你非得要用血肉、苦行和征战才能触及它的一丝半点。真是美啊：天上飘起了雨丝，雨丝淋湿了甘蔗，甘蔗林里便散发出了巨大的香气——这香气，绝非只是咬破甘蔗之后汁液喷溅出来的香气，麦苗的香气，婴孩的香气，桃花被风吹散的香气，生米被煮成熟饭的香气，它们全都来了。甘蔗林的香气，即是这世上的一切香气。在香气里，在雾气里，近一点，再近一点，盯着离我最近的一根甘蔗去看：蔗干精悍，一节一节的，节节都饱满得像是紧握起来的拳头；蔗叶修长，它们先是像剑，垂下来之后，却像是顺从和驯服的心；从下往上看，整根甘蔗都被雨丝和雾气沁湿了，就好像，为了胜利，年轻的战士淌下过热泪，又掩藏了热泪。

而我却迷路了。在甘蔗林里流连了几乎一整个上午，雾气没有散，雨丝也没有散，梦境里的故事，被我身在甘蔗们的旁边默写了许多遍，终于可以原路返回了，这时候，我才发现，不管我如何笃定地认清了方向，再一意向前，最后的结果，却是离来路越来越远。我提醒自己：切莫要慌张，低头，闭目，冥想，再一次确认了方向。二十分钟后，在我以为就要回到来路上的时候，拨开身前的甘蔗，当头看见的，却是一座坚壁似的山岩，我竟然走到了和来路完全南辕北辙的地方，如此之快，里尔克的诗句便化作最真实的遭遇迫近了我的眼前："……我们之所以赞许它，是因为它安详地不屑于毁灭我们。"

手机早就没电了，已经无法通过它找到可以求救的人，于是，我开始呼喊，一边奔跑一边呼喊。这奔跑，这呼喊，除了将一群群栖息的鸟雀惊动，纷纷扑扇着翅膀飞进了更深的雾气，却再也没有别的丝毫用处。那时的我还没想到，直到天黑之前，我都要在无数条歧路上来来回回，而且，在奔走中，时间丧失了，我既像是被凝固的时间牢牢囚禁在了寸步难行之处，又像是被静止不动的针秒所抛弃，我越往前走，它们就越不往前走；世界也消失了，如此之境，既像是全世界都被浓缩成了此处，又像是，此处变作了世界之外的世界，我使出了浑身气力的来来回回，只不过是一场被搁置在方外迷宫里的徒劳。

渐渐地，骇怖降临了：也许，这一生，我再也走不出这片甘

264

蔗林了？渐渐地，故态复萌了，我又开始不断告诉自己：没有用的，你是一个废物，你就认了吧。之后，我仰头去看隐隐约约的铅灰般的天空，雨丝虽说停住了，雾气却在加深加重，天色也在转黯转淡。我知道，黄昏正在来临，如果再回不到来路上，先不说这一条性命是不是会在这甘蔗林里葬身，单说一夜的风寒和忍饥挨饿受下来，我也只怕要落得个奄奄一息的下场。

也就是在这个时候，不经意地向前看，我几乎又要张开嘴巴呼喊出来——在我的正前方，一小块空地上，竟然坐落着一间潦草的房屋，房屋里，还供着一尊我叫不出名字的菩萨。我的心里骤然一紧，赶紧趋步上前，紧盯着眼前所见，死命地看：这座房屋，其实非常小，仅供一尊低矮的菩萨容身。说它潦草，是因为将它搭建而成的并不是他物，只是那些生了虫害的甘蔗们，因此，也就格外地寒酸和腐朽。还有那尊菩萨，搜肠刮肚了好半天，苦思冥想了好半天，我还是叫不出它的名字，可我仍然一见之下便已激动难言：这一尊旷野之神，莫不正是神迹前来指引，莫不正是走投无路之后横空出现的一条新路？所以，面对那菩萨，我倒头便拜，一连磕了不知道多少个响头。

然而没有用，当我磕完头，再去仰望菩萨，菩萨依然慈眉善目，可是，新路和指引在哪里呢？我站起身来，深山探宝一般，屏声静气，绕着那座潦草的房屋走了好几圈，唯恐错过了什么要害和蛛丝马迹，终究还是一无所获。而这时候，犹如雪上加霜，天空里，雨丝变作了雨滴，雨滴又在刹那间变得急促，再后来，一阵更比一阵剧烈，没过多大一会儿，我的全身上下便被浇得湿透。与此同时，天地间的光线变得更加黯淡了，毫无疑问，黄昏正在确切地到来。我哆嗦着，环顾着身边的一条条绝路，再将视线收回，去打量近旁的甘蔗们，突然，当我看见甘蔗们当中最为壮硕的一根，一个念想，一个志愿，诞生了：莫不如，不再管那菩萨，转而信自己，站到那根最壮硕的甘蔗前，选定一个方向，什么都不想，只顾往前跑；跑不动的时候，停下来，再去找最壮硕的同伴在哪里，找到了，照着它之所在的方向继续奔跑；就这么不闻不问和一意孤行下去，说不定，那条遍寻不见的来路，反倒会被我误打误撞地遇见？

天空里响起了一阵闷雷，闷雷声里，闪电鳞次栉比，纷纷击打着甘蔗们，其中的一道，甚至吃了豹子胆，击打着破落屋檐下的菩萨。如果我再在原地里困守，它们迟早要击打在我身上。好吧，什么都不等了，出发吧。我轻手轻脚，走到了最壮硕的那根甘蔗前，闭目，低头，旋转，而后站定，再睁开眼睛，直面的方向，即是选定的方向。好吧，什么都不等了。我深吸了一口气，像受伤的野兽，像一场战役中活下来的最后一个，在雷声和闪电之下，除了奔跑还是奔跑；实在跑不动了，我停下步子，一边喘息，一边再去寻找方寸之地里最为壮硕的同伴；并没花费太多时间，最新的同伴很快就被我找到了，我便止住喘息，强迫着自己重新抖擞，重新三步并作两步，哪怕好多次都摔倒在地，那几乎是必然到来的颓丧却并没有到来，只因为，新的伙伴，新的指南针，乃至新的照亮了道路的灯笼，正在等待着我。

突然，我的眼眶里涌出了泪水：起先，是一阵清亮的噼啪之声从前方传递了过来，我还以为，那只是雷声在变小；稍后，那清亮的一声一声，离我越来越近；终于，一头牛，悠悠鸣叫了起来。到了这时，我才醒转过来，这噼啪之声，不是别的，它是鞭子抽打耕牛的声音，也就是说，那条遍寻不见的来路，已经身在我的咫尺之内了；到了这时，我的喉头才一阵紧缩，眼泪便一颗一颗流下，又混入了滂沱的雨水。我抹了一把脸上的雨水，朝前看——真真切切地，我已经来到了上万亩甘蔗林的边缘，只需迈出去一步，我便跨上了通往小城里去的道路：道路上，一个正在向前驱赶着耕牛的农夫看见了我，可能是将我当作了鬼魂，他被吓得魂飞魄散，但又只好强自镇定。

而我，我却并没有追上前去，在天色黑定之前的最后一点微光里，我站在甘蔗们中间，先是接受着雨水的洗刷，其后，我接连擦拭了眼睛，去眺望离我最近的、赐给了我救命之恩的那一根最强壮的同伴——这才发现，我再也找不见它了。可是，我明明记得它的所在，明明记得它迥异于其他的甘蔗，现在，它却怎么再也无法被我一眼认出了呢？像此前身在迷宫里之时一样，我闭目，低头，想要等到睁开眼睛时再去找见它，最后的结果，却是我根本没有再睁开眼睛，而是入了神去作如是想：莫非是，那些最壮硕的同伴，自始至终都不存在？莫非是，唯有将迷宫和菩萨丢在一边，唯有将闷雷和闪电丢在一边，去孤军犯险，去以身试法，崭新的同伴、灯笼和指南针才会一再光临你的身边和头顶？

离开广西小城的时候，我所乘坐的绿皮火车，几乎是紧贴着上万亩甘蔗林在向前缓慢地行驶。连日笼罩的雾气还是没有散，所以，置身在绿皮火车里，我总是疑心，那一场甘蔗林里的局促和狂奔仍然还在持续？那么，就不要结束了吧，我对自己说，就这么迎来雷声和闪电，再发了疯一般跑下去吧，也许，你也并不全然是一个废物；还有，管他远在天边，还是近在眼前，或早或晚，另外一座迷宫总归要横亘于前，也许，它在等待和召唤的，不过是另外一场孤军犯险和以身试法？

终于来到了祁连山中。终于来到了被暴风雪围困的这一日。这一日，正午时分，紧赶慢赶之后，我终于站在了一座被铁汁般的云团罩住了大半截的山冈前。如果想要穿过这道山冈，我就必须爬上眼前高耸而坚冰遍地的达坂，而这哪里有半点可能？不说达坂与山冈，只说这几乎要将整个人世都掀上半空的暴风雪——暴风从祁连山的每一座山口里涌入，收拢，聚集，长成孽障，长成血盆大口；然后，再分散，横扫，席卷；一路上，它们又唤醒了在此地沉睡和盘踞的妖精，自此两相撕缠、飞扑和攫取，再粗硬的山石，也将饱受它们的恐吓，再广阔的山河，也只有在一败再败之后割土求和。再看那屠刀一般的雪：从天空里倾倒下来的雪，还有散落在旷野上的雪，一个往上，一个向下，在半空里碰撞、交道和合二为一，是为雪幕——这雪幕，时而扭曲蜿蜒，时而迎接更多的飞雪，再从半空里砸落下来，屠夫一般，手起刀落，生生砍掉了雪幕之外的世界。如此，我的眼睛便瞎了，就算还有漩涡般打转的雪粒历历在目，但是，我的眼睛，瞎了。

而我非要穿过那道山冈不可。穿过了它，我便可以看见我的生计和活路：几天前，我接到一个纪录片剧组的电话，他们正在拍摄一部关于祁连山的纪录片，他们说，如果我愿意，不妨前来跟他们一起工作，尽管收入微薄，工作结束之后，用这收入糊上一阵子的口总是没问题的。我当然愿意，一接到电话，我便千山万水地赶来了。现在，我确切地知道，只要穿过眼前的这道山冈，我便可以找见我的同伴，尽管天寒地冻，他们也仍然每天都在出工，每天都在拍摄着最是苦寒也最是白茫茫的祁连山。

在手机信号完全消失之前，我跟剧组通过一个电话，得知他们会派出一个同伴来引领我去跟他们会合，然而，久等未来，最后，我也只能凭靠一己之力翻越这达坂和山冈。实在是别无他法了，我便瞎着眼，拨开离我最近的雪幕，一步步爬上了达坂，但这显然是自取其辱：积雪之下，无一处不是被坚冰包裹的碛石，踩上去之后，如果碛石之外的冰碴没有断裂，那还尚且算作侥幸，如果踩断了，哪怕走得再远，最后的结果，也无非是仰面倒下，在巨大的冰坡上随波逐流；其间还要失魂落魄地去提防着自己，不要就此跌下达坂两侧的山崖；最终，我还是跌回到了此前出发的地方，而这正是我此前耗费了好几个小时的遭遇——反反复复地爬了上去，又反反复复跌了回来。

再一次，我选定了出发的地方。这一回，我横下一条心，偏偏从最靠近悬崖之处向上攀爬，原因是：此处栽种抑或自然生长过根本未及长大的树木，树干树冠早已烟消云散，但是，树桩们仍然还依稀残留在这里，如果我的每一步都能依附这些树桩，也许，天大的奇迹最终会对我眷顾一二？思忖再三之后，我不再等待，开始了攀爬。一开始，这攀爬竟然出乎意料地顺利，不到半个小时，我便来到了达坂的中央——到了这时，当我再次向山冈上眺望，某种势在必得之心也就坚固了起来。哪里知道，就在我的旁顾左右之间，一阵暴风猛烈地席卷了过来，伴随着暴风，头顶上的雪幕在顷刻里坍塌，凌空，当头，对准我再三地击打。我的心里一慌，脚底下一个趔趄，不自禁地呼叫了起来，但这呼叫救不了我，我先是直直地栽倒，又直直地跌落下了山崖。

实际上，在跌落的第一个瞬间里，我便又故态复萌了，那句不断被我推开的话，还是在心底里死灰复燃了：没有用的，你是一个废物，你就认了吧。只是这一回，当我刚刚开始作践自己，嘲笑竟也油然而生，那嘲笑，仅仅只针对自己：当此阴阳两隔之际，你没有手脚并用，你没有将牙关咬出血来，你不是一个废物还能是什么？如此，我的心，竟然疼得要命，一边向下跌落，我却一边忘掉了自己的生死，而是深陷在了扑面而来的不甘愿当中——是啊，我不甘愿我身披着一具名叫废物的皮囊就此作别人世。漫天的暴风和飞雪，我跟你们说，其实，我只甘愿我在攀爬中将那具名叫废物的皮囊一点点撕开！所以，在最后的关头上，在遍体里从上到下的迷乱、恐惧和绝望当中，我终于手脚并用了起来，我终于将牙关咬出了血，我终于对自己说：哪怕死了，你也要推开那句话。

是的，我推开了那句话，而且，我也没有死：跌落不光没有将我带入阴曹地府，相反，当我在灭顶之灾里睁开眼睛，又抑制住了狂跳的心，这才发现，我其实是被山崖边的另外一座稍微低矮的山头所接受了，这座山头之外，才是真正的悬崖，而且，因为它的低矮，正好被达坂抵挡护佑，尽管也堆满了雪，却几乎没有风，深重的雪幕无法在这里被暴风推波助澜，我的视线也就变得格外清晰了。由此，我看见了我的命运：穷愁如是，荒寒如是，但是，自有万里江山如是——跌宕也好，颠簸也好，在这天人交战的本命年里，万里江山竟然将我所有的奔逃变成了命定的去处：江河奔涌，是在提醒我张大嘴巴去吸吮造物的精气？乱石嶙峋，是在叫我将骨头变成石头，再在沉默的铸造里重新做人？还有此刻，风狂雪骤，它是在叫我吃掉怯懦，吞下慌张，再从虚空里硬生生长出一对铁打的翅膀？

风雪更加大了。还有，几乎没有黄昏来过渡，夜晚，就这么突然地降临了。好在是，即使夜晚降临，天色却并没有伸手不见五指，漫山遍野的雪，发出了漫山遍野的光。好吧，是再次上路的时候了。低矮的山头上，我站起身，将手伸向达坂，在微茫之光里胡乱摸索了好半天，终于抓定了两根树桩，又一回将牙关咬出了血，呼喊着，张牙舞爪着，最终，前度刘郎今又来，我终究回到了阔别已久的达坂上。再往四下里看：风速正在升高，此前的重重雪幕正在被暴风击散，各自滚作一团，恢复了妖精的真身，再去呼啸，去横扫，就好像，只要这呼啸与横扫继续下去，祁连山中最大的魔王便要横空出世。

不管了，全都不管了，暴风和狂雪，妖精和魔王，你们暂且退后，且待我步步向前，只因为，真正的指引，已经化作了潮水，正在从山冈上朝我涌动过来。谁能想到，接下来，我所踏上的，竟是一条勉强可称之为坦途的道路呢——往前走，那些树桩，越来越结实，跟冰雪碛石凝结在一起之后，也越来越粗糙，不再是一根一根，而成了一簇一簇，须知这一簇一簇，全都可以环抱在手，到了此时，它们哪里还是树桩呢？它们早就变成了救命的武器。于是，我将自己匍匐在地，环抱住一簇，手脚并用了一阵子，并未费去多少气力，我便抵达了它，再越过它，去靠近了下一簇。

说到底，在此前的跌落里，万里江山已经让我探究了自己的功课，所以，等我终于抵达了山冈，想象中的激动难耐并没有出现，更何况，稍一向前举目，更加艰险的功课便已经在旷野里袒露无遗了：雪幕之外，山冈之下，是一片更加漫长而陡峭的达坂。很显然，如果找不到可以依凭的树桩，只要胆敢踏足其上，等待着我的，便只可能是再一回从山崖里跌落下去。就是这样，这万里江山，这万里江山之苦，又一次在我眼前掀开了序幕。只是，不同以往的是，不经意里，当近前的一道雪幕扑打过来，我未及闪躲，狼狈地吞下了一口雪，接下来，我却没有将雪吐出来，而是一口一口地去咬，就好像，咬碎了它，即是咬碎了万里江山之苦。

突然之间，我的身体呆滞住了——我在咬着雪，却有一张嘴巴，正在对面轻轻地舔舐着我，但是，我什么都看不清；而后又如遭电击，慌张着，呼喊着，拨开了身边的雪幕，雪幕越是分散，我就越是慌张；终于，我总算看清楚了那舔舐着我的到底是谁：那竟然是一匹马，是的，千真万确，那就是一匹白马，此前，我之所以看不见它，不过是因为大雪将它的全身都覆盖殆尽了，现在，在我们终于得以相见之时，它先是嘶鸣了一声，又再温驯地凑近了我。恰在这时，可能是听见了我的呼喊，也听见了白马的嘶鸣，达坂之下的旷野上，隐隐约约里，我竟然听到，有人在叫我的名字——我知道，那是剧组里的同伴在叫我的名字，我连声答应着，喉头却在紧缩，眼眶也模糊了。所以，达坂下，不知是手电筒的光，还是发电车的光，当它们远远地开始了投射，远远地来到了我的眼前，我的视线里，好长时间都仍是模模糊糊。

最后，还是白马唤醒了我。可能是我走神的时间太长了，那白马，便又仰头，长长地嘶鸣了一声，这才掉转身去，面向同伴和光芒所在的地方，一甩马鬃，抖落了身上的积雪，再来回头看我，见我不解其意，它便又向后退了一步，几乎与我并肩，重新嘶鸣，重新抖落身上的积雪，如此反复了好几遍。到了这时候，我才彻底弄清楚了它的身份和来意，它不是别人，它正是同伴们派来接应我的同伴，既然如此，我还等什么呢？和它对视了一小会儿之后，我抚摸着它，又骑上了它。

我全然没有想到，坐在白马的背上，既没有跌宕，也没有颠簸，虽然走得慢，我的同伴却是每一步都走得稳稳当当。我将身体埋伏下去，紧贴着它的背，想去看它的四蹄上到底潜藏了什么样的神力，但是，那四蹄，不过是寻常的四蹄，却又好似安放了磁铁，时刻接受着大地的吸引，每一步踏下去，四蹄便在迅疾里变成了四颗铁钉，盯紧了大地，又咬死了大地。这样，我就不再去看它，而是看向了前方，在前方灯火的照耀下，达坂更加清晰，达坂上的险境也更加清晰，而我，干脆闭上了眼睛，在马背上唱起了歌——祁连山中，祁连山外，乃至整个尘世上，假如有人也如同了此刻的我，在苦行，在拼尽性命，我要对他说：放下心来，好好活在这尘世上吧。虽说穷愁如是，荒寒如是，然而，灯火如是，同伴如是，万里江山，亦如是。

—全书完—

出版说明

一、所选作品，尽量注明原作创作、发表或出版时间。

二、底本误植者，或据校本，或据上下文可明确推断所误为何，由编者径改。通假字，方言用字，象声词，及外国人名、地名译法，仍存旧貌。

三、在早期作品中，作者习惯使用或现代文学创作中尚不规范的"的""地""得""象"等特殊用法，悉按现代汉语规范径改。

四、意义完全相同的同一字，及同一人、地、物名，保持局部（限于一篇）统一。

五、对个别较难理解的地方增加必要的注释。

50: 伟大的中国散文

果麦 _ 编

产品经理 _ 王寅军　　装帧设计 _ 杨双双　　产品总监 _ 岳爱华

技术编辑 _ 白咏明　　责任印制 _ 梁拥军　　出品人 _ 王誉

营销团队 _ 毛婷 石敏

果麦
www.guomai.cn

以 微 小 的 力 量 推 动 文 明

图书在版编目（CIP）数据

50. 伟大的中国散文 / 果麦编. -- 昆明：云南人
民出版社, 2025. 3. -- ISBN 978-7-222-23163-4

Ⅰ.I211

中国国家版本馆CIP数据核字第202417D4T1号

责任编辑：李　睿
责任校对：刘　娟
封面设计：杨双双
产品经理：王寅军

50:伟大的中国散文
50:WEIDA DE ZHONGGUO SANWEN

果麦　编

出版　　云南人民出版社
发行　　云南人民出版社
社址　　昆明市环城西路609号
邮编　　650034
网址　　www.ynpph.com.cn
E-mail　ynrms@sina.com
开本　　880mm×1230mm　1/32
印张　　9
印数　　1-6,000
字数　　199千
版次　　2025年3月第1版第1次印刷
印刷　　河北鹏润印刷有限公司
　　　　（河北省肃宁县经济开发区宏业路1号）
书号　　ISBN 978-7-222-23163-4
定价　　50.00元

50

GREAT

CHINESE PROSES

伟大的中国散文

考点手册

第一部分
中学阶段需掌握的散文文化常识

一、散文的定义

散文有广义、狭义之分。我们常说的是狭义的散文，指与诗歌、戏剧、小说并列的文学体裁，是一种自由灵活的，综合运用记叙、抒情、议论等多种表达方式抒写见闻感受的文体。

二、散文的分类

（一）**叙事散文**：或称记叙散文，指以记人、叙事、状物、写景为主的散文，以对任何事物的具体叙述和描绘为其突出特色，同时表现作者的认识和感受。这类散文虽然也有对风物、场景的记写，但它不是纯客观的记写，而是将内情与外物融合，表达一定的思想，抒发一定的感情。

（二）**抒情散文**：以抒发作者对现实生活的感受、激情和意愿为主的散文。这类散文有对具体事物的记叙和描绘，但通常没有贯穿全篇的情节，或托物言志，或寓情于物，以抒情性为其突出特点。

（三）议论散文：以议论为主的散文，往往借助于事例的简述、形象的描绘和感情的抒发来说理。文学色彩浓，但与一般的议论文不同：议论散文不需要逻辑推理、严密论证。随笔、杂感都属于议论散文。

三、散文的特点

散文的特点是"形散神聚"。"形散"既指题材广泛、写法多样，又指结构自由、不拘一格；"神聚"既指中心集中，又指有贯穿全文的线索。散文写人写事都只是表面现象，从根本上说写的是情感体验。情感体验就是"不散的神"，而人与事则是"散"的可有可无、可多可少的"形"。

第二部分
散文阅读题型与答题技巧

考点一：写作技巧

常见题型一：分析散文标题的含义和作用

一、标题的作用

（一）点明写作对象；（二）表达作者主观感情和态度；（三）作为全文线索；（四）揭示情感主旨；（五）引起读者兴趣。

二、答题思路

（一）标题表面意思解释：字面含义、体现的主要内容、交代写作主体或对象；（二）标题深层含义分析：对应正文某个线索，暗含作者的某种深层情感；（三）分析标题的表达效果：引起读者阅读兴趣。

三、例题

阅读散文《我读一本小书同时又读一本大书》，请结合对文章的理解，说说"小书"是指什么，"大书"指的又是什么。

答案解析："小书"指的是课本知识。"大书"指的是大自然和人间生活。（提示：沈从文在逃学过程中主要有哪些见闻？主要包括两个方面：①生机盎然的大自然：逃学去游泳、抓蟋蟀和斗蟋蟀、听大自然中各种奇特的声音；②社会生活中的奇人趣事：看街景、涨水时看热闹）

常见题型二：叙述人称及作用

一、叙述人称的分类

（一）第一人称"我"

1. 使文章更具有真实性；2. 叙述亲切自然；3. 便于作者直接表达自己的思想感情。

（二）第二人称"你"

1. 增加亲切感，拉近与读者的距离；2. 有利于交流思想情感，便于抒情。

（三）第三人称"他"（或直接出现人物的名字）

1. 直接、客观地展现生活；2. 不受时间和空间的限制，形式比较灵活、自由。

二、答题思路

从三方面作答：内容主旨、结构思路、语言修辞。

三、例题

这篇散文是采用第一人称"我"来写的，请你说说采用第一人称的好处。

答案解析：

①内容主旨方面："我"的视角便于多角度多侧面展示，丰富文本内容。使用第一人称便于心理描写，作者把笔触深入人物的内心世界，去发掘其秘密、抒发其情感、表露其态度、揭示其性格。

②语言修辞方面：增加可信度，根据"我"的亲身经历来叙写人生，拉近与读者的距离，亲切、真实、可信。

③结构思路方面："我"是串联情节的线索人物，条理清晰，行文更自由灵活。第一人称写法便于多层面、全方位表现人物，取材广泛，不受时空限制。

常见题型三：找出文章线索

一、线索的分类

（一）时间线：以时间推移为线索。如《落花生》一文，以种花生、收花生、吃花生、议花生这四个阶段的时间推移为线索。

（二）**地点线**：以地点转换为线索。如《钓台的春昼》一文，以游踪为行文线索，按游览地点、时间逐一写来。

（三）**人物线**：以人物或人物的特征为线索。如《悼志摩》一文，以人物特征为线索，并通过引用他人的评价、徐志摩本人的诗句、诗人和他人往来的书信来印证。

（四）**事情发展变化线**：以事件的发展变化为线索。如《父亲的玳瑁》一文，以父亲去世前后玳瑁猫的行为变化为线索。

（五）**情感变化发展线**：以情感的发展变化为线索。如《紫藤萝瀑布》一文，作者开始时焦虑、悲痛，观赏紫藤萝后，被它旺盛的生命力所感染，变得宁静和喜悦，最后对生活充满乐观和信心。文章围绕作者的感情线行文。

（六）**实物线**：以某一件具体（或具有某种象征意义）的实物为线索。如《听听那冷雨》一文，以微寒潮湿的春雨象征心情，借雨声、雨景将自己的思乡情绪娓娓倾诉。

另外，有的文章有明线和暗线，如《昆明的雨》一文，明线是昆明的雨，串联起昆明雨季中的仙人掌、菌子、杨梅、缅桂花四个意象；暗线是对昆明生活的喜爱和想念，以细致的笔触描写了种种被忽略的生活细节。

二、答题思路

散文一般都有一条组织材料的线索，找到了这条线索，就能较容易地读懂文章内容及手法，明确文章主旨。当然，也有的散文没有明显的线索，就要从分析文章的结构入手。方法有两种：一是化整为零，概括段意；二是提要钩玄，找关键句，找每一段落的"关键句"或"中心词"，一旦把握住这些语句，我们就能够很清楚地抓住文章的思路和作者的情感脉络，文章的主旨也就清楚了。

三、例题

散文《囚绿记》的行文线索是什么？

"绿"是全文描写的客观对象，作者围绕"绿"展开思路，铺设线索，线索可以分为五个阶段：择绿—恋绿—囚绿—释绿—怀绿。

常见题型四：结构作用分析

一、梳理行文思路

即归纳文章层次结构：先写什么，后写什么，再写什么。

二、分析构思特色

提问方式：简要分析本文的构思特色。

这种题型一般是要求回答结构、构思或材料安排上有什么特点，这种特点带来哪些作用、效果。答题关键是分析特点，答出作用。

（一）线索的作用：1.组织材料，贯穿全文；2.结构清晰，情节集中；3.揭示主题；4.使行文富于变化。

（二）思路特点：主要有先总后分、先抑（扬）后扬（抑）、前后对比、先实后虚、逐层深入等。

（三）叙事特点：一是叙述人称，尤其关注第二人称的使用及好处：拟人化，便于对话与抒情，拉近与读者的距离。二是叙述方式：顺叙，使结构清晰；倒叙，巧设悬念，吸引读者；插叙，使行文活泼，富于变化。

（四）详略繁简：详写什么，略写什么；何处用繁，何处用简。使叙事回旋委曲，错落有致。

（五）段落特点：开头由虚入笔，逆向起笔；中间衬托对比，虚实相映；结尾以景结情，直抒胸臆。

三、段落的作用

分析局部句段作用题，要注意：

（一）把握句段的三个特点

1. 内容特点：看它写了什么内容，表达了什么感情，表现了怎样的主旨。

2. 位置特点：看它是在文章的开头、中间还是结尾，与上文或下文有着怎样的关联；如是句子，则要看其在段落中的位置。

3. 表达特点：看它表达上有什么特点，如使用了排比、对偶手法等。

（二）立足三个答题角度

1. 内容、主题

内容角度就是要考虑该内容在人物刻画、情感表达、基调奠定等方面的作用。主题角度可考虑对主题有强化、深化、突出、揭示等作用。

2.结构、思路

结构角度可考虑总领全文、设置悬念、做铺垫、照应、过渡、总结上文等作用，还可以考虑与标题的关系（如点题）。思路角度可考虑暗示、揭示了什么样的主题等作用。

3.表达效果

（1）句（段）所使用的表现手法、构思写法及其表达效果，如使用了反问、对比等手法，则要答出表达效果。不是所有的句段都有表达上的特点，这一点应视具体句段而定。

（2）读者情感（心理）。从这个角度可考虑加深印象、激发情感、产生共鸣、深受启发、发人深思、催人想象、回味不尽、想象无穷等作用。

上述角度有关涉就要分析归纳，没有关涉就不必强答。

（三）特别关注三个细节

1.活用角度。答题的主要角度，如内容、情感、结构、手法、读者等，只是思考的方向而已，不是任意一个句（段）都具有的。我们只有结合具体文本认真阅读思考，才能使答题角度更准确、全面。

2.区分术语。如照应与过渡的区别。照应是上下文内容的呼应与联系，前有交代，后有应接，一般距离较远，如首尾照应；过渡，是指该句（段）必须承接上文和开启下文，它只针对上下段的关系，没有距离。又如总领全文与引起下文的区别。总领全文也是一种引起下文，但只有该句（段）是全文内容的总写、概括，才叫"总领全文"，否则只能叫"引起下文"。

3. 准确概括。句段作用题看似是分析结构，其实少不了概括，因为像为下文什么内容做铺垫，或引发下文什么样的内容等，都需要对相关内容进行概括。分析思路结构与概括文意很难截然分开。因此，在说到前后内容、上下段落之间的关联时，要特别注意对相关段落文意的准确概括。

另外，要注意下列术语的区别，准确使用它们。

表一：术语的区别

结构与内容	结构	"引出下文""为……做铺垫""总结全文""承上启下""伏笔""照应"等
	内容	"写出……内容""交代……背景(原因)""抒发……情感""营造……氛围"等
总领与引出		总领下文也是一种"引出下文"。只不过，这段内容是全文内容的总写，才叫"总领下文(全文)"，否则只能算"引出下文"
照应与过渡	照应	照应是上下文内容上的呼应与联系，前有交代，后有应接，距离较远
	过渡	过渡是句段之间必须同时含有紧承上文的内容和开启下文的文字

四、关于引用材料的作用

（一）**内容方面**：使文本内容更加丰富，增强了文章的文学色彩。

（二）**写作技巧方面**：显示写作技巧的变化。

（三）**主题方面**：有利于凸显文章主题。

（四）**思想感情方面**：便于抒发作者的情感。

上面所说的只是引用材料的一般作用，具体到一篇散文中，其作用首先要视引用材料的类型与性质而定，如引用古诗文与神话传说的不同；其次要把上面的一般作用具体化，如"便于抒发作者的情感"要具体为"便于抒发作者什么样的情感"。

五、常见答题术语

（一）结构上的作用：

1. 开门见山，总领下文。

2. 引起下文：为下文写……埋下伏笔；为下文写……张本；呼应下文……；奠定了文章的感情基调；为……做铺垫；与下文……形成对比（反衬），使文章有波澜；等等。

3. 承上启下：既承接了上文……，又引起了下文……；由……过渡到……；由……转而写到……；等等。

4. 总结上文：呼应上文……；点明了全文……的主旨，并进一步……；卒章显志，表达了……；等等。

5. 线索：是贯穿全文的线索，在文中……次出现……，层层递进；逐层深入，把……的感情推向了高潮；等等。

（二）**内容上的作用：**是为了写（或为了说明）……（主要内容或主题），抒发了作者……的感情，营造了……的氛围，奠定了……的感情基调等。

（三）**情感主旨类：**抒发了……情感，深化了……主旨。

（四）**表达效果类：**设置……的悬念，吸引读者；产生共鸣，强化读者印象；给读者留下思考、回味的空间。

常见题型五：内容主旨概括

一、内容要点概括：定位—筛选—整合

（一）段（层）意概括题解答方法

1. 摘取法：需要归纳概括的内容往往是段落中的重要词语和句子。这些重要词语往往嵌在主要语句中；重要句子又常常出现在文章或段落的首或尾或中间。尤其要注意其中的抒情性或议论性（表明作者观点、态度、倾向）的句子。归纳概括时需把这些词语或句子摘录出来。

2. 合并法：把每层大意综合起来，加以概括，就是整篇文章或整个段落的主要内容。

3. 舍取法：①需要归纳的内容，本身有主次之分，而命题人只要求概括回答其要点。故需要对次要信息和同类信息进行舍弃。②文段中所说的内容复杂，而命题人只要求考生答某一方面，故需要对符合题干要求的信息进行提取。

（二）原因概括题答题要点

1. 辨明因果关系：很多散文中，作者总是阐发某种生活感悟，表明某种道理，这些感悟、道理就是命题人命题的"果"。这个"果"从何而来？

就来自于前后文的叙事、描写、回忆等。

2. 近远结合原则：就近原则和分散原则相结合。凡是题干语句出现的地方，往往是答案要点密集出现的地方，所以要"就近"。其他一两个要点分散在离题干语句较远的上下文，这时就要适当扩大搜索范围。

3. 显隐结合原则：既要注意显性要点，又要注意挖掘隐性要点。隐性要点往往隐含在较含蓄的叙述和描写之中。

（三）特点概括题的解题方法

1. 直接摘录词句法：选摘原文词句来作答的一种方法。解题时应抓住与答案有关的关键词句，确定题目的答案在文中的具体呈现，其答案一般是文中的原句或从文中摘取重要词语的组合。

2. 拼接改写法：提取文章中的一些词句，通过拼接并改写的方式重新组合来作答的一种方法。解答这类题目一般根据题干要求，从文中筛选信息要点，但不能直接摘录，其答案一般是对文中的词句意思的组合变换。

3. 综合句（层）意法：有些文段（章），没有明显的中心句（段），就必须对每个独立句的句意或几个相对重要的句子的意义进行综合归纳，提取内在"公因式"，概括出内容要点。

（1）分析句子关系，梳理出答案要点。在确定答题的大致区间之后，对相关内容的句子的关系进行分析综合，按要求从中提取答案的要点。

（2）研读意象组合，概括文段大意。就是要研究段落内容的意象组成，对文段的信息进行抽象归纳。

二、主旨概括

（一）解读题目法

很多题目直接点明了中心思想（主旨），是对文章中心思想最精练的概括。有的题目即使没有点明中心思想，也往往与中心思想有着千丝万缕的联系，是最佳的思考切入点。

（二）分析首尾法

很多文章的首尾往往揭示或暗含中心思想，所以一定要对首尾的语句进行重点品悟，这样往往有助于理解文章的中心思想。

（三）分析议论抒情语句法

散文中的议论抒情语句，往往直接反映了作者的观点态度；抓住了这些语句，就抓住了文章的中心意思（主旨）。

（四）因文而异法

写人叙事类散文要对人物作出评价或赞美，或揭示、评价事件的意义，或从人物事件中生发出对人生等问题的感悟和认识；写景状物类散文则是借景、物抒发作者对社会、人生的某种感悟；哲理性散文的中心意思（主旨），往往是作者对人生或社会、生活的揭示或评价。

（五）联系背景法

适当借助注解，调动自己的知识储备，尽可能多地了解事物、人物、活动的时代背景，进而推断作者的写作意图。

（六）主旨（情感）规范表述

概括主旨题答案要使用恰当的语言表述形式。

写人散文的表述形式：本文记叙（描写）了……（人物）的事，表现（反映、赞扬、揭露、批判）了……精神（性格、品质、现象）。

叙事散文的表述形式：本文记叙了……事件（经过、故事），阐明了……（道理）。

抒情散文的表述形式：本文描述了……，抒发了……（思想感情）。

考点二：写作手法

常见题型一：修辞手法赏析

表二：修辞手法赏析

修辞手法	判断依据	作用	举例
比喻	一般都包含本体和喻体，含有"像""是""如""比如""比作"等词语	①生动形象，凸显特征；②化抽象为具体，化深奥为浅显，化平淡为生动；③引发读者联想，激发读者共鸣	那溅着的水花，晶莹而多芒；远望去，像一朵朵小小的白梅，微雨似的纷纷落着。（《绿》）
拟人	把物当作人来写，只要描写或叙述中给事物赋予人的思想感情或动作行为的，就是拟人	①将物人格化，描写形象；②表意丰富，表达生动而有趣	花朵儿一串挨着一串、一朵接着一朵，彼此推着挤着，好不活泼热闹！（《紫藤萝瀑布》）
排比	具有三个或三个以上相同或相似的结构或句式	①句式整齐，富有美感；②便于抒情，增强气势	或则草木葱茏，山川明媚；或则大山岿崛，峭壁幽静；或则古堡荒寒，困焦幽独……（《在一个边境的站上》）
夸张	只要含有放大或缩小现实的词句就可判断为夸张，一般体现在数字、动作等表述中	①烘托气氛、加强渲染；②引起联想效果，给读者留下强烈的印象	我摸不到一样实在的东西，我看不见一个具体的景象。一切都是模糊，虚幻。（《忆》）

修辞手法	判断依据	作用	举例
对偶	字数相等、词性相对、整齐匀称、节奏感强的句子即为对偶	①句式整齐,结构一致;②形式优美,音韵和谐;③增强语言的节奏感,使语言节奏明快	先是料料峭峭,继而雨季开始,时而淋淋漓漓,时而淅淅沥沥,天潮潮地湿湿,即连在梦里,也似乎把伞撑着。(《听听那冷雨》)
反复	某个词或某个句式重复出现	①多次强调,给人留下深刻的印象;②抒情强烈,富有感染力	在我的后园,可以看见墙外有两株树,一株是枣树,还有一株也是枣树。(《秋夜》)
反问	有问无答但是答案已经在句子中的是反问	①态度鲜明;②加强语气,表达强烈的情感	当你在积雪初融的高原上走过,看见平坦的大地上傲然挺立这么一株或一排白杨树,难道就觉得它只是树……(《白杨礼赞》)
设问	无疑而问、自问自答的是设问	①自问自答,用于提醒读者注意;②启发思考,使文章波澜起伏	过去的始终走过去了,未来的还是未来。究竟感慨些什么——我问自己。(《"儿时"》)

表达方式有五种：描写、抒情、议论、说明（主要用于说明文，本册不做介绍）、叙述（顺叙、倒叙、插叙、补叙）。

一、描写

表三：描写方式赏析

依据	方法类别		特点	作用	举例
描写对象	人物描写	外貌描写	描述人的身材、容貌、衣着、打扮及仪态等	以形传神，突出人物性格，揭示人物身份、社会地位等	单看他的炯炯有光的眼睛和他手头的那本厚厚的大册子，你就会感到不安了。（《在一个边境的站上》）
		心理描写	对处在一定环境下的人物内心活动的意向、愿望、思想斗争等的描绘	揭示人物的内心世界，表现人物丰富而复杂的感情	我的精神上又起了一种变化，我为这种愿望而感到羞惭和愤怒了。我甚至责备我自己的懦弱。（《忆》）
		语言描写	对人物的独白、对话或几个人物谈话内容的具体描写	言为心声，表现人物的性格特点，使人物形象变得丰满、鲜活，可推动情节发展	于是父亲就说了，完全像对什么人说话一样："玳瑁，这里来！"（《父亲的玳瑁》）
		动作描写	又称行为描写，是指对人物动作、行为的描写	展示人物的性格特征和精神面貌	一碗肉，一碟葱，一条黄瓜，他都一一唱着钱数加上去，没有虚报，价伐公道。（《北平漫笔》）

依据	方法类别		特点	作用	举例
描写对象	场面描写		在场面描写中，人物可以是一个，也可以是多个，也可以是一件事物，但是要以人物描写为主、场面描写为辅。场面描写要为表现人物服务，为突出中心服务	①塑造人物，表现主题；②渲染气氛，烘托事物；③明示或暗点主题	八月十七的下午，约克逊号邮船无数的窗眼里，飞出五色飘扬的纸带，远远地抛到岸上，任凭送别的人牵住的时候，我的心是如何的飞扬而凄恻！(《寄小读者——通讯七》)
	环境描写	社会环境	指对能反映社会、时代特征的建筑、场所、陈设等景物以及民俗、民风等的描写	①交代对人物、事件起作用的历史情况或现实环境（作品的时代背景）；②渲染、营造氛围，烘托人物心情；③推动情节发展，深化主题	就是袁世凯想做皇帝的那一年，蔡松坡先生溜出北京，到云南去起义。这边所受的影响之一，是中国和交通银行的停止兑现。(《灯下漫笔》)
		自然环境	对自然界的景物，如季节变化、风霜雨雪、山川湖海、森林原野等的描写	①表现地域风光，提示时间、季节和环境特点；②渲染、营造氛围；③烘托人物心情（感情）；④烘托人物形象；⑤为……做铺垫，推动情节发展；⑥揭示主题（主旨）	山坡上，有的地方雪厚点，有的地方草色还露着，这样，一道儿白，一道儿暗黄，给山们穿上一件带水纹的花衣；(《济南的冬天》)
描写角度	正面描写（或直接描写）		直接描写人或物本身呈现的特征	个人直接、真实、具体的感觉	那里的风，差不多日日有的，呼呼作响，好像虎吼。(《白马湖之冬》)

依据	方法类别	特点	作用	举例
描写角度	侧面描写（或间接描写）	是在对其他人物、事物的描绘、渲染中，烘托主要描写的对象，从而获得独特艺术效果的方法	①使人物或事件更加突出；②使主题更加深刻、含蓄	日光晒到哪里，就把椅凳移到哪里，忽然寒风来了，只好逃难似的各自带了椅凳逃入室中，急急把门关上。（《白马湖之冬》）

二、抒情

表四：抒情方式赏析

类别	特点	作用	举例
直接抒情	感情直白，气势奔放、热烈	便于抒发强烈的情感，使读者容易把握文章的主旨情感	我现在还真是想家，想故国，想故国里的朋友。我有时简直想得不能忍耐。（《怀念母亲》）
间接抒情	依附于事、理、景的抒情，也就是通过叙述、议论、描写的方式抒情	使抽象的情感融入事、理、景中，使情感更加具体化、形象化，抒情效果含蓄委婉，深蕴隽永，感染力强	可怜的玳瑁，它比我们还爱父亲！然而玳瑁也太凄惨了。以后还有谁再像父亲似的按时给它好的食物，而且慈爱地抚摩着它，像对人说话似的一声声地叫它呢？（《父亲的玳瑁》）

三、议论

表五:议论方式赏析

位置	特点	作用	举例
开头	对某个议论对象发表见解,以表明自己的观点和态度	①统领全文,点明中心,引出下文,使文章条理分明、层次清楚;②揭示叙述事物所蕴含的道理和意义	从前听人说:中国人人人具有三种博士的资格:拿筷子博士、吹煤头纸博士、吃瓜子博士。(《吃瓜子》)
中间		承上启下,使事与事之间紧密地连接起来,使文章结构紧凑、严谨	但我以为这三种技术中最进步最发达的,要算吃瓜子。(《吃瓜子》)
结尾		①提高对所叙事物的认识,深化文章的主题思想,点明和加深所叙述事物的意义,起画龙点睛的作用;②与文章开头相照应,使文章结构更加严谨	具足以上三个利于消磨时间的条件的,在世间一切食物之中,想来想去,只有瓜子。所以我说发明吃瓜子的人是了不起的天才。(《吃瓜子》)

四、叙述

表六:叙述方式赏析

叙述顺序	特点	作用	举例
顺叙	按事情发展的先后顺序叙写	①叙事有头有尾;②使文章层次井然有序,脉络分明	《紫藤萝瀑布》一文,作者从见到紫藤萝写起,由远至近,并由此而引出人生感悟:面对这一紫色的花海,原先的悲痛也化为宁静。

叙述顺序	特点	作用	举例
插叙	叙事时，插入相关的另一件事	①交代了……内容；②解释了……原因；③推动情节发展，为下文做铺垫或埋伏笔；④对主要情节起补充、衬托作用；⑤突出人物性格（形象）；⑥突显文章主题；⑦丰富文章内容，使文章情节完整；⑧使文章结构富于变化，避免平铺直叙	我认得他，今年整十年，那时候他在伦敦经济学院，尚未去康桥。我初次遇到他，也就是他初次认识到影响他迁学的遂更生先生。（《悼志摩》）
倒叙	①先写眼前，再回想以往；②把当前情况与过去情况相比较；③先写结局，再记缘由。	①开篇点题；②制造悬念，激发读者阅读兴趣，使读者对故事情节和人物形象留下深刻的印象；③引出下文；④使结构更加紧凑	在墙脚根刷然溜过的那黑猫的影，又触动了我对于父亲的玳瑁的怀念。（《父亲的玳瑁》）

五、表现手法

表七：表现手法赏析

伏笔	特点	①伏笔是"隐性"的，埋下的伏笔通常比较隐蔽，一般是"细节"。巧妙的伏笔在没有看到"应笔"之前，貌似"闲笔"。②伏笔通常只是一两笔，点到即止

伏笔	作用	交代含蓄，使文章内容前后照应，情节严丝合缝。
	举例	如《钓台的春昼》一文中，作者穿插了几年前和朋友喝酒背诗的往事，因为文章结尾作者要在钓台壁上题的就是这首诗。先在这里埋下伏笔，结构上最为自然妥帖
铺垫	特点	铺垫是"显性"的。铺垫对起陪衬作用的部分往往大肆渲染，以引起读者注意
	作用	制造悬念，使情节具有合理性
前后照应	特点	开头和结尾在内容上有着极其密切的关系，对同一情况做出解释、说明、交代
	作用	使文章浑然一体、情节完整、结构严谨、中心突出
托物言志	特点	用某一物品来比拟或象征某种精神、品格、思想、情感等
	作用	间接表现作者志趣，突显表达的艺术性；增强表达的生动形象性；增强文章感染力
	举例	如《牵牛花》一文中，作者通过歌颂牵牛花强大的生命力，歌颂了人类奋发向上的力量
象征	特点	把抽象的思想感情某一特定的具体事物来表现
	作用	把特定的意义寄托在所描写的事物上，增强了文章的表现力
	举例	如《秋夜》一文中，作者采用象征手法，赋予秋夜后园中不同景物以人的性格，代表不同类型的社会人物。"奇怪而高"的天空象征着压迫和摧残进步力量的势力，在冷的夜气中瑟缩做着"春的到来"的梦的小红花象征着善良的弱者，耸立在后园的两株枣树，象征着与黑恶势力抗争的进步力量。通过对这些景物的含蓄描绘，鲁迅表达了对恶势力的抗争和愤怒，对英勇抗击恶势力的革命者的崇敬和赞美，也表达了他与恶势力做韧性战斗的意志

衬托	特点	为了突出主要事物,用类似的或相反、有差别的事物做陪衬。这种"烘云托月"的表现手法就是衬托。用类似的事物做陪衬叫正衬,用相反的、有差别的事物做陪衬叫反衬
	作用	突出表现主要人物或事物的性格或特点等,增强文章的表现力
烘托、渲染	特点	用衬托或夸张的艺术手法使事物形象鲜明
	作用	浓墨重彩,营造氛围;情景相生,深化主题
对比	特点	对比分为横向对比和纵向对比两种形式。横向对比,就是将同一时间点的几个不同的人、事、物进行对比。纵向对比,就是将一个(类)人、事、物在不同时间点所呈现出来的物象、特征、行为等进行对比
	作用	运用对比,把……和……巧妙地呈现在读者眼前,让读者很自然地从对比中感受到……的变化(或说优劣好坏),从而鲜明地表现或突出事物的特点,更好地表现文章的主题
	举例	如《绿》一文中,作者写绿杨太淡了,绿壁太浓了,西湖的波太明了,秦淮河太暗了,以表现梅雨潭的绿明暗适度、浓淡相宜
欲扬先抑	特点	先贬抑,再大力颂扬所描写的对象,使上下文形成对比
	作用	突出重点,行文跌宕,曲折含蓄,出人意料
	举例	如《丑石》一文,前半部分通过写奶奶的厌恶、伯父的不屑和石匠的嫌弃极言丑石之丑,毫无用处;后半部分写机缘巧合之下天文学家发现了这块丑石,称它是一块陨石,从天上落下来已经两三百年了,揭示文章的主题:不屈于误解的伟大
欲抑先扬	特点	指对本要批评指责的对象,却在开头以赞美颂扬的语气来写
	作用	使情节多变、波澜起伏,形成鲜明的对比,使读者在阅读过程中产生恍然大悟的感觉,给读者留下深刻的印象

以小见大	特点	用贴近生活的人物或故事和翔实生动的语言描写,使文章意义深刻,更加打动人心
	作用	通过平凡细微的事情反映重大的主题,突出表现中心,更有震撼力
	举例	《吃瓜子》一文中,作者写了一些吃瓜子的旧事用来讽刺有闲阶级,感叹全中国恐怕要消失在"格,呸""的,的"的声音中了。以小见大,忧国忧民

考点三：意象意蕴

常见题型一：形象概括赏析

散文是以抒情为宗旨的，但散文中的抒情多数不是直接抒发的，而是借助一定的形象，主要指散文中的人、景、物等。就高考选用的文本看，散文的形象主要指人物形象和物象两种。分析概括散文中的形象，就是能辨清文中形象的主次关系，明白主要形象承载抒情言志的任务，次要形象和主要形象构成对比、衬托或类比关系，以突出主要形象。

一、分析物象特点

要从三方面入手：一是物象的外在特征或特点，包括形态、声音、色彩、气味等；二是物象的内在品质（内涵、本质、精神）；三是物象所蕴含的作者的思想感情。

二、分析物象作用

（一）主体物象作用

主体物象和作者的感情有直接关联，或贯穿全文，或直接点明中心。

作用：1.线索作用，把众多材料组织在一起；2.象征作用，它象征某种意蕴，隐含主旨；3.衬托作用，在写人散文中借物写人，衬托人物形象；4.寄托作者感情。

（二）次要物象作用

1. 结构角度：开头结尾的策略，详略主次的安排，行文线索的贯穿，过渡照应的勾连，伏笔悬念的设置。

2. 内容角度：充实内容，升华深化主旨，寄托作者感情。

3. 主体形象角度：对比、衬托、类比、虚实相生，使主体形象更加鲜明突出。

三、分析人物形象的特点或作用

（一）阅读要特别关注三类文字：一是文中少量的、分散的人物描写文字（因为散文写人不像小说那样集中、饱满），二是关于人物叙事的文字，三是针对人物展开的议论、抒情文字。

（二）掌握分析人物的方法，概括人物性格、品质、精神等特点。散文分析人物的方法同小说一样，即抓住正面描写（语言、动作、心理、外貌、神态等）和侧面描写（正衬、反衬等）。不同的是，散文中的人物形象往往不像小说中的那样丰满、完整，而是集中突出其中的一个或几个方面，要根据散文中重点描写人物的段落集中概括。此外，散文中作者的议论、抒情文字可以帮助我们完成对人物的分析、概括。

（三）适当关注散文的写人类型，有助于掌握人物的精神品质。

散文写人，重在表达某种思想感情，如写历史之人，写功成名就之人，写作者敬仰之人。作者的思想感情除了敬仰之外，更重要的是对这一人物所具有的精神品质的推崇。所以，掌握了人物形象的分类，在分析作者思想感情上就可以事半功倍。

1. 从时间上分，有历史之人、追忆之人、现实之人等。

2. 从身份上分，有功成名就之人、对作者产生重要影响之人、生活中平凡之人等。

3. 从作者态度上分，有作者敬仰之人、批判之人、同情之人、褒贬不一之人等。

4. 从写作目的上分，有追念亡人、激励后人、引人深思、博人同情等。

常见题型二：文本意蕴探究

意蕴就是文学作品里渗透出来的理性内涵，如作品中渗透的情感、表现出来的风骨、某种精神或某种取向等。作品的意蕴不等同于作品的主题思想，它是指作品所蕴含的思想、情感等多方面的内容，属文本的纵深层次。作品的主题思想是构成意蕴的主要方面。但是很多作品的主题思想不是确定的，或不是唯一的，作者想要表达的思想和读者感受到的思想有时也是不同的。并且随着读者不同视角和层面的转换，也能发现作品的新意蕴。不过，考试中的"意蕴"是实实在在的，有明确的指向，更有明确的答案和得到答案的依据。比如涉及的具体探究有句子意蕴、标题意蕴、主旨意蕴、意象意蕴、思想意蕴、情感意蕴等。

探究意蕴讲究角度和层面。可以从不同的角度探究，讲的是"广"字，求的是丰富意蕴；也可以从不同的层面探究，由浅层到深层，讲的是"深"字，求的是深层意蕴。探究原则：立足文本，尊重作者；整体把握，多角度多层面分析文本。

一、意蕴式探究的不同角度

（一）**主角度**：作品角度。对作品中的形象（人物形象和物象）、选用的材料、细节描写以及语言表达（散文中精辟且深刻的议论抒情语句）探究、挖掘意蕴。

（二）**次角度**：作者角度和读者角度。作者的思想观点、生平经历、写作背景等，都可能对作品写作产生极大的影响，从而影响作品的主旨意蕴。读者角度主要是读者的阅读感受。

二、意蕴式探究的不同层面

表八：意蕴式探究的不同层面

表层意蕴		文本中所涉及的基本内容，如文中的人、事、物、景等所蕴含的不同意义以及所体现出的作者的情感倾向
深层意蕴	民族心理	①精忠报国；②崇尚自然；③中庸，稳重；④追求大一统；⑤安土重迁，落叶归根；⑥爱好和平，厌恶战争；等等
	人文精神	主要指人的意义和价值、社会责任、个人尊严、人生理想等方面，核心是人的价值追求；还指对人性的关怀，如对生命的关怀，对弱势群体的关怀、对苦难的悲悯情怀，等等
	学科认知	主要指哲学道理（哲理）、美学文学原理、文化历史规律等